零基础学通
Silverlight

万晓凌 编著

东南大学出版社
·南京·

内容提要

　　本书由浅入深、全方位地介绍了 Silverlight 技术，分为准备篇、设计篇、开发篇和实战篇 4 个部分，从不同的层面进行了阐释，把握合适的难易程度，引入生动实例，尽量做到循序渐进、简单明了、零基础学通。准备篇从 SQL Server、C♯ 到 ASP.NET，用最少的篇幅讲解了涉及 Silverlight 开发的最重要的基础知识；设计篇重点从设计的角度介绍了 XAML 语法、布局机制、变换特效、动画制作等；开发篇从控件使用到自定义控件、数据绑定、网络通信、多媒体、3D 变换、文件访问等功能作了详细介绍；最后的实战篇通过三层结构电子商务、网页游戏的经典案例和水文信息网络地图服务案例深入、系统的分析，可快速掌握 Silverlight 应用程序开发全过程，案例功能全面，可直接用于实际项目开发中。本书覆盖面广，注重理论与实践的结合，并提供了书中所有范例的源代码。本书适合于初、中级水平的 Silverlight 读者，也可作为高等院校的教学参考书。

图书在版编目(CIP)数据

零基础学通 Silverlight/万晓凌编著. —南京：
东南大学出版社，2010.8
　ISBN　978-7-5641-2408-3

　Ⅰ.①零…　Ⅱ.①万…　Ⅲ.①主页制作-程序设计
Ⅳ.①TP393.092

中国版本图书馆 CIP 数据核字(2010)第 168482 号

零基础学通 Silverlight

出版发行	东南大学出版社
社　　址	南京市四牌楼 2 号(邮编:210096)
出 版 人	江　汉
责任编辑	杨小军(025—83790586;bioyangxj@126.com)
经　　销	江苏省新华书店
印　　刷	南京京新印刷厂
开　　本	700 mm×1000 mm　1/16
印　　张	22.25
字　　数	449 千字
版　　次	2010 年 9 月第 1 版　2010 年 9 月第 1 次印刷
书　　号	ISBN　978-7-5641-2408-3
定　　价	45.00 元

＊ 东大版图书若有印装质量问题，请直接联系读者服务部，电话:(025)83792328。

序

作为微软"云+端"战略的重要组成部分，Silverlight 技术是"端"开发中的重要开发平台。借助 Silverlight 技术强大的跨平台能力，开发者可以将同一软件应用，部署至浏览器、桌面操作系统、移动设备、电视机、游戏机等不同终端。经历三年的演变，Silverlight 技术从无人知晓的浏览器插件到多达 7 亿次的用户下载；从寥寥无几的网站应用到拥有 60 万开发者、375 个开发合作伙伴的优秀 RIA 开发平台；Silverlight 技术得到了国内行业用户、网站，以及个人开发者越来越多的喜爱和支持。

万晓凌先生编著的《零起点学通 Silverlight》是送给国内 RIA 开发者的一个惊喜。本书内容章节上划分明晰、案例翔实。分为准备篇、设计篇、开发篇和案例篇，叙述简明易懂，注重实用性和可操作性。大量实用的范例，生动透彻的讲解，图文并茂的说明，一步步引领读者进入 Silverlight 的精彩世界！

本书作者万晓凌先生具有 10 多年的.NET 开发经验，在工作之余，将其研究和学习心得整理编辑成书以飨读者，钦佩之情，无以言表！相信本书的面市必将对于 RIA 技术的开发者、架构师及技术决策者带来良多收获！

黄继佳

2010.9.1

［黄继佳　微软（中国）有限公司开发工具及平台事业部 Silverlight 技术经理，从 Silverlight 发布之初，就作为微软（中国）负责人主管 Silverlight 技术在中国区的技术合作及普及工作。］

目 录

第二部分　Silverlight 设计篇

第三部分　　Silverlight 开发篇

第四部分　Silverlight 实战篇

第一部分
Silverlight准备篇

第一部分
Silverlight基础篇

第1章 Silverlight 4 简介

1.1 什么是 Silverlight

　　Silverlight 是设计、开发和发布有多媒体体验与富互联网应用程序（RIA，Rich Interface Application）的网络交互程序，是提升互联网用户体验的一项 Web 技术。Silverlight 技术的出现将桌面丰富的用户界面体验带到了互联网。Silverlight 整合了一系列工具、技术和服务，使创建富互联网应用程序的工作更加轻松，不再受限于浏览器所能实现的功能，而是可以实现新的 RIA 平台所支持的各种交互行为，是一种跨浏览器、跨平台的. NET Framework 实现，用于为 Web 生成和提供下一代媒体体验和丰富的交互式应用程序（RIA）。Silverlight 统一了服务器、Web 和桌面的功能，统一了托管代码和动态语言、声明性编程和传统编程以及 Windows Presentation Foundation （WPF）的功能。

　　Silverlight 是一个浏览器插件，引入一种开发者和设计师都容易理解的 XAML 语言文件。XAML 语言是一种可扩展性应用程序标记语言，因为 XAML 是基于 XML 的语言，XML 语言又是基于文本的，所以，XAML 可以很容易地穿透防火墙，并且可以用搜索引擎索引到。

　　Silverlight 4 新版强化与用户的连接，允许用户通过桌面、开始菜单快速连接功能启动应用程序，并改善对影音的支持。内建新的 3D 与动画功能，改善文字使用及支持硬件加速效果，提供几十种控制功能及程序码，如摄像头与 MIC 硬件支持、报表打印支持、本地文件读写、更强大的富文本控件 RichTextBox 和具有可粘贴、排序功能的 DataGrid，以及各种专业的设计主题等。

　　WCF 功能也增强了，WCF RIA Service 让开发多层式架构的过程就如同传统 2 层式架构应用程序一般自然。支持 TCP 通讯，比较 HTTP 提升 3～5 倍，限于 4502 ～4534 端口。简化 WCF RIA Services 应用开发过程，通过 WCF RIA Services 可轻松存取数据源。

　　Silverlight 4 其他一些重要功能改变有：兼容性增强，对 Google 的 Chrome 浏览器的支持；MEF 支持，MEF 全称为 Managed Extensibility Framework，译为"托管扩展框架"，支持创建大型复杂的应用程序；运行速度提升，启动速度和渲染速度较前个版本提升 2 倍左右；DRM 增强，支持 PlayReady，可以对视频和音频的播放进行保护，补充了对H. 264 的 DRM 保护。

Silverlight 允许您创建具有以下功能的最先进的应用程序：

◎它是一种跨浏览器、跨平台的技术。它可在所有常见的 Web 浏览器中运行，包括 Microsoft Internet Explorer、Mozilla Firefox 以及 Apple Safari 和谷歌浏览器，并可在 Microsoft Windows 和 Apple Mac OS X 上运行。

◎它由可在数秒内安装的很小的下载程序支持。

◎它对视频和音频进行流处理。它将视频品质调整到适合各种环境：从移动设备到桌面浏览器以及 720p HDTV 视频模式。

◎它包括用户可以直接在浏览器中操作(拖动、旋转和缩放)的足够清晰的图形。

◎它读取数据并更新显示内容，但是不通过刷新整个页面来打断用户。

应用程序可以在 Web 浏览器中运行；您也可以配置应用程序，使用户可以在自己的计算机上运行该应用程序(浏览器外)。

1.2　Silverlight 技术架构

Silverlight 的核心是通过一个浏览器的插件来解释 XAML，并且使用 Java-Script 或者基于 .Net Framework 和公共语言运行库(CLR)为基础的编程模型。可以调用基于 JavaScript DOM 的方法来控制 XAML 中的元素，如图 1.2－1。

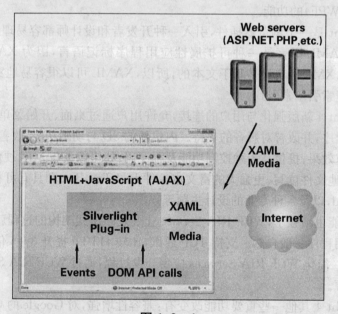

图 1.2－1

Silverlight 内置了 WMV、WMA、MP3、H.264、AAC、MP4 等的解码器，客户端在观看 Silverlight 视频以及音频应用的时候，不需要考虑系统中是否提前预装了解码器。

可以跨浏览器和平台创建相同的用户体验,使应用程序的外观和执行效果保持一致。使用熟悉的.Net Framework 类和功能,将来自多个网络位置的数据和服务集成到一个应用程序中。引人注目且易于访问的富媒体用户界面(UI)。Silverlight 使开发人员更容易生成此类应用程序,因为它克服了当前技术的许多不兼容性,并且在一个平台内提供了可用于创建跨平台的丰富集成应用程序的工具:

图 1.2-2 显示了 Silverlight 平台的核心表示层功能。

◎输入处理来自硬件设备(例如键盘和鼠标、绘图设备和其他输入设备)的输入。

◎Deep Zoom 使您能够放大高分辨率图像和围绕该图像进行平移。

◎布局:可以动态定位 UI 元素。

◎媒体具有播放和管理各种类型音频和视频文件的功能。

◎数据绑定可以链接数据对象和 UI 元素。

◎DRM 可以对媒体资产启用数字版权管理。

◎控件支持可通过应用样式和模板来自定义可扩展控件。

◎为 XAML 标记提供分析器。

◎UI 呈现:呈现矢量和位图图形、动画以及文本。

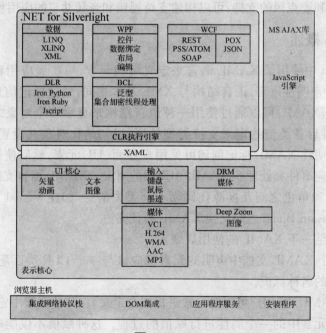

图 1.2-2

Silverlight 还提供了创建丰富的交互式应用程序的附加功能:

◎异步编程:当应用程序被释放以便进行用户交互时,后台工作线程会执行编程任务。

◎文件访问：允许直接访问用户系统中的本地目录，允许访问的目录有："我的文档"、"我的音乐"、"我的图片"和"我的视频"等。

◎独立存储：提供从 Silverlight 客户端到本地计算机的文件系统的安全访问。可以将本地存储和数据缓存与特定用户隔离。

◎序列化：支持将 CLR 类型序列化为 JSON 和 XML。

◎XML 库：XmlReader 和 XmlWriter 类简化了使用 Web 服务中的 XML 数据的过程。开发人员借助 XLINQ 功能可使用. Net Framework 编程语言直接查询 XML 数据。

◎HTML 托管代码交互：. Net Framework 程序员可以直接操作网页 HTML DOM 中的 UI 元素。Web 开发人员也可以使用 JavaScript 直接调用托管代码，以及访问可编写脚本的对象、属性、事件和方法。

◎打包：提供用于创建. xap 包的 Application 类和生成工具。. xap 包中包含要运行 Silverlight 插件控件所需的应用程序和入口点。

◎打印：提供了可扩展的打印 API，为了直接打印 Silverlight 应用程度中的内容，可以使用这些 API 来建立一个虚拟的可视化树。

◎摄像头和麦克风的支持：可以构建支持视频和音频共享的应用程序。

1.3　XAML 概述

Silverlight 中使用了 XAML 语言来定义可视元素，可扩展应用程序标记语言 XAML 是一种声明性语言，语言结构与 XML 基本相同，通过标记信息记录文件内容。具体来说，XAML 可以通过使用一种语言结构来显示多个对象之间的分层关系，并使用一种后备类型约定来支持类型扩展，以初始化对象并设置对象的属性。您可以使用声明性 XAML 标记创建可见用户界面（UI）元素，然后使用单独的代码隐藏文件来响应事件和处理在 XAML 中声明的对象。XAML 语言支持在开发过程中在不同工具和角色之间互换源代码而不会丢失信息，如在 Visual Studio 和 Microsoft Expression Blend 之间交换 XAML 源代码。

现简单总结一下 XAML 的使用规则：

（1）每一个 XAML 文档中声明的元素都应该与一个 CLR 类匹配，其中该类的名称由该元素的名称标识。

（2）在 XAML 中，用户可以对元素进行嵌套定义，在其他元素中定义 XAML 元素常常是对其元素中的一个属性进行赋值的过程。这种赋值不仅能以元素嵌套的方式进行，还可以通过符合一定格式的字符串标志来完成。

（3）在 XAML 中，对元素属性的赋值实际上就是对该元素所对应类实例的属性进行赋值，或者是对该类中定义的事件添加响应函数。

来看一个 XAML 文档的基本框架，该文档表示一个新的空白窗口：

```
<UserControl x:Class="SilverlightApplication2. MainPage"
    xmlns="http://schemas.microsoft.com/winfx/2006/xaml/presentation"
    xmlns:x="http://schemas.microsoft.com/winfx/2006/xaml"
    xmlns:d="http://schemas.microsoft.com/expression/blend/2008"
    xmlns:mc="http://schemas.openxmlformats.org/markup-compatibility/2006"
    mc:Ignorable="d"
    d:DesignHeight="300" d:DesignWidth="400">
    <Grid x:Name="LayoutRoot" Background="White">

    </Grid>
</UserControl>
```

该文档只包含两个元素,顶级的 UserControl 元素,以及一个 Grid 元素,XAML使用基于 XML 的标签定义界面,具有 .xaml 文件扩展名的 XML 文件。在实现一个 Silverlight Web 应用的时候,你需要有一个包含 Silverlight 所需命名空间的 XML 描述,用于识别自己和自己的元素,通过 xmlns 标签属性实现。XAML 文件的根元素中存在了四个命名空间 xmlns 声明。如第一个声明将 Silverlight 核心 XAML 命名空间映射为默认命名空间:xmlns = "http://schemas.microsoft.com/winfx/2006/xaml/presentation",第二个声明为 XAML 定义的语言元素映射一个单独的 XAML 命名空间,通常将它映射为 x:前缀:xmlns:x="http://schemas.microsoft.com/winfx/2006/xaml"。

XAML 用于构造用户界面,但为了应用程序具有一定的功能,还需要一个连接包含应用程序代码的事件处理程序的方法。XAML 通过使用 Class 特性使这一问题得以解决。

```
<UserControl x:Class="SilverlightApplication2. MainPage"
```

在 Class 特性放置了名称空间前缀 x,意味着这是 XAML 语言中更通用的部分,Class 特性告诉 XAML 解析器使用指定的名称生成一个新的类,名为 MainPager 的新类。

Silverlight 包含了一个 XAML 的运行时解析器,用于构建和初始化 Silverlight 对象。XAML 可以创建可见用户界面(UI)元素,基于 XML 的语言,用来描述展现层元素的语言,包括了应用的界面、图形、动画、媒体以及控件等。

▶ **1.4 参考网址**

◎微软站点

Silverlight 开发中心:http://msdn.microsoft.com/zh-cn/silverlight/default.aspx
Silverlight 社区:http://www.silverlight.net/

Silverlight 微软中文网站：http：//www. microsoft. com/china/silverlight/

Expression 社区：http：//expression. microsoft. com/

Expression 新版学习资料：http：//www. microsoft. com/canada/expression/resources/

免费测试空间：http：//silverlight. live. com/

◎其他站点

CSDN：http：//forum. csdn. net/SList/Silverlight/

博客园：http：//www. cnblogs. com/cate/silverlight/

台湾 IT：http：//www. dotblogs. com. tw/

http：//www. 51cto. com

http：//publish. itpub. net/dotnet/index. shtml

http：//geekswithblogs. net/WynApseTechnicalMusings/Tags/silverlight-4/default. aspx

http：//www. silverlightcream. com/

http：//www. designersilverlight. com/

http：//www. telerik. com/support/demos. aspx

◎第三方 Silverlight 控件

ComponentOne：http：//www. componentone. com/SuperProducts/StudioSilverlight/

DevExpress：http：//www. devexpress. com/Products/NET/Components/Silverlight/Grid/

Infragistics：http：//www. infragistics. com/innovations/silverlight. aspx

Intersoft：http：//intersoftpt. com/WebAqua/

NETiKA Tech：http：//www. netikatech. com/demos/

Telerik：http：//www. telerik. com/products/silverlight/

Visifire：http：//www. visifire. com/

Xceed：http：//xceed. com/Upload_Silverlight_Intro. html

◎下载站点

Microsoft Visual Studio 2010 Ultimate Trial-ISO：

http：//www. microsoft. com/downloads/details. aspx? displaylang＝en&FamilyID＝06a32b1c-80e9-41df-ba0c-79d56cb823f7

Visual Studio 2010 速成版 Express 下载：

http：//www. microsoft. com/express/Downloads/

VS2010 中文版供 MSDN 订阅用户下载：

http：//msdn. microsoft. com/zh-cn/subscriptions/downloads/default. aspx? pv

=18：370

Microsoft Silverlight 4 Tools for Visual Studio 2010：

http：// go. microsoft. com/fwlinkid=177508

WCF RIA Services：

http：// www. silverlight. net/getstarted/riaservices/

Microsoft Expression Studio 4 Ultimate Trial：

http：// www. microsoft. com/downloads/details. aspx？ FamilyID=f17ac9b8-6d4d-4acc-93cb-54fabdeb3cfe&displaylang=en

SQL Server 2008 Express：

http：// www. microsoft. com/express/Downloads/＃SQL_Server_2008_R2_Express_Downloads

第2章　主要工具安装与使用

2.1　安装 Visual Studio 2010

Visual Studio 是一个开发环境（IDE）。Visual Studio 的 IDE 已经成为软件开发工具的标杆，在 Visual Studio 2010 中，微软用全新的 WPF 技术重新打造了它的编辑器，借助 WPF 的强大功能，新的编辑器可以实现很多以前 Visual Studio 2008 的 IDE 根本无法想象的功能，比如代码的无级缩放、多窗口即时更新、文档地图、代码的自动产生等等，这些新的 IDE 特性都会极大地提高程序员的开发效率，Visual Studio 2010 可从下面的地址下载安装：

http：// www. microsoft. com/downloads/details. aspx？ displaylang＝en&FamilyID＝06a32b1c-80e9-41df-ba0c-79d56cb823f7

Visual Studio 的 Silverlight 工具包不要提前安装，Visual Studio 2010 主要安装流程如下：

（1）运行安装文件，在收集完系统信息后，安装程序引导进入许可证页面，我们当然是选择"已经阅读了"，如图 2.1-1。

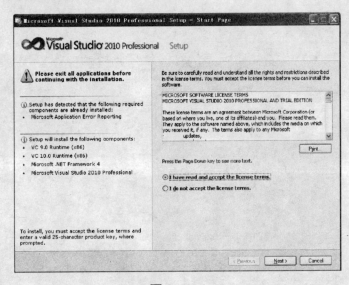

图 2.1-1

（2）因完全安装所需空间很大，可达 5 G，建议选择定制安装，如图 2.1-2。

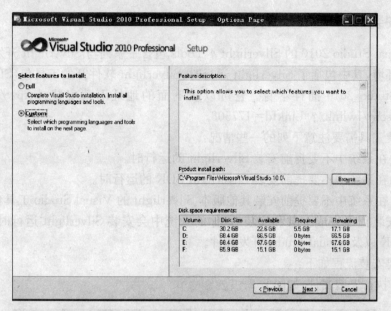

图 2.1-2

（3）选择常用的开发语言等所需的选项，可节省不少的空间，注意需选择 Visual Web Developer，否则后面 Silverlight 4 工具不能安装，如图 2.1-3。

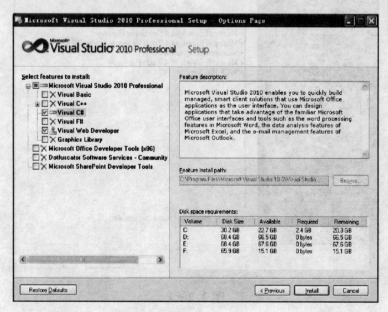

图 2.1-3

(4) 点击 Install，等待一下，安装即可成功。

2.2 安装 Silverlight 4 工具包

Visual Studio 2010 的 Silverlight 4 Tools 包含一系列与 Silverlight 开发相关的工具和环境，其中包括了 Silverlight 运行时、Silverlight 软件开发工具包（SDK）以及 Visual Studio 2010 插件本身。它可以从下面的地址下载安装：http：// go. microsoft. com/fwlink/？ LinkId＝177508。

安装工具需要注意下列的一些情况：

(1) 在系统中不要提前安装 Silverlight 的运行时。

(2) 在系统中不要提前安装 Silverlight SDK 的运行时。

(3) 在系统中不要提前安装其他版本 Silverlight 的 Visual Studio 工具包。

当安装程序完成下载和安装后，你的系统中会安装 Silverlight 运行时、Silverlight SDK 以及 Visual Studio 开发插件。

主要安装流程如下：

(1) 执行安装文件，如图 2.2－1。

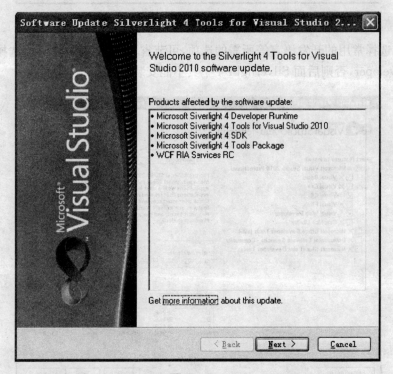

图 2.2－1

(2) 许可界面，选中"I have read and accept the license terms"出现"Next"，如图

2.2 - 2。

图 2.2 - 2

(3) 单击"Next",安装,直至完成,如图 2.2 - 3。

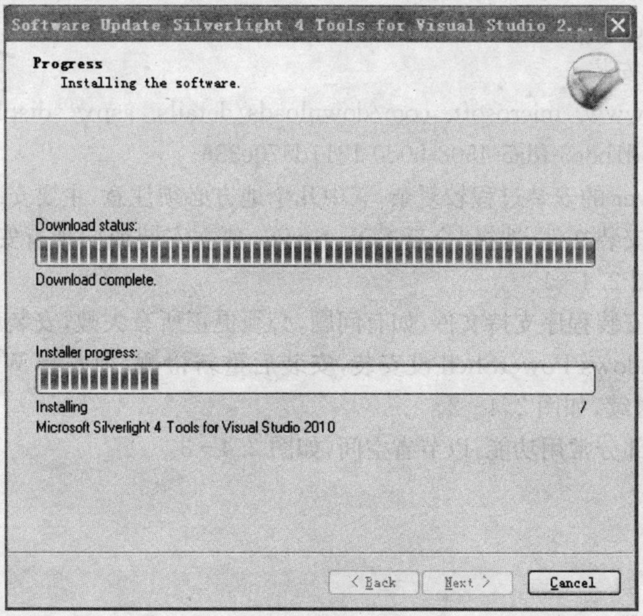

图 2.2 - 3

2.3 安装 Expression Blend 4

Microsoft Expression 套装设计工具为图形和交互设计人员提供了丰富的应用界面,大大提高了工作效率,而且加强设计人员和开发人员之间的合作,其中 Expression Blend 工具,为所有的图形元素生成 XAML 标记,所以即使设计人员不理解 XAML 语法,也同样能够设计。

Expression Blend 是一款用于对 WPF 和 Silverlight 的 XAML 文档进行可视化设计的软件,Blend 4 和 Visual Studio 2010 共享一种项目格式,在这两种环境中,代码、组件以及控件可以被共享,因此设计人员和开发人员就可以高效地合作。Microsoft Expression Studio 4 可以从下面的地址下载安装:

http:// www. microsoft. com/downloads/details. aspx? familyid＝F17AC9B8-6D4D-4ACC-93CB-54FABDEB3CFE&displaylang＝en

安装较简单,只需要一路点击 Next 就行了。

2.4 安装 SQL Server 2008 Express

具有高级服务的 Microsoft SQL Server 2008 Express 提供了高级图形管理工具和强大的报表功能,为 Web 开发强大的数据驱动型程序会比以往更加轻松。用户可以免费下载、分发和嵌入到应用程序中,数据库可以通过 SQL Server Management Studio Express 等工具进行管理,本书部分案例将使用 SQL Server 2008 Express with Advanced Services,可同时具有 SQL Server 和 Management Studio,可以从下面的地址下载安装:

http：// www. microsoft. com/downloads/details. aspx? displaylang ＝ en&FamilyID＝b5d1b8c3-fda5-4508-b0d0-1311d670e336

SQL Server 的安装过程较复杂,其中几个地方必须注意,主要安装流程如下:

(1) 运行安装文件,选择"全新 SQL Server 独立安装或向现有安装添加功能",启动安装,如图 2.4－1。

(2) 检查安装程序支持文件,如有问题,必须更正所有失败,安装程序才能继续,经常发生 Windows PowerShell 没安装,安装后重新检测,须安装 Windows PowerShell 后才能继续,如图 2.4－2。

(3) 选择部分常用功能,以节省空间,如图 2.4－3。

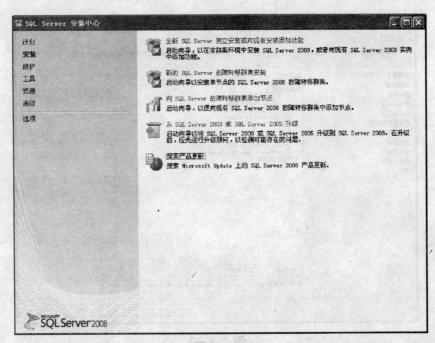

图 2.4 - 1

图 2.4 - 2

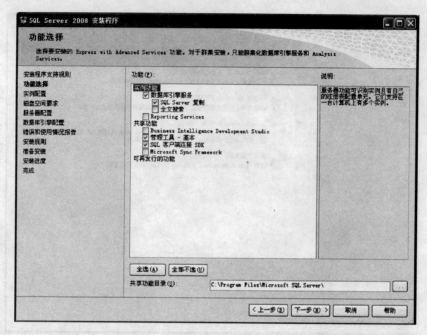

图 2.4 - 3

（4）实例配置：选择命名实例，如有安装实例，建议删除后再安装。

（5）服务器配置：可设立一账户及密码，如图 2.4 - 4。

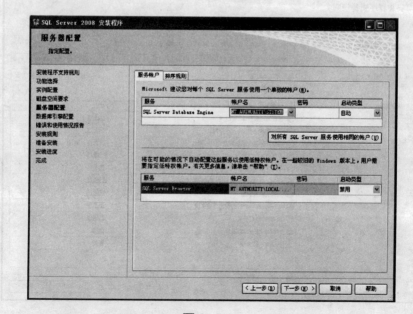

图 2.4 - 4

（6）数据库引擎配置，选择 Windows 身份验证模式，并添加当前用户为管理员，如图 2.4-5。

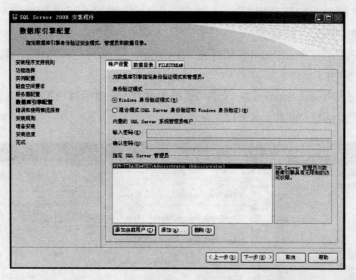

图 2.4-5

（7）一直点击"下一步"，安装会成功完成。

安装完成后，打开 SQL Server Management Studio，在主界面右击"数据库"，对话框中单击"附加"按钮，然后从"定位数据库文件"对话框中选中数据库文件，如图 2.4-6。

图 2.4-6

2.5 创建第一个 Silverlight 应用

下面举例说明如何利用 Visual Studio 2010 使用 C♯ 语言创建第一个基于 Silverlight 4 的应用。

在你安装了 Visual Studio 和开发 Silverlight 所需的工具和模板后,就可以开发 Silverlight 应用了。

（1）打开 Visual Studio,在"文件"菜单中选择"新建项目"（New Project）,会弹出"新建项目"对话框,如图 2.5 - 1。

图 2.5 - 1

（2）弹出的对话框中选择 Silverlight Application。

（3）输入项目名称和地址,点击 OK 按钮。

（4）弹出对话框中,出现是否需要一个承载的 Web 站点,如需要还需选择项目类型,下面还有 Silverlight 版本选择及是否需要 WCF RIA Services,选择好后,点击 OK 按钮,如图 2.5 - 2。

（5）项目文件目录如图 2.5 - 3,可以开始编写程序了。

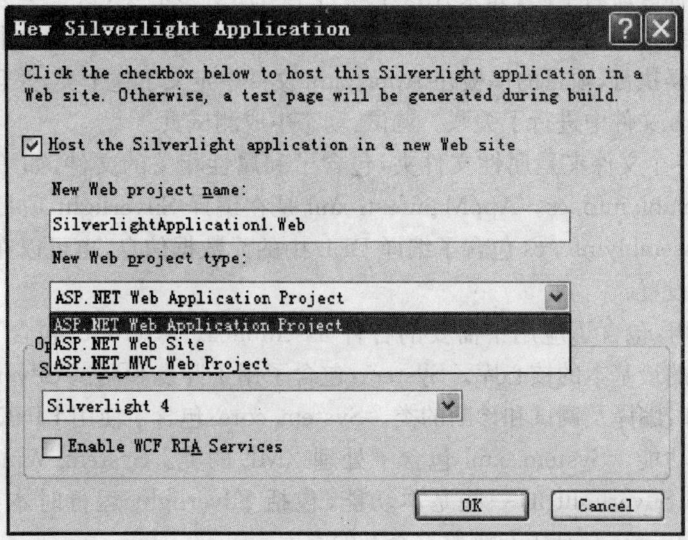

图 2.5 - 2

图 2.5 - 3

项目由 Silverlight 控件子项目和承建 Silverlight 应用的 Web 子项目组成。

Silverlight 控件项目是由模板创建的最基本项目,这个项目包含了若干文件,包括 XAML 文件及 XAML 的后台代码(code-behind),一个包含后台代码的模板页、编译文件和一些需引用的类库。

点右键项目属性,可看到下列内容:

(1) Silverlight:有程序集名称,被编译一个 DLL 的时候,编译得到 DLL 的文件就是这个名称。命名空间,如果在这个项目中引用更多的类,这些类会被加上命名空间作为前缀。启动项默认项目名称为文件名,以. App 为结尾。这个类在项目开始执行的时候执行,项目的模板在 App. xaml 文件中定义了这个类,并且在后台代码 App. xaml. cs 文件中进行了关联。调试:动态生成测试页。

(2) 第一个文件夹是属性文件夹,包含了和属性相关的文件,如 AppMainfest. xml 和 Assemblyinfo. cs。AppMainfest. xml 是在编译 Silverlight 项目过程中生成的文件。Assemblyinfo. cs 包含了编译 DLL 中的元数据信息,也可以在程序集信息的对话框中设置。

(3) 引用:包含了应用中需要的各种 assemblies。Mscrolib:包含了 Silverlight 应用中所需的最基本的核心库。System:包含了用于开发和调试 Silverlight 应用的高级类,例如:编译及调试和诊断的类。System. core:包含了使用 LINQ 对数据进行操作的相关功能。System. xml 包含了处理 XML 的类。System. Windows 包含了 Windows 和 Silverlight 的一些基本功能,包括 Silverlight 运行时本身。System. Windows. Browser 包括了与浏览器交互的类库。

(4) App. xaml 和 App. xaml. cs:是创建 Silverlight 项目的时候由 Visual Studio IDE 直接建立的一个文件,包含了应用程序中和全局性相关的一些信息。

```
<Application xmlns="http://schemas.microsoft.com/winfx/2006/xaml/presentation"
             xmlns:x="http://schemas.microsoft.com/winfx/2006/xaml"
x:Class="SilverlightApplication76. App">
    <Application. Resources>
    ..................
    </Application. Resources>
</Application>
```

x:Class 标签指定了 XAML 和 XAML 绑定的后台代码编译时类的名字。正如你所看见的,这个例子中 Silverlight Application76. App 就是(1)中对话框的启动对象。当 Silverlight 应用程序运行时,这个类将包含所需的所有函数。

通过 Startup 标签指定一下包含在应用启动过程中执行的函数,这个函数包含在应用程序启动时后台代码包含的函数名,也可以通过 Exit 标签来指定一个在应用结束时需要执行的函数。

```
using System;
using System. Collections. Generic;
using System. Linq;
using System. Net;
using System. Windows;
using System. Windows. Controls;
```

```
using System. Windows. Documents;
using System. Windows. Input;
using System. Windows. Media;
using System. Windows. Media. Animation;
using System. Windows. Shapes;
namespace SilverlightApplication3
{
    public partial class App: Application
    {
        public App()
        {
            this. Startup += this. Application_Startup;
            this. Exit += this. Application_Exit;
            this. UnhandledException += this. Application_UnhandledException;
            InitializeComponent();
        }
        private void Application_Startup(object sender, StartupEventArgs e)
        {
            this. RootVisual = new MainPage();
        }
        private void Application_Exit(object sender, EventArgs e)
        {
        }
        private void Application_UnhandledException(object sender, ApplicationUnhan-
dledExceptionEventArgs e)
        {
            // If the app is running outside of the debugger then report the exception using
            // the browser's exception mechanism. On IE this will display it a yellow alert
                // icon in the status bar and Firefox will display a script error.
            if (! System. Diagnostics. Debugger. IsAttached)
            {
// NOTE: This will allow the application to continue running after an exception has been thrown
                // but not handled.
                // For production applications this error handling should be replaced with
something that will
                // report the error to the website and stop the application.
                e. Handled = true;
                Deployment. Current. Dispatcher. BeginInvoke (delegate { ReportEr-
rorToDOM(e); });
```

```
                    }
                }
        private void ReportErrorToDOM(ApplicationUnhandledExceptionEventArgs e)
                {
                    try
                    {
        string errorMsg = e. ExceptionObject. Message + e. ExceptionObject. StackTrace;
                        errorMsg = errorMsg. Replace("', '\"). Replace("\r\n", @"\n");
                        System. Windows. Browser. HtmlPage. Window. Eval("throw new
        Error(\"Unhandled Error in Silverlight Application" + errorMsg + "\");");
                    }
                    catch (Exception)
                    {
                    }
                }
            }
        }
```

默认情况下,Startup 和 Exit 包含的函数会自动通过 XAML 被触发执行。首先看看构造函数,函数内部通过编码的方式注册了 Startup 和 Exit 两个事件函数。Application_Startup 函数将应用中的 RootVisual 的属性设置为了 Page 对象,Page 对象声明了 Page 对象是应用中最先被解释的用户界面元素。

(5) Page. xaml 和 Page. xaml. cs:Page. xaml 包含了默认的用户界面(UI),当 Page. xaml 和它关联的后台代码编译后,会直接调用 Page 类,建立 Page 对象,App 中的 RootVisual 属性被设置了 Page 对象的实例,从而使这个类提供了默认的用户界面。

```
    <UserControl x:Class="SilverlightApplication3. MainPage"
        xmlns="http://schemas. microsoft. com/winfx/2006/xaml/presentation"
        xmlns:x="http://schemas. microsoft. com/winfx/2006/xaml"
        xmlns:d="http://schemas. microsoft. com/expression/blend/2008"
        xmlns:mc="http://schemas. openxmlformats. org/markup—compatibility/2006"
        mc:Ignorable="d"
        d:DesignHeight="300" d:DesignWidth="400">
        <Grid x:Name="LayoutRoot" Background="White">

        </Grid>
    </UserControl>
```

首先,XAML 第一个容器是 UserControl。

xmlns 和 xmlns：x 声明了默认的命名空间和扩展的命名空间。最后设置了宽高 300×400。接下来是 Grid，Grid 是 Silverlight 根标签的一个容器，在这个例子中使用了名为 LayoutRoot 的 Grid。之后所有用户界面（UI）的实现都会是这个节点的子标签。

除创建模板项目外，还创建了一个 Web 项目承建 Silverlight 应用。这个 Web 项目包含两个文件：一个是测试 ASPX 文件；另一个是测试 HTML 文件，这些页面包含了一个运行 Silverlight 应用所需的所有相关文件。

虽然 Silverlight 对服务器没有什么特别的需求，但是 ASP. NET 提供了一些可在客户端生成托管 Silverlight 应用的 JavaScript 和 HTML 控件。TestPage 文件包含了这些控件的引用，下面是测试 ASPX 文件的代码。

```
<%@ Page Language="C#" AutoEventWireup="true" %>
<! DOCTYPE html PUBLIC "-//W3C//DTD XHTML 1.0 Transitional//EN"
"http://www.w3.org/TR/xhtml1/DTD/xhtml1-transitional.dtd">
<html xmlns="http://www.w3.org/1999/xhtml" >
<head runat="server">
<title>SilverlightApplication3</title>
<style type="text/css">
html, body {
    height: 100%;
    overflow: auto;
}
body {
    padding: 0;
    margin: 0;
}
#silverlightControlHost {
    height: 100%;
    text-align: center;
}
</style>
<script type="text/javascript" src="Silverlight.js"></script>
<script type="text/javascript">
    function onSilverlightError(sender, args) {
        var appSource = "";
        if (sender != null && sender != 0) {
            appSource = sender.getHost().Source;
        }
```

```
                    var errorType = args. ErrorType;
                    var iErrorCode = args. ErrorCode;
                    if (errorType == "ImageError" || errorType == "MediaError") {
                        return;
                    }
            var errMsg = "Unhandled Error in Silverlight Application " + appSource + " \n";
                    errMsg += "Code: "+ iErrorCode + " \n";
                    errMsg += "Category: " + errorType + " \n";
                    errMsg += "Message: " + args. ErrorMessage + " \n";
                    if (errorType == "ParserError") {
                        errMsg += "File: " + args. xamlFile + " \n";
                        errMsg += "Line: " + args. lineNumber + " \n";
                        errMsg += "Position: " + args. charPosition + " \n";
                    }
                    else if (errorType == "RuntimeError") {
                        if (args. lineNumber ! = 0) {
                            errMsg += "Line: " + args. lineNumber + " \n";
                            errMsg += "Position: " + args. charPosition + " \n";
                        }
                        errMsg += "MethodName: " + args. methodName + " \n";
                    }
                    throw new Error(errMsg);
                }
            </script>
    </head>
    <body>
        <form id="form1" runat="server" style="height:100%">
        <div id="silverlightControlHost">
            <object data = " data: application/x-silverlight-2," type = " application/x-silver-
light-2" width="100%" height="100%">
                <param name="source" value="ClientBin/SilverlightApplication3. xap"/>
                <param name="onError" value="onSilverlightError" />
                <param name="background" value="white" />
                <param name="minRuntimeVersion" value="4. 0. 50401. 0" />
                <param name="autoUpgrade" value="true" />
        <a href="http: // go. microsoft. com/fwlink/? LinkID=149156&v=4. 0. 50401. 0"
style="text-decoration:none">
                <img src="http: // go. microsoft. com/fwlink/? LinkId=161376" alt="Get
Microsoft Silverlight" style="border-style:none"/>
```

```
        </a>
      </object><iframe id="_sl_historyFrame" style="visibility:hidden;height:0px;
width:0px;border:0px"></iframe></div>
      </form>
    </body>
  </html>
```

页面提供了 AJAX 应用及出错提示信息,向客户端提供 JavaScript 相关函数的下载和引用的工作,并引用了 Silverlight 控件,使用了 XAP 文件作为参数,该控件会生成包含 DIV 和 CreateSilverlight 函数的 HTML 代码。

Web 应用程序是将整个网站应用程序编译成一个 DLL。而网站项目中是对每个 ASPX 生成的代码文件单独编译,特殊目录 App_Code 中代码文件才编译成单独一个程序集。这种设计可以单独生成一个页和该页程序集,上传的时候可以只更新此页。但这个"网站"项目编译速度慢,类型检查不彻底。两个不同的 ASPX 可以生成相同的两个名称的类。发布的时候,也很慢,会删除所有原始发布目录中的所有文件,且复制所有新的文件。并且中间还有停顿,需要用户主动按覆盖文件的按钮才能发布。

Web 应用程序中,发布的时候一开始就可以设置是否覆盖。原来的网站要升级过来,需要生成一个设计类代码页。有了此文件,编译的时候,编译器就不用再分析 ASPX 页面了,如此明显加快了编译速度,且只生成一个程序集,执行的速度页快了。

第3章 基础准备

▷ 3.1 数据库基础

3.1.1 SQL Server 简介

SQL Server 是由一系列相互协作的组件构成的,能满足最大的 Web 站点和企业数据处理系统存储和分析数据的需要,是一个全面的、集成的、端到端的数据解决方案,它为用户提供了一个安全、可靠和高效的平台用于企业数据管理和商业智能应用。为 IT 专家和信息工作者带来了强大的、熟悉的工具,同时减少了在从移动设备到企业数据系统的多平台上创建、部署、管理及使用企业数据和分析应用程序的复杂度。

SQL Server 数据平台包括以下工具:

◎关系型数据库:安全、可靠、可伸缩、高可用的关系型数据库引擎,提升了性能且支持结构化和非结构化(XML)数据。

◎复制服务:数据复制可用于数据分发、处理移动数据应用、企业报表解决方案的后备数据可伸缩存储、与异构系统的集成等。

◎通知服务:用于开发、部署可伸缩应用程序的先进的通知服务能够向不同的连接和移动设备发布个性化、及时的信息更新。

◎集成服务:可以支持数据仓库和企业范围内数据集成的抽取、转换和装载能力。

◎报表服务:全面的报表解决方案,可创建、管理和发布传统的、可打印的报表和交互的、基于 Web 的报表。

◎管理工具:SQL Server 包含的集成管理工具可用于高级数据库管理和调谐,它也和其他微软工具,如 MOM 和 SMS 紧密集成在一起。标准数据访问协议大大减少了 SQL Server 和现有系统间数据集成所花的时间。此外,构建于 SQL Server 内的内嵌 Web Service 确保了和其他应用及平台的互操作能力。

Microsoft SQL Server 2005 是由数据的表集合和其他对象,如视图、索引、存储过程、触发器组成,包含一套图形化工具。

SQL Server Express Edition 是免费、易于使用、可嵌入的 SQL Server 轻型版本。可免费下载、重新发布、嵌入,便于新的开发人员立即使用。SQL Server Express 包含强大的功能(如 SQL Server Management Studio Express),可以轻松地管理数据库。

SQL Server 2008 Express 提供了 SQL Server 2008 的很多特性,但并没有涉及企业关系数据库管理系统。因此 SQL Server 2008 Express 只是您开发应用程序的一个基础。如果您已经熟悉了 SQL Server 2008 Express 的应用,那么当您需要扩展 SQL Server 2008 Express 的功能时,可能就已经具备了毫不费力就可扩展到 SQL Server 其他高端版本的能力。SQL Server Express 2008 所整合的特性,包括 ADO. NET 实体框架、与 Visual Studio 及. NET 的集成等,为程序开发人员提供实现高效开发工作的可能。

范例1 示范使用SQL Server创建数据库

使用 SQL Server Management Studio Express 创建数据库,启动后如图 3.1-1:

图 3.1-1

◎右击[数据库]节点,然后从快捷菜单中选择[新建数据库]命令,打开[数据库属性]对话框,如图 3.1-2。

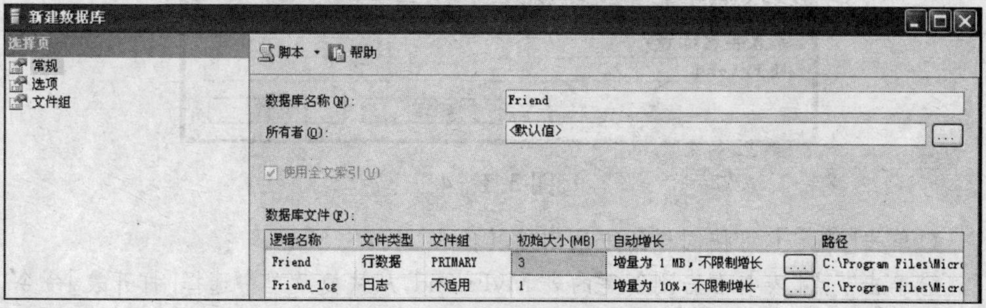

图 3.1-2

◎输入数据库名称,如"Friend",可看到下面出现了名称为 Friend 的数据文件和 Friend_log 的事务日志文件。数据文件包含数据库的启动信息,并用于存储数据,事务日志文件用于恢复数据库的日志文件信息。

◎单击[确定]按钮。

◎创建数据库后,就可以向数据库中添加表了,展开刚创建的数据库 Friend 节点。

◎右击[表]节点,然后选择快捷菜单的[新建表]命令。

◎设计表的结构,输入各字段的名称、类型和长度等。

◎选中 FriendID 字段,然后点击菜单[表设计器]中的[设计主键],将 FriendID 设置为主键,作为主键的 FriendID 字段不允许出现空值,如图 3.1-3 所示。

图 3.1-3

◎单击工具栏的[保存],然后在弹出的对话框中输入表名,如图 3.1-4。

图 3.1-4

◎单击[确定],可按同样的方法创建其他表。

◎单击节点[表],右击刚创建的表 MyFriend,从快捷菜单中选择[打开表]命令,输入每条记录的各字段的值。

3.1.2 表及表的关系

数据库将数据表示为多个表的集合,表按某一公共结构存储的一组相似数据,类似于日常生活的表格,表按行列方式将相关信息排列成逻辑组。表中的每一行称为记录。例如,一个通讯录表,该表包含了姓名、单位电话、手机号码、单位、电子邮件等内容,每项内容是一个字段;而每个客户的姓名、单位电话、手机号码、单位、电子邮件等的一组信息是一条记录。建立表时,表的字段必须指定一种数据类型,字段中存储的数据必须与字段所指定的数据类型一致。

表 3-1 通讯录表

姓名	单位电话	手机号码	单位	电子邮件
陈文龙	0701-86558900	13845687888	余江县税务局	chenwn@sina.com
刘夏明	0773-86665688	13956798666	桂林市财政局	liuxm@sina.com
吴秀琴	0971-88338270	13505152633	青海省民政厅	wuxiuq@sina.com

关系型数据库的最大好处就是能够避免数据的不必要的重复,将包含重复数据的表拆分成若干没有重复数据的简单表,并通过表与表间的关系来检索相关表中的记录,表与表的关系根据两个表格连接方式的不同可分为 3 种:一对一关系,一对多关系,多对多关系。下面分别介绍这 3 种关系:

◎一对一的关系:在一对一的关系中,两个数据表有一相同的字段数据,此字段是一个记录对应一个记录的关系。也就是说,数据表 A 的一条记录在数据表 B 中只能有一条记录与之对应,而数据表 B 的一条记录在数据表 A 中也只能有一条记录与之对应。

例如:一个人对应一个唯一的身份证号,即为一对一的关系。

◎一对多关系:在一对多关系中,数据表 A 的一条记录可以对应数据表 B 的多条记录,但数据表 B 的一条记录在数据表 A 中只能有一条记录与之对应。

例如:一个班级对应多名学生,即为一对多关系。

◎多对多关系:在多对多关系中,数据表 A 的一条记录可以对应数据表 B 的多条记录,反之,数据表 B 的一条记录也可以对应数据表 A 的多条记录。

例如:一个学生可以选修多门课程,而同一门课程可以被多个学生选修,彼此的对应关系即是多对多关系。

3.1.3 数据库设计

数据库是以一定的组织方式存放于计算机外存储器中相互关联的数据集合,它是数据库系统的核心和管理对象,其数据是集成的、共享的以及冗余最小的。

数据库系统有以下特点:

◎数据的结构化:在文件系统中,各个文件不存在相互联系。从单个文件来看,数据一般是有结构的;但是从整个系统来说,数据在整体上又是没有结构的。数据库系统则不同,在同一数据库中的数据文件是有联系的,且在整体上服从一定的结构形式。

◎数据共享:共享是数据库系统的目的,也是它的重要特点。一个库中的数据不仅可为同一企业或机构之内的各个部门所共享,也可为不同单位、地域甚至不同国家的用户所共享。而在文件系统中,数据一般是由特定的用户专用的。

◎数据的独立性:在文件系统中,数据结构和应用程序相互依赖,一方的改变总是要影响另一方的改变。数据库系统则力求减小这种相互依赖,实现数据的独立性。虽然目前还未能完全做到这一点,但较之文件系统已大有改善。

◎可控冗余度:数据专用时,每个用户拥有并使用自己的数据,难免有许多数据相互重复,这就是冗余。实现共享后,不必要的重复将全部消除,但为了提高查询效率,有时也保留少量重复数据,其冗余度可由设计人员控制。

数据库将数据表示为多个表的集合,建立表之间的关系来定义数据库的结构,如同学录表的结构,设计如表 3-2 所示。其中,朋友编号 FriendID 是通讯录表的主键,即每个客户都有唯一的客户号,主键是用来唯一标识表记录的一个或一组字段,主键不允许重复值。例如,不能使用姓名作为主键,因为可能出现重名,因此我们设计表时增加了一个朋友编号字段。

表 3-2　通讯录表结构

字段名	类型	属性	说明
FriendID	int	非空,主键	朋友编号
Name	Varchar(10)		朋友姓名
Tel	Varchar(15)		单位电话
Phone	Varchar(15)		手机号码
Company	Varchar(20)		单位名称
Email	Varchar(20)		电子邮件

3.2　C#编程基础

3.2.1　C#简介

C#是专门用于.NET 的新编程语言,与 NET 有着密不可分的关系。例如,C#的类型其实就是.NET 框架所提供的类型,C#本身无类,而是直接使用.NET 框架所提供的类库。使用 C#可编写动态 Web 页面及传统的 Windows 桌面应用程序等,C#需要.NET 运行库,用 C#编写的 ASP.NET 页面是经编译过的,所以执行也较快,并且可以在 Visual Studio IDE 中调试,容易维护。

　　C#是在.NET框架提供的受控环境下运行,不允许直接操作内存,具有面向对象编程语言所应有的一切特性,如类、对象、接口和继承等。

范例2 简单的C#经典程序

　　项目Ch3_Exam2_1是第一个C#程序,请跟着我们一步一步做,实现一个最基本的C#程序。

　　◎打开Microsoft Visual Studio 2010集成开发环境。

　　◎在"文件"菜单中选择"新建项目"命令。

　　◎如图3.2-1所示,当"新建项目"对话框打开后,在左侧的"项目类型"窗格中选择"Visual C#",在右侧的模板窗格中选择"Console Application"。

　　◎在"名称"文本框输入项目名称"Ch3_Exam2_1",在位置文本中输入项目的存放位置。

　　完成上述操作后,请单击确定"OK"命令按钮。

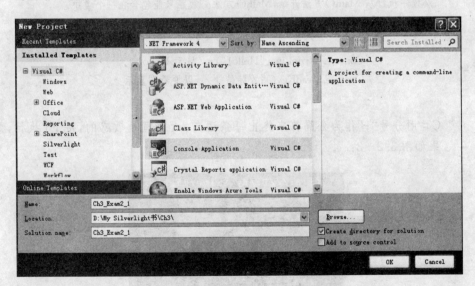

图3.2-1

　　◎至此,我们已经通过Console Application程序模板创建了C#应用程序,如图3.2-2所示。

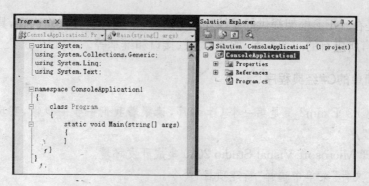

图 3.2 - 2

◎此时,默认的 Program.cs 已经在编辑器打开,输入第一个程序,代码块被包含在一对括号"{"和"}"中,每个括号"}"总是和最近的括号相匹配,若没有全部匹配,则会产生错误。代码如下:

```
//程序执行从 Main()方法开始,Main()方法必须且只能包含在一个类中。
static void Main(string[] args)
        {
            Console.WriteLine("Hello!");//显示 Hello!
            Console.ReadKey();//等待输入,以便看到显示
        }
```

◎C#用分号";"作为分隔符来终止每条语句,大小写是敏感的,按F5执行,效果如图 3.2 - 3:

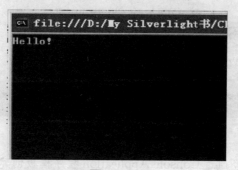

图 3.2 - 3

3.2.2　变量和常量

当程序中需要保存特定的值或计算,就要用到变量,变量可以存储各种信息。C#是一种安全类型语言,存储在变量中的值具有适当的数据类型。

使用变量的一条重要原则是:变量必须先定义后使用。定义变量时,可以直接对变量赋值,相当于初始化变量,或者在程序代码中赋值。

每个变量都有一个给出的名字,在 C♯ 中,变量命名必须遵循以下规则:

◎变量名只能由字母、数字和下划线组成。

◎变量名必须以字母开头。

◎变量名不能包含空格、标点符号、运算符等字符。

◎变量名不能与 C♯ 的关键字同名。

◎变量名不能与 C♯ 中的关键字、库函数名同名。

例如:

```
int money; //合法
string using; //非法,使用了关键字
int a1,a2,a3; //合法
```

常量是固定不变的量,即在程序执行期间,常量的值不会发生改变。可以在任意位置用常量代替实际值。

例如:

```
public const double Pi=3.14;
```

3.2.3 数据类型

C♯数据类型分值类型和引用类型,值类型包括简单类型、结构类型、枚举类型 3 种,引用类型包括类类型、数组类型、代表元类型。值类型与引用类型的区别在于:值类型的变量存储的是所代表类型的实际值,而引用类型的变量不直接存储所包含的值,而是指向它所要存储的值。

◎整数类型:有 short、int、long、char 等。如:char mm='F'。

◎布尔类型:用来表示真和假,只有"true"和"false"两个值,如:bool good=true。

◎实数类型:分浮点类型和 decimal 类型,浮点类型包括单精度类型(float)和双精度类型两种,差别在于取值范围和精度不同。如:double a1=10.98。

◎结构类型:是一种复合数据类型,用于将某些相关的数据组织到一个新的数据类型中。如:

```
Struct Student{
public string Name; //学生姓名
public int age; //学生年龄
public mm class; //学生班级
}
```

◎枚举类型:是一组逻辑上相互关联的整数值,如:

```
Enum week{Sunday,Monday,Tuesday,Wednesday,Thursday,Friday,Saturday}
```

◎数组类型：是具有相同的类型的一组数据，当访问数组中的数据时，可以通过下标来指明，在 C♯ 中，数组中的元素可以是任何数据类型，下标是从 0 开始的，后面逐步递增。如：

```
int [] box=new int[]{12,34,56,98,20};
```

3.2.4 控制语句

控制语句有选择语句和循环语句。

◎if 语句：是最常用的选择语句，格式是：

```
if（布尔表达式）
    内嵌语句
else
    内嵌语句
```

如：

```
If(box>20)
        A1=20;
Else
    A1=0;
```

◎while 语句：是用于重复执行一行或多行代码的循环语句，格式是：

while（布尔表达式）内嵌语句

如：

```
while (i<10)
{
    a=a+10;
    i=i+1;
}
```

◎for 语句：在预先知道循环次数的情况下，使用 for 语句更加方便，格式是：

for(循环控制变量初始值；循环控制条件；改变循环控制变量)

```
{
    内嵌语句
}
```

如：

```
for(int i=0;i<10;i++)
{
sum=sum+i;
}
```

范例3 显示杨辉三角形

图 3.2 - 4 是 Ch3_Exam2_2 程序的运行画面,它示范如何使用 for 循环及二维数组,程序结果显示的是一个杨辉三角形,杨辉三角形主要特征有:每行数字左右对称、由 1 开始逐渐变大然后变小回到 1、第 n 行的数字个数为 n 个、第 n 行数字和为 2^{n-1}、每个数字等于上一行的左右两个数字之和。

图 3.2 - 4

下面将程序代码列示如下,已添加完整的批注,请自行参考。

```
using System;
using System. Collections. Generic;
using System. Linq;
using System. Text;
namespace Ch3_Exam1_2
{
    class Program
    {
        static void Main(string[] args)
        {
            //定义一个二维数据
            int[,] a = new int[10, 10];
            //初始化数组
            a[0,0]=1;
```

```
// for 循环语句
for (int i = 1; i < 10; i++)
{
    a[i, 0] = 1;
    a[i, i] = 1;
    for (int j = 1; j < i; j++)
    {
        a[i, j] = a[i - 1, j - 1] + a[i - 1, j];
    }
}
for (int i = 0; i < 10; i++)
{
    for (int j = 0; j <= i; j++)
    {
        Console. Write("{0}", a[i, j]);
    }
    // 换行
    Console. WriteLine();
}
Console. ReadKey();
```

3.2.5　面向对象

面向对象的主要是将数据及处理这些数据的相应函数封装在一起,称为类,使用类的变量称为对象,在对象内,只有属于该对象的函数成员才可存取该对象的数据成员,这样其他函数也不会任意存取,从而达到保护和隐藏数据的效果。

而传统的结构化语言,都是采用面向过程的方法来解决问题。在结构化程序中,通常包含一个主过程和若干子过程,由其中的子过程来处理问题,再由主过程调用各子过程,在结构化编程方法中,代码和数据是分离的,由此带来了很多缺陷,可维护性较差。面向对象编程方法有:程序可维护性好、程序易于修改、可重用性好。类实际上就是创建对象的模板,每个对象包含了数据和操作过程。

面向对象有三个要素:封装、继承和多态。

◎类的成员有两大类,即类本身所声明的成员及从基类继承来的成员,可以对类的成员使用不同的访问修饰,以便定义成员的访问级别,从访问级别来划分,类的成员可以划分为公有成员、私有成员、保护成员和内部成员。其中公有成员的修饰符是 public，它提供了外部接口，允许类的使用者从外部进行访问；私有成员修饰符是 private，它仅限于类中的成员访问，默认为私有成员；保护成员的修饰符是 protected，它允许派生类访问，但对外部是隐藏的；内部成员的修饰符是 internal。

如：

```
Class Student
{
    public string name; // 公有成员
    private int age; // 私有成员
    protected int height; // 保护成员
}
```

◎继承：在面向对象的方法里，继承是指在基于现有的类创建新类时，新类继承了现有类里的方法和属性。此外，可以为新类添加新的方法和属性。我们把新类称为现有类的子类，而把现有类称为新类的父类。通过继承可以添加、修改，以适应不同的应用要求，继承是可传递的，派生类可以添加新的成员，但不能删除从基类继承的成员。

如：

```
Class Student
{
    protected string name; // 公有成员
    protected int age; // 私有成员
    protected int height; // 保护成员
}

class Home：Student
{
    Public string father;
    Public string mother;
}
```

有时基类不与具体的事物相联系，而只是表达一种抽象的概念，用来为它的派生类提供一个公共的接口，为此，C♯引入了抽象类的概念，抽象类使用 abstract 修饰符声明，在 C♯中，抽象类只能作为其他类的基类，不能建立抽象类的实例，即使用 new 操作符是错误的。

范例4 示范使用面向对象编程

图 3.2-5 是项目 Ch3_Exam2_3 程序的运行画面,它示范了如何使用面向对象编程。

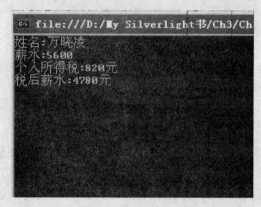

图 3.2-5

下面将程序代码列示如下,已添加完整的批注,请自行参考。

```
using System;
using System. Collections. Generic;
using System. Linq;
using System. Text;
namespace Ch3_Exam2_3
{
    class Program
    {
        static void Main(string[] args)
        {
            Employee e=new Employee ("万晓凌",5600.0f);
            e. Display();
            Console. Read ();
        }
    }
    public class Employee
    {
        //姓名变量
        public string name;
        //薪水变量
```

```
    public double salary;
    // 构造函数
    public Employee (string Name,double Salary)
    {
        // this 关键字给正在构造的对象的 name 和 salary 赋值
        this. name ＝Name;
        this. salary ＝Salary;
    }
    // 显示姓名、薪水和税后薪水
    public void Display()
    {
        Console. WriteLine ("姓名:{0}",name );
        Console. WriteLine ("薪水:{0}",salary );
        Console. WriteLine ("个人所得税:{0}元",Tax. YourTax(this));
        Console. WriteLine("税后薪水:{0}元", salary－Tax. YourTax(this));
    }
}
public class Tax
{
    // 使用 static 修饰符表示静态方法,计算个人所得税
    public static double YourTax(Employee E)
    {
        return (0. 2 * (E. salary －1500. 0));
    }
}
}
```

3.2.6 LINQ 基本语法

Language Integrated Query(LINQ)集成了 C#编程语言的查询语法,可以用相同的语法访问不同的数据源,为开发人员提供了习惯的编码环境下编写代码的方式,并可以把底层数据作为对象来访问。

使用 LINQ 可以查询对象、数据集合、SQL Server 数据库、XML 等,无论底层数据源是什么,都可以用相同的方式获得数据,因为 LINQ 提供了一个查询数据的结构化方式。

LINQ 的基本语法包含 8 个上下文关键字,这些关键字的具体说明如表 3－3 所示。

表 3-3 LINQ 表达式关键字

关键字	说　明
from	指定数据源或范围变量
select	查询结果中的元素所具有的类型或表现形式
where	从数据源中筛选元素
group	对查询结果按照值进行分组
into	提供一个标识符，充当 join、group 或 select 子句结果的引用
orderby	对查询出的元素进行排序
join	连接两个数据源
let	产生一个子表达式查询结果的范围变量

　　LINQ 表达式是以 from 子句开头而不是像 SQL 语句使用 select，LINQ 表达式的结束则必须是 select 子句或 group 子句，在代码中可以使用许多查询表达式。

　　◎使用表达式过滤：可以使用 where 和 distinct 选项过滤数据项，如：

```
var query＝from p in dc. Student
where p. Name. StartsWith("万")
select p;
```

　　在这个 LINQ 表达式的 from 子句中，p 是范围变量，v 的作用域仅存在于当前的 LINQ 表达式中，在这个 LINQ 表达式以外的上下文中没有 v 这个变量，Student 为数据源，where 子句用来筛选元素，select 子句输出元素。

　　此查询从 Student 表中选择姓名以"万"开头的记录，生成如下结果：

1－万常山　男　41　上海

2－万钟山　男　46　北京

3－万美平　女　39　南京

4－万春山　男　43　南京

　　还可以增加任意多个表达式。例如，下面的例子给查询添加了两个 where 语句：

```
var query ＝from p in dc. Student
Where p. Name. StartsWith("万")
Where p. Name. EndsWith("山")
Select p;
```

　　除要求姓名以"万"开头外，第二个表达式要求姓名以"山"结尾，这会生成如下结果：

1－万常山　男　41　上海

2—万钟山　男　46　北京

4—万春山　男　43　南京

◎使用查询进行连接:除了操作一个表外,还可以操作多个表。如:

```
var query＝from p in dc. Student
join b in dc. Friends on p. Name equals b. Name
select new {p. Name,p. age,b. Company };
```

此查询从 Student 表提取数据,并连接 Friends 表中同姓名的记录,接着用 select new 语句创建一个新对象,这新对象包括 Name 和 Company 两列。

可继续用下面语句读出记录:

```
Foreach(var item in query)
        Console. WriteLine(item. Name,＋"——"＋item. Company);
```

使用 var 关键字,因为类型是未知的,得到如下结果:

万钟山——北京 301 部队

万春山——南京金陵饭店

◎组合数据项:用来组合查询数据项。如:

```
var query＝from p in dc. Student
group p by p. Age>40 into g
select g
```

from p in dc. Student 表示从表中将同学名单记录取出来。group p by p. Age into g 表示对 p 按年龄字段归类,分为 40 岁以上和 40 岁以下,其结果命名为 g,一旦重新命名,p 的作用域就结束了,所以,最后 select 时,只能 select g。

对分组还可进行统计,如使用 Group By 和 Average 得到每个 40 岁以下和 40 以下的平均年龄:

```
var query＝from p in dc. Student
group p by p. Age>40 into g
select new {g. key, AverageAge? ＝? g. Average(p? ＝>? p. Age)}
```

LINQ to SQL 是 LINQ to ADO. NET 的一部分,使用 LINQ to SQL 可以进行内存对象和数据库之间的数据转换工作,它提供了丰富的功能,完全可以满足日常数据访问的需求,使用方法也非常简单、灵活。

使用 LINQ to SQL 时,首先建立用于映射数据库对象的模型,也就是实体类,在运行时刻,LINQ to SQL 根据 LINQ 表达式或查询运算符生成 SQL 语句,发送到数据库进行操作,数据库返回后,LINQ to SQL 负责将结果转换成实体类对象。

如下面的简单应用,建立一个映射于数据库表的实体类 PhoneInfo 后,就可用

DataContext 对象来操作数据库了:

```
//数据库连接
DataContext db=new DataContext("Student. mdf");
//得到数据表
Table<PhoneInfo>phoneinfo=db. GetTable<PhoneInfo>();
//建立查询
IQueryable<PhoneInfo>query=
From pp in phoneinfo
Where pp. OfficePhone=="13814059890"
Select pp;
//执行查询
Foreach(PhoneInfo temp in query)
{
    Console. WriteLine("OfficePhone={0}", temp. OfficePhone);
}
```

范例5 示范使用LINQ to SQL

项目 Ch3_Exam2_4 是一个 C♯ Console Application,使用 Visual Studio 2010 建立 LINQ to SQL,效果如图 3.2-6。

图 3.2-6

◎启动 Visual Studio 2010 新建项目,选择控制台应用程序类型 Console Application。

◎右键数据库,新建数据库,命名为 TeleBook,目录可定位到当前项目下,并添加表 Type、Friend,数据库下关系图中将两表添加到设计视图中设定外键关系,名为 FK_Friend_Type 的关系,如图 3.2-7。

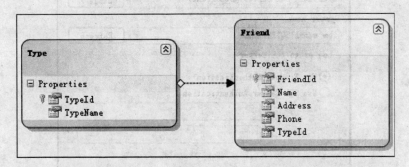

图 3.2-7

◎在项目上单击右键,选择"Add"→"New Item",在文件类型中选择"LINQ to SQL Classes"。

◎建好 LINQ to SQL Classes 后,VS 主界面中自动打开了这个文件,这个文件是一个设计文件,目前还不包含任何代码和元素。打开 Server Explorer 面板。然后在 Data Connections 上右键单击,选择"Add Connection",出现增加连接窗口,Server name 中填入 SQL Server 数据库服务的名字,服务器名一般是"计算机名\SQLEXPRESS"的格式,然后在"Select or enter a database name"中选择 TeleBook,单击"OK",就连上我们所需的数据库了,如图 3.2-8。

◎展开这个连接下的 Tables 节点,应该能看到 Category 和 Bulletin 两个表,选中两个表,将它们拖到 DataClasses.dbml 的设计区。

◎打开 DataClasses1.designer.cs 文件看到自动生成的代码,通过它可访问操作数据库,可看到文件中主要定义了映射数据库的类 DataClasses1DataContext 及对应的插入、修改、删除等操作,两个表 Friend、Type 映射的实体类 Friends、Types,数据库连接字符串 TeleBookConnectionString。

◎在 Program.cs 中输入下面的代码,已添加注解。

```
using System;
using System. Collections. Generic;
using System. Linq;
using System. Text;
namespace Ch3_Exam2_4
```

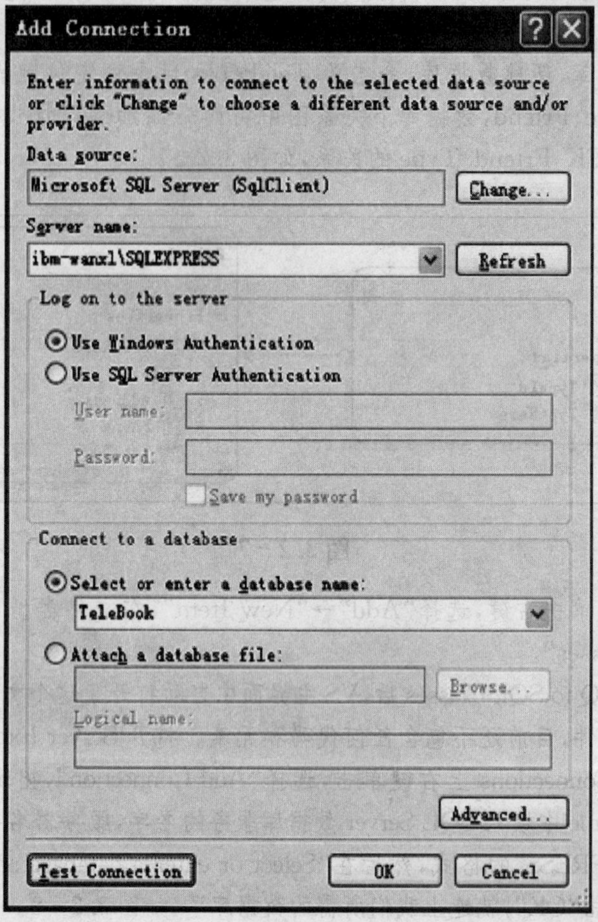

图 3.2 - 8

```
{
    class Program
    {
        static void Main(string[] args)
        {
            //得到数据库
DataClasses1DataContext datacontext = new DataClasses1DataContext();
            //查询所有分类
            Console. WriteLine("所有分类");
            foreach (Type t in datacontext. Types)
Console. WriteLine("分类编号:{0},分类名:{1}", t. TypeId, t. TypeName);
            //为了方便查看运行结果,等待用户按键
```

```
Console. ReadKey();
//得到 LINQ 查询和排序,查询姓名中有"晓"的朋友
IQueryable<Friend> query = from f in datacontext. Friends
                           where f. Name. IndexOf("晓") > 0
                           orderby f. Name
                           select f;
//遍历并输出查询结果
Console. WriteLine("查询姓名中有"晓"的朋友");
foreach (var f in query)
Console. WriteLine ("姓名:{0},地址:{1},电话:{2}", f. Name, f. Address, f. Phone);
Console. ReadKey ();
//查询一个姓名为"万晓凌"的朋友
Console. WriteLine("查询一个姓名为"万晓凌"的朋友");
var x=datacontext. Friends. Single(c => c. Name == "万晓凌");
Console. WriteLine("姓名:{0},地址:{1},电话:{2}", x. Name, x. Address, x. Phone);
//插入数据
Friend newFriend = new Friend()
{
FriendId =(short)System. DateTime. Now. Minute,
Name = "王启",
Address = "南京市珠江路",
Phone = "13908678822",
TypeId=2
};
datacontext. Friends. InsertOnSubmit(newFriend);
datacontext. SubmitChanges();//提交到数据库
Console. WriteLine("插入'王启',显示全部");
foreach (Friend t in datacontext. Friends)
Console. WriteLine("姓名:{0},地址:{1},电话:{2}", t. Name, t. Address, t. Phone);
Console. ReadKey();
//删除数据
var wFriend= from f in datacontext. Friends
             where f. Name=="王启"
             select f;
foreach (var w in wFriend)
    datacontext. Friends. DeleteOnSubmit(w);
datacontext. SubmitChanges();
Console. WriteLine("删除姓名为'王启'后再显示");
foreach (Friend t in datacontext. Friends)
```

```
        Console. WriteLine("姓名:{0},地址:{1},电话:{2}", t. Name, t. Address, t. Phone);
            Console. ReadKey();
            // 更新数据
            var wxl = from f in datacontext. Friends
                    where f. Name == "万晓凌"
                    select f;
            foreach (var w in wxl)
                w. Name = "方凌";
            Console. WriteLine("更改姓名万晓凌为方凌,重新显示");
            foreach (Friend t in datacontext. Friends)
        Console. WriteLine("姓名:{0},地址:{1},电话:{2}", t. Name, t. Address, t. Phone);
            Console. ReadKey();
        }
    }
```

3.3 了解 ASP. NET

3.3.1 ASP. NET 简介

ASP. NET 是一个统一的 Web 开发模型,支持可视化方式创建动态网页,ASP. NET 是. NET Framework 的一部分,在 ASP. NET 中可以利用. NET Framework 中的类进行编程,可以用 C♯、VB. NET 等编程语言开发 Web 应用程序。

动态网页是指网页中包含有需要在 Web 服务器上执行的代码。当向服务器请求一个动态页面时,Web 服务器执行动态代码,再将执行的结果以 HTML 格式一起发回给客户端浏览器,不同的编程语言编写的代码,服务器会以不同的方式来运行,执行代码的程序称为脚本引擎。

ASP. NET 是. Net Framework 的一部分,通过 C♯ 等语言可使用. Net Framework 的. NET 基类库的各种类,. Net Framework 的核心是其运行库的执行环境,称为公共语言运行库(CLR)。通常在 CLR 控制下运行的代码称为托管代码,在 CLR 执行编好的源代码之前,需要编译它们具体的 C♯ 等语言。在. NET 中,编译分为两个阶段:

(1) 把源代码编译为 Microsoft 中间语言(IL)。

(2) CLR 把 IL 编译为平台专用的代码。

中间语言是一种低级语言,语法简单,可以快速地转换为内部机器码,这样可实现平台无关性、提高性能和语言的互操作性。

ASP. NET 结合了标准的 HTML 和控件,同时使用了事件驱动的代码,这样每次浏览器获得页面时该页面是动态产生的,访问者通过浏览器请求 ASP. NET 页面时,如果该页面原来还没有完成编译,则会在接到请示时编译,然后在编译器中使用你提供的代码来运行页面,并且将控件转化成标准的 HTML 标记和文本,生成的页面不包含任何代码和控件,并且可以使用浏览器游览。

3.3.2 ASP.NET Web 窗体

ASP. NET 许多功能是使用 Web Form 窗体实现的,可以在 Visual Studio 中创建 ASP. NET 文件,布局代码、ASP. NET 控件和 C♯代码用于生成用户看到的 HT-ML。布局和 ASP. NET 代码存储在. aspx 文件中,用于定制窗体操作的 C♯代码包含在. aspx 文件中,放在单独的. aspx. cs 文件中,也称为后台编码文件。

ASP. NET 在 Visual Studio 中创建,在该环境下,可以创建 ASP. NET 页面使用的业务逻辑和数据访问组件。Visual Studio 项目包含了与应用程序相关的所有文件,ASP. NET 的后台编码功能允许进一步采用结构化的方式,允许把页面的服务端功能单独放在一个类中,把该类编译为 DLL,并把该 DLL 放在 HTML 部分下面的目录中,放在页面顶部的后台编码指令将把该文件与其 DLL 关联起来,当浏览器请求该页面时,Web 服务器就会在页面的后台 DLL 中引发该类的事件。

3.3.3 ASP.NET 控件

ASP. NET 中推出了大量的 Web 服务器控件,使用这些控件可以大大提高开发速度,这使得以前在其 Web 开发技术中常用的 HTML 控件处于次要位置了。但如果了解 HTML 控件在 ASP. NET 开发中的用法对灵活掌握 ASP. NET 应用程序是非常有用的,Web Form 是一个容器对象,它有自己的属性、方法和事件能容纳的对象主要是控件,服务器控件在服务器端处理,在客户端浏览器中,其外观由 HTML 代码来表现,服务器控件会在初始时自动生成适合浏览器的 HTML 代码。控件有 3 种类型:

◎HTML 控件:这些控件位于 System. Web. UI. HtmlControls 命名空间中,是从 HtmlControl 基类中直接或间接派生出来的。

◎Web 服务器控件:这些控件位于 System. Web. UI. WebControls 命名空间中,是从 WebControl 基类中直接或间接派生出来的,如 TextBox 和 Button,以及其他更高抽象级别的控件,Web 控件会表示为具有命名空间的标记,即带有前缀的标记。前缀用于将标记映射到运行时组件的命名空间。标记的其余部分是运行时类自身的名称,包括标准控件,如按钮、验证用户输入的验证控件、简化用户管理的登录控件和处理数据源的一些较复杂的控件。

◎定制控件和用户控件:这些是由开发人员定义的控件。

下面是一个控件声明的示例:

```
<asp:TextBox id="textName" runat="server" Text="姓名:">
</asp:TextBox>
```

在上例中,"asp"是标记前缀,会映射到 System. Web. UI. WebControls 命名

空间。

范例6 创建一个ASP.NET应用程序

项目Ch3_Exam3_1创建带解决方案的ASP.NET应用程序,下面演示操作步骤。

◎启动Microsoft Visual Studio 2010。

◎选择菜单"File"—"New"—"Project"创建一个新项目。

◎打开新建项目窗口后,选择默认的"ASP.NET Web Application"项目模板,并输入名称:Ch3_Exam3_1,如图3.3-1。

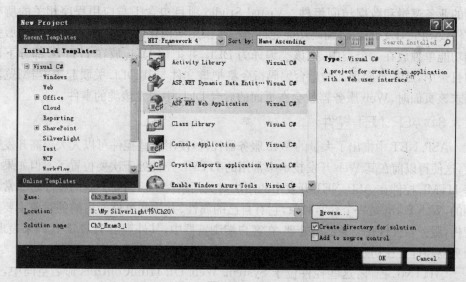

图 3.3-1

◎ASP.NET应用程序就建立完成了,你会发现所创建的项目中预先生成了一些目录和文件,包括Account、Scripts和Styles等。

◎基本不编写任何代码,仅在系统创建的默认页面default.aspx中修改"Welcome to"为"第一次使用"。

◎F5运行后会得到一个运行正常的网站,效果如图3.3-2。

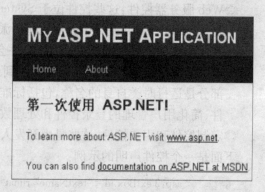

图 3.3-2

◎现加入几个控件：asp：Label 控件显示姓名、asp：DropDownList 下拉列表框控件姓名列表，选中一个姓名后，就会调用处理函数 lstName_SelectedIndex-Changed，并显示到另一 asp：Label 控件 labName 中，效果如图 3.3 - 3。

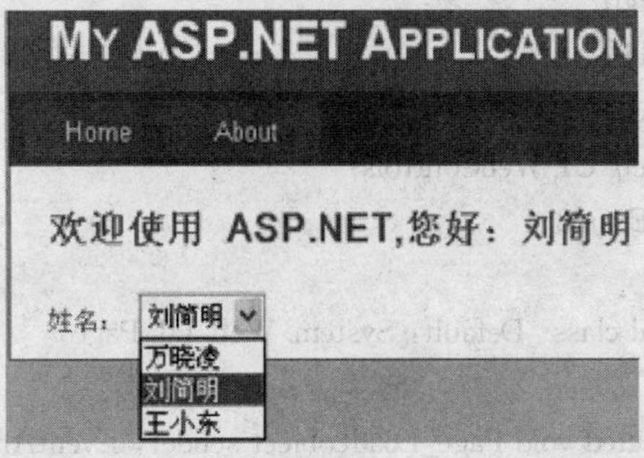

MY ASP.NET APPLICATION

Home   About

欢迎使用 **ASP.NET**,您好：刘简明

姓名： 刘简明 ▼

万晓凌
刘简明
王小东

图 3.3 - 3

◎ASPX 页面如下：

```
<%@ Page Title="主页" Language="C#" MasterPageFile="~/Site. master" Auto-EventWireup="true"
    CodeBehind="Default. aspx. cs" Inherits="Ch3_Exam3_1._Default" %>
<asp:Content ID="HeaderContent" runat="server" ContentPlaceHolderID="HeadContent">
    </asp:Content>
< asp: Content ID=" BodyContent" runat=" server" ContentPlaceHolderID="MainContent">
    <h2>
        欢迎使用 ASP. NET,您好：<asp:Label ID="labName" runat="server" Text=""></asp:Label>
    </h2>
    <p>
        <asp:Label ID="Label1" runat="server" Text="姓名："></asp:Label>
<! 一定义下拉列表框 SelectedIndexChanged 事件—>
        <asp:DropDownList ID="lstName" runat="server" AutoPostBack="True"
            onselectedindexchanged="lstName_SelectedIndexChanged">
        <asp:ListItem >万晓凌</asp:ListItem>
        <asp:ListItem >刘简明</asp:ListItem>
        <asp:ListItem >王小东</asp:ListItem>
        </asp:DropDownList>
    </p>
</asp:Content>
```

◎后台代码如下：

```csharp
using System;
using System. Collections. Generic;
using System. Linq;
using System. Web;
using System. Web. UI;
using System. Web. UI. WebControls;
namespace Ch3_Exam3_1
{
    public partial class _Default：System. Web. UI. Page
    {
        protected void Page_Load(object sender，EventArgs e)
        {
        }
//下拉列表框 SelectedIndexChanged 事件处理
    protected void lstName_SelectedIndexChanged(object sender，EventArgs e)
        {
            labName. Text = lstName. SelectedItem. Text;
        }
    }
}
```

第 4 章 Expression Blend 入门

4.1 概述

Expression Blend 是一款功能齐全的专业设计工具,可用来针对基于 Silverlight 构建的 Web 应用程序制作精美复杂的用户界面。这样可让设计人员集中精力从事创作,开发人员集中精力从事编程,开发与设计人员则可以高效地合作。Expression Blend 和 Visual Studio 共享同一种项目格式,这两种工具分别针对开发和设计人员。

在 Microsoft Expression Blend 中,可以通过在美工板上绘制形状、路径和控件,直观地设计应用程序。您可以导入图像、视频和声音。您可以创建用于动态显示设计的可视元素或音频元素的 Storyboard,并可以选择在用户与应用程序进行交互时触发这些 Storyboard。Expression Blend 不仅仅是一个制作动画和在线媒体的工具,通过这个工具,设计人员可以构建强大的直观的应用程序界面,从而创建一个更丰富、更令人印象深刻的用户体验。

4.2 视图

Expression Blend 提供了两个应用程序视图来制作场景:第一个是设计视图,在该视图中,可以使用各种工具及各类控件,以可视化的方式创建和操作元素。第二个视图是 XAML 代码视图,在该视图中,可直接编辑 XAML 以创建可视化元素。

4.3 工作区

Blend 中的工作区包含所有可视界面元素。这些元素包括美工板、面板、"工具"面板、工作区配置、创作视图和菜单。Expression Blend 具有两个工作区:"设计"工作区和"动画"工作区。您可以通过按 F6 键在二者之间进行切换。"设计"工作区主要用于常规创作。"动画"工作区将"时间"面板移动到美工板下,以便有更多的空间来显示时间线。下面以"设计"工作区来说明,见图 4.3-1。

(1) 文档窗口:此区域显示当前打开的所有 XAML 文档。

(2) "项目"面板、"资产"面板、"状态"面板、"对象和时间线"面板。

(3) "工具"面板。

(4) 美工板。

(5) "属性"面板和"资源"面板。

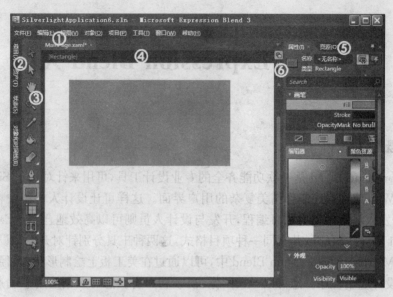

图 4.3-1

(6)"设计"视图、"XAML"视图和"拆分"视图：您可以使用"设计"视图来创作文档，以便在美工板上呈现直观的画面；也可以使用标记视图通过可扩展应用程序标记语言(XAML)本身创作文档。"拆分"视图将显示"设计"视图和"XAML"两个视图，并且您可以使用"视图"菜单上的"拆分视图方向"项来更改窗口的方向。

▶ 4.4 主要面板

4.4.1 工具条

用来在应用程序中创建和修改对象。可以通过使用鼠标选择工具并在美工板上进行绘制来创建对象，也可以使用图柄在美工板上更改对象，或者可以在"属性"面板中修改对象的属性，见图 4.4-1。

(1)选择工具：用于选择对象和路径。

(2)视图工具：用于调整美工板的视图，例如平移、缩放以及调整三维内容的摄影轨迹。

(3)画笔工具：用于处理对象的可视属性，例如转换画笔、绘制对象，或者选择某个对象的属性以应用于另一个对象。

(4)对象工具：用于在美工板上绘制最常用的对象，例如路径、形状、版式面板、文本和控件。

(5)资产工具：用于访问"资产"面板并显示库中最近用过的资产。

"资产"面板列出了您可以在美工板上绘制的所有控件、样式、媒体、行为和效

图 4.4-1

果。虽然最常用的控件会显示在"工具"面板中,但"资产"面板列出了可用于 Microsoft Expression Blend 项目的所有控件。通过单击"工具"面板底部的"资产",或单击"窗口"菜单上的"资产",您可以打开"资产"面板。若要向美工板添加控件、样式或媒体对象,请执行下列操作之一:

选择了类别或子类别后,单击列表中的某个项,然后使用指针在美工板上绘制对象。

选择了类别或子类别后,双击列表中的某个项,将新对象插入到活动版式面板中。

选择了类别或子类别后,将列表中的某个项拖到美工板上。

若要在美工板上向对象添加行为或效果,可以在美工板上或在"对象和时间线"面板中将行为或效果拖到对象上。

4.4.2 对象和时间线面板

查看美工板上所有对象的层次结构,选择对象以便您可以对其进行修改,创建和修改动画时间线,见图 4.4-2。

(1)对象视图:显示文档的可视化树。您可以使用对象视图的层次结构特点深入到不同的详细信息级别。可以在对象视图中添加层,以在美工板上更好地组织对象,使它们能够作为组进行锁定和隐藏。可以通过将拆分栏向锁定列的左边拖动到

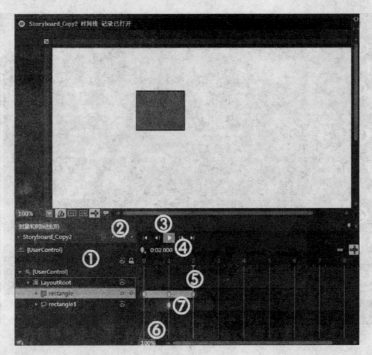

图 4.4 - 2

所需宽度,来调整对象视图的宽度。

(2)情节提要:选取器和情节提要选项,显示已创建的情节提要的列表。情节提要选项在弹出菜单中提供选项,您可以使用这些选项来复制、反转、删除、重命名或关闭情节提要,也可以创建新的情节提要。

(3)播放控件:提供可用于在时间线中导航的情节提要控件。也可以拖动播放指针来定位(或推移)时间线。

(4)播放指针在时间线上的位置:按毫秒(HH:mm:xxx)显示当前时间。也可以直接在此字段中输入时间值以跳到特定的时间点。精度取决于"对齐选项"中设置的对齐分辨率。

(5)播放指针:指示动画所在的时间点。可以在时间线中拖动播放指针,以便预览动画。这种技术称为"推移"。

(6)时间线缩放:设置时间线的缩放分辨率。通过放大,可以编辑动画的更多细节;而通过缩小,可更全面地显示在更长时间段内发生的情况。如果在放大之后无法在所需的时间位置设置关键帧,请验证设置的对齐分辨率是否足够高。

(7)时间线上设置的关键帧:指特定时间点上属性值的变化。关键帧具有不同的级别。为"Angle"元素设置的关键帧为简单关键帧;为"RenderTransform"元素设置的关键帧为复合关键帧;为"DetailsPane"对象设置的关键帧为对象级关键帧。

4.4.3 项目面板

查看与当前打开项目相关联的所有文件,打开项目文件以供编辑,管理项目文件,见图 4.4－3。

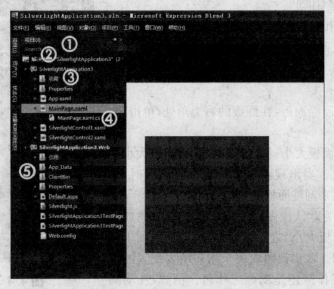

图 4.4－3

(1) 用于筛选项目文件列表的"搜索"框。

(2) 包含 Silverlight 应用程序项目和相应网站项目的解决方案。

(3) 项目引用,如 DLL 文件。

(4) 主文档的代码隐藏文件。

(5) Silverlight 应用程序的网站项目

4.4.4 属性面板

通过使用 Microsoft Expression Blend 中的"属性"面板,可以查看和修改在美工板上或在"对象和时间线"下选定的对象的属性。如果通过操作鼠标使用对象图柄直接在美工板上修改对象,则"属性"面板中将反映属性的更改。反之亦然,即:如果通过使用"属性"面板中"转换"下的值编辑器来缩放对象,则会在美工板上缩放对象,见图 4.4－4。

(1) 选定对象的名称和类型。

(2) 切换按钮:用于显示"属性"或"事件"视图。

(3) 搜索框:用于筛选依据输入的文本显示的属性。

(4) 用于选择画笔编辑器的选项卡。可以将"画笔"下的选定属性设置为"无画笔"、"纯色画笔"、"渐变画笔"、"平铺画笔"或"画笔资源"。

（5）带颜色滑块的颜色选取器。

（6）可展开和折叠的外观、布局、公共属性等类别。

4.4.5 调整布局

（1）向工作区中添加面板：在"窗口"菜单上，单击要添加到工作区中的面板的名称。已显示在工作区中的面板将出现在"窗口"菜单上，旁边有复选标记。

（2）工作删除面板：在面板的右上角处，单击"关闭"。

（3）调整面板大小：将指针移到希望调整大小的面板的边框上。当出现水平光标或垂直光标时，您可以拖动边框来调整面板的大小。

（4）重置为默认视图：在修改工作区（如缩放工作区或调整面板大小）之后，可以轻松地返回到工作区的默认视图。默认视图取决于用户所要配置的工作区是设计工作区还是动画工作区。例如，在动画工作区中，"交互"面板将移到美工板的下面，这样可提供更多的空间来查看时间线。

图 4.4－4

在"窗口"菜单上，单击"重置工作区布局"。

（5）对齐和对齐网格：对齐网格在美工板上提供了一组水平网格线和垂直网格线。如果已启用"网格线对齐"，则当您在美工板上拖动对象时，该对象将与最近的水平和垂直网格线对齐或靠齐。

显示对齐网格，执行下列操作之一：

① 在美工板的左下角，单击"显示对齐网格"。若要隐藏对齐网格，请再次单击该按钮以显示禁用图标。

② 在"工具"菜单上，单击"选项"。在"选项"对话框中，确保在左侧选择了"美工板"，然后选中"显示对齐网格"复选框。单击"确定"。

启用网格线对齐，执行下列操作之一：

① 在美工板的左下角，单击"启用网格线对齐"。若要禁用网格线对齐，请再次单击该按钮以显示禁用图标。

② 在"工具"菜单上，单击"选项"。在"选项"对话框中，确保在左侧选择了"美工板"，然后选中"网格线对齐"复选框，单击"确定"。

范例1 示范Expression Blend常用操作

项目设计一命令按钮,带渐变颜色的按钮,如图4.4-5:

(1)启动 Microsoft Expression Blend。

(2)在"新建项目"对话框中,单击"项目类型"下的"Silverlight Application"。

(3)在"名称"旁边,键入项目的名称。该名称将成为项目文件夹的名称和应用程序命名空间的名称。

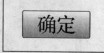

图 4.4-5

(4)在"位置"旁边,验证要在其中保存项目的文件夹的路径。若要选择其他文件夹,请单击"浏览"。

(5)在"语言"下拉列表中,选择编程语言 Visual C♯。

(6)单击"确定"。此时,将创建 Silverlight 项目,并将其打开以供编辑。您现在即可在项目的主页(MainPage. xaml)中创建内容。

(7)在"工具"面板中,选择其中矩形工具,在美工板上,通过拖动鼠标在 MainPage. xaml 的设计界面中绘制一个按钮控件。

(8)设置"画笔"中的背景颜色 Background,在下面的调色板中选择红色,如图4.4-6。

Background:背景色

BorderBrush:边框颜色

Foreground:字体颜色

OpacityMask:一个作为 Brush 实现的不透明蒙板(该蒙板应用到此元素所呈现内容的任何 Alpha 通道蒙板)

图 4.4-6

(9) 设置为渐变方式,并为线性渐变,如图 4.4-7。

(10) 设置"属性面板"中公共属性的 Content 为"确定",如图 4.4-8。

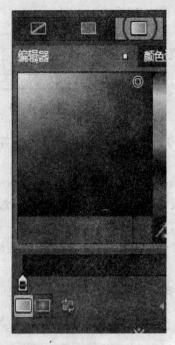

图 4.4-7　　　　　　　　　　　图 4.4-8

(11) 按 F5 运行,可呈现效果。

范例2　示范使用Expression Blend设计时钟

项目 Ch4_Exam4_1 设计一个时钟外观,如图 4.4-9。

图 4.4-9

（1）启动 Microsoft Expression Blend。

（2）在"新建项目"对话框中，单击"项目类型"下的"Silverlight Application"。

（3）在"名称"旁边，键入项目的名称。该名称将成为项目文件夹的名称和应用程序命名空间的名称。

（4）在"位置"旁边，验证要在其中保存项目的文件夹的路径。若要选择其他文件夹，请单击"浏览"。

（5）在"语言"下拉列表中，选择编程语言 Visual C♯。

（6）单击"确定"。此时，将创建 Silverlight 项目，并将其打开以供编辑。您现在即可在项目的主页（MainPage. xaml）中创建内容。

（7）在"工具"面板中，选择其中的矩形工具。

（8）将矩形拖放至画布上，以建立大约宽 220 像素、高 240 像素的长方形。

（9）变更图形属性。按一下属性，然后指定圆形的填色为黑色，再设定不透明度为 30％，以提供阴影效果，如图 4.4－10。

（10）将矩形的名称变更为 Rect1。

（11）请选取阴影图形，然后按 Ctrl＋C 实行复制，再按 Ctrl＋V 贴上，并命名为 Rect2。

（12）将新图层移到老图层的左上角，设置纯色画笔，颜色为♯FFE4E5F4，不透明度为 100％，并命名为 Rect2，如图 4.4－11。

图 4.4－10

图 4.4－11

（13）将矩形拖放至画布上，以建立大约宽 180 像素、高 210 像素的长方形，命名为 Rect3，如图 4.4 - 12。

图 4.4 - 12

（14）采用线性渐变，选取渐变工具，变更渐变的方向，让它由左上方渐变至右下方，颜色从♯FF34353F 到♯FFE9E9F7，如图 4.4 - 13。

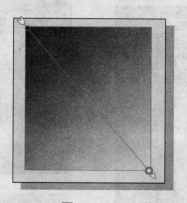

图 4.4 - 13

（15）将矩形拖放至画布上，以建立大约宽 140 像素、高 180 像素的长方形，命名为 Rect4，填充颜色为♯FFEBE5E5。

(16)选取[椭圆形]工具,然后将新椭圆形拖拽至时钟正面上方的中心点,并命名为 Ellipse1,高度和宽度都设为 13 像素,将笔刷粗细设为 3 像素,并将笔刷设为黑色,如图 4.4 - 14。

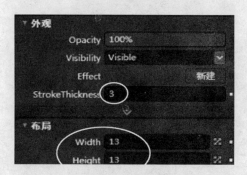

图 4.4 - 14

(17)选取[线]工具画秒针,宽度为 5 像素,选纯色画笔,颜色为红,调整至合适大小,颜色重设为黑,画时针、分针。分别命名为 Line1\Line2\Line3。

(18)按 F5 运行,可呈现效果。

第二部分
Silverlight设计篇

第 5 章　XAML 基础

5.1　XAML 架构

　　XAML 是 Extensible Application Markup Language 的英文缩写,相应的中文名称为可扩展应用程序标记语言,可以使用声明性 XAML 标记创建可见用户界面(UI)元素。然后可以使用单独的代码隐藏文件响应事件和操作使用 XAML 声明的对象。基于 XML 的声明性语言非常直观,可以为用户创建从原型到生产的各种界面,界面设计人员可以使用 XAML 来设计应用程序的界面,开发人员则可以在此基础上开发相应的功能,这样界面设计人员可以很容易过渡到最终产品中。

　　可以使用 XAML 定义应用程序的初始界面,而后才编写相应的功能实现代码。我们可以将逻辑代码直接嵌入到一个 XAML 文件中,也可以将它保留在一个单独的文件中。实际上,能够用 XAML 实现的所有功能我们都可以使用程序代码来完成。因此,我们根本无需使用任何的 XAML 就可以创建一个完好的程序。一般来说,程序代码的优势在于流程处理和逻辑判断,而不是界面的构建上。而 XAML 则是集中关注于界面的编程,我们可以将它和其他的. NET 语言配合使用,从而构建出一个功能完善、界面美观的程序,在 XAML 文档中所有元素都映射为一个类的实例,元素的名称也完全对应为类名。例如,元素<Rectangle>指示创建一个 Rectangle 对象,还可以把一个元素嵌套进另一元素中。

　　XAML 文件是通常具有. xaml 文件扩展名的 XML 文件,形式如下:

```
<UserControl x:Class="SilverlightApplication37. MainPage"
    xmlns="http://schemas. microsoft. com/winfx/2006/xaml/presentation"
    xmlns:x="http://schemas. microsoft. com/winfx/2006/xaml"
    xmlns:d="http://schemas. microsoft. com/expression/blend/2008"
    xmlns:mc="http://schemas. openxmlformats. org/markup—compatibility/2006"
    mc:Ignorable="d" d:DesignWidth="640" d:DesignHeight="480">
<Grid x:Name="LayoutRoot" Background="White">
<! —一个宽 250,高 120 的矩形,颜色值为"#FFEFAC9D" —>
    <Rectangle Fill="#FFEFAC9D" HorizontalAlignment="Left" Height="120"
Margin="40,30,0,0" Stroke="Black" VerticalAlignment="Top" Width="250"/>
    </Grid>
</UserControl>
```

呈现出来的效果如图 5.1-1。

其中 UserControl 为根元素，根元素是每个 XAML 文档所必需的标记。默认的根元素标记是 UserControl，开发人员也可以使用其他自定义元素，XAML 代码是区分大小写的，而且对结构的要求比 HTML 更严谨，同一个属性不得出现两次以上。

x：Class = " SilverlightApplication37. MainPage"，XAML 用于构造用户界面，但为使应用程序具有一定的功能，就需要一个连接包含应用程序代码的事件处理程序的方法，XAML 使用

图 5.1-1

Class 特性解决了这一问题，在 Class 特性之前放置了名称空间前缀 x，意味着这是 XAML 语言的更通用的部分，Class 特性告诉 XAML 解析器使用指定的名称生成一个新的类，类名为 MainPage。

在实际开发时，设计者和开发者可使用两种完全不同的设计和开发工具来创建程序的界面和后台代码。设计人员可使用 Expression Blend 开发套件来完成应用程序的界面设计，开发人员直接把设计好的 XAML 代码给开发者，从而大大提高了开发效率。

5.2 命名空间

为了区分同名类的问题，引入命名空间，XAML 命名空间用 xmlns 来表示，如在上述显示的示例文档开始中，定义的名称空间：

> xmlns="http：// schemas. microsoft. com/winfx/2006/xaml/presentation"
> xmlns：x="http：// schemas. microsoft. com/winfx/2006/xaml"

其中的代码 xmlns 和 xmlns：x，这两个属性用于指定包含元素定义的 XML 命名空间，以便 XAML 处理器能够正确处理元素的标记引用。只要命名空间中包含了类的定义，就能保证创建该类实例的正确性。在 Silverlight 中，类是通过映射 XAML 命名空间到 Silverlight 命名空间得到的，因此所有 XAML 文档都会包含命名空间属性。

属性 xmlns = " http：// schemas. microsoft. com/winfx/2006/xaml/presentation"声明了 Silverlight 的核心命名空间，它包含 Silverlight 全部的 CLR 类，以便编译器能从中找到标记对应的项，从而生成需要的对象，任何没有使用前缀的 XAML 元素声明都需要在这个命名空间中有相应的定义。

属性 xmlns:x="http://schemas.microsoft.com/winfx/2006/xaml"声明的是 XAML 命名空间,该命名空间包含对 XAML 功能的定义,是文档解析的重要工具。属性 x:Class="sampleSilverlightApplication.Page"有两个作用,一是为 XAML 文档定义的用户控件命名,以便需要调用当前 UserControl 页面对其进行正确的引用;第二个作用是指定了与当前 XAML 文档相关联的代码隐藏类。

作为 Silverlight SDK 的 Silverlight 库通常要求前缀映射,然后才能在 XAML 中使用其类型。例如,若要在 Silverlight XAML 中使用 DataGrid 类型,需要以下 XAML 命名空间声明:

xmlns:data="clr-namespace:System.Windows.Controls;assembly=System.Windows.Controls.Data"

5.3 声明对象

XAML 与 XML 类似,声明对象的过程是利用 XAML 元素来创建 CLR 类的实例,就是在文档中使用开始和结束标志,名称代表对象名,元素也是区分大小写的。例如:下面的标记用于创建 Grid 对象:

```
<Grid x:Name="LayoutRoot" Background="#FFCCBBED">
</Grid>
```

Name 告诉 XAML 解析器添加这样一个字段,并可以在后台代码中通过名称进行访问 Grid 了。

如果对象具有容器功能,还能在开始标记和结束标志之间包含其他对象,例如下面的一个 TextBox 对象:

```
<Grid x:Name="LayoutRoot" Background="#FFCCBBED">
  <TextBlock HorizontalAlignment="Left" VerticalAlignment="Top" Text="TextBlock" TextWrapping="Wrap"/>
</Grid>
```

5.4 设置属性

属性是描述 Silverlight 中的 XAML 元素特征的方法,具有 4 种设置对象属性的方法:简单属性语法、属性元素语法、内容元素语法和隐式集合语法。

5.4.1 简单属性语法

简单属性语法是在元素标记内利用赋值运算符"="的形式来设置属性值,被设置的对象是一个实例化的对象。如果需要同时设置多个属性,可以在相邻属性之间添加空格加以分隔。这种语法能设置的属性必须是 CLR 对象本身的公共或可读写成员,并且属性名也必须与成员名匹配。例如,下面的代码分别为 TextBlock 对象的几个属性赋值。

```
<TextBlock HorizontalAlignment="Left" VerticalAlignment="Top" Text="Hello"
FontSize="18" TextWrapping="Wrap" Margin="89,56,0,0"/>
```

其中,FontSize 的属性是 double 类型,而 Text 是 string 类型,XAML 解析器会在适当的时候将它们隐式转换为正确的数据类型。

5.4.2 属性元素语法

某些属性可以使用属性元素语法这种形式来设置,属性元素语法与基本 XML 语法存在较大的差别,具体方法是在对象开始和结束标志之间添加"<对象.属性>"形式的标记来表示属性,然后在属性标记内部再详细设置属性值对象。对属性对象的设置完全按照定义新对象的过程进行。例如:

```
<Rectangle Stroke="Black" Height="97" Margin="120,48,193,0" VerticalAlignment
="Top">
    <Rectangle.Fill>
        <LinearGradientBrush EndPoint="0.5,1" StartPoint="0.5,0">
            <GradientStop Color="Black" Offset="0"/>
            <GradientStop Color="White" Offset="1"/>
        </LinearGradientBrush>
    </Rectangle.Fill>
</Rectangle>
```

代码为矩形设置了线形填充(Fill)属性,接下来指定填充样式为线性渐变,最后在渐变样式内使用黑、白两种过渡颜色。Fill 的属性值类型是 Brush,所以这里使用了 Brush 派生类的 LinearGradientBrush 来为其赋值,呈现出的结果如图 5.4-1 所示:

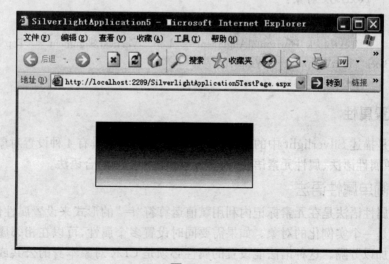

图 5.4-1

这种模式相当常见,例如下面 Grid 的 Background 属性可以这么写,用以呈现淡红色的背景:

```
<Grid x:Name="LayoutRoot" Background="#FFF5D8D8">
<Rectangle Stroke="Black" Height="63" Margin="189,93,197,0" VerticalAlignment="Top" Fill="#FFF8F9F3" />
</Grid>
```

但是您也可以这么写,用渐变色来设置底色:

```
<Grid x:Name="LayoutRoot">
  <Grid.Background>
    <LinearGradientBrush EndPoint="0.5,1" StartPoint="0.5,0.031">
      <GradientStop Color="#FFED9292" Offset="0"/>
      <GradientStop Color="White" Offset="1"/>
    </LinearGradientBrush>
  </Grid.Background>
<Rectangle Stroke="Black" Height="63" Margin="189,93,197,0" VerticalAlignment="Top" Fill="#FFF8F9F3" />
  </Grid>
```

呈现出的结果如图 5.4－2 所示:

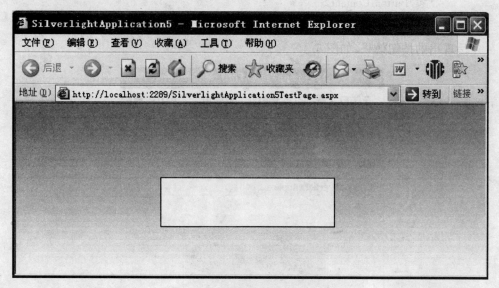

图 5.4－2

5.4.3 内容元素语法

当一个属性支持属性元素语法时，可以采用在开始和结束标记之间直接嵌入字符串的形式来进行赋值，而忽略了元素名称。如把 Button 对象的 Content 属性设置为字符串"确定"。

```
<Button HorizontalAlignment="Left" VerticalAlignment="Top" Height="63" Width="175" Margin="70,47,0,0" >确定</Button>
```

下面的代码使用内容元素语法实现了更好的效果：

```
<Button HorizontalAlignment="Left" VerticalAlignment="Top" Margin="148,119,0,0" >
    <Button. Content>
        <Rectangle Height="63" Width="175" >
        <Rectangle. Fill>
        <LinearGradientBrush EndPoint="0.5,1" StartPoint="0.5,0">
        <GradientStop Color="#FFFBF9F9" Offset="0"/>
        <GradientStop Color="#FFF5EEEE" Offset="1"/>
        <GradientStop Color="#FF797676" Offset="0.496"/>
        </LinearGradientBrush>
        </Rectangle. Fill>
        </Rectangle>
    </Button. Content>
</Button>
```

呈现出的按钮效果，如图 5.4－3。

图 5.4－3

5.4.4　隐式集合语法

　　如果一个属性支持属性元素语法时,也可以省略掉属性名,直接设置属性元素内容即可,这种方式称为隐式集合语法,使用这种方式的元素通常是支持一个属性元素的集合。下面的示例通过 GradientStopCollection 集合来添加 GradientStop 对象,实现矩形的颜色过渡效果。其中突出显示了 GradientStopCollection 标记。

```
<UserControl x:Class="SilverlightApplication138. MainPage"
    xmlns="http: // schemas. microsoft. com/winfx/2006/xaml/presentation"
    xmlns:x="http: // schemas. microsoft. com/winfx/2006/xaml"
    xmlns:d="http: // schemas. microsoft. com/expression/blend/2008"
    xmlns:mc="http: // schemas. openxmlformats. org/markup-compatibility/2006"
    mc:Ignorable="d"
    d:DesignHeight="300" d:DesignWidth="400">
    <Grid x:Name="LayoutRoot" Background="White">
<Rectangle Width="160" HorizontalAlignment="Left" Margin="74,89,0,136" >
        <Rectangle. Fill>
            <LinearGradientBrush>
                <LinearGradientBrush. GradientStops>
                <GradientStopCollection>
                <GradientStop Offset="0. 543" Color="#FFF5F6F9" />
                    <GradientStop Offset="0. 953" Color="Red" />
        <GradientStop Color="#FFDCDCF1" Offset="0. 013"/>
                </GradientStopCollection>
            </LinearGradientBrush. GradientStops>
        </LinearGradientBrush>
    </Rectangle. Fill>
    </Rectangle>
    </Grid>
</UserControl>
```

可省略该属性的集合对象元素和属性元素标记,直接设置 GradientStop 集合。

```
<Rectangle Width="160" HorizontalAlignment="Left" Margin="74,89,0,236" >
        <Rectangle. Fill>
            <LinearGradientBrush>
                <GradientStop Offset="0. 543" Color="#FFF5F6F9" />
                    <GradientStop Offset="0. 953" Color="Red" />
        <GradientStop Color="#FFDCDCF1" Offset="0. 013"/>
            </LinearGradientBrush>
```

</Rectangle.Fill>

</Rectangle>

呈现出是同样的效果,如图 5.4 - 4:

图 5.4 - 4

5.5 标记扩展

　　标记扩展被用于嵌套的标签中,引用静态或动态对象实例,或创建带参数的类,在 XAML 语言中对元素属性的赋值可以通过字符串来完成,在 XAML 编译器的处理过程中将字符串转化为相应的类实例,标记扩展就像类型转换器一样,可用于扩展 XAML 的表达能力。它们运行计算字符串特性的值,并生成一个合适的基于字符串的对象,当需要为值引用类型的属性赋值时,通常会采用属性元素语法,而标记扩展使得通过属性语法设置引用类型属性成为可能。标记扩展是一种类似于显式类型转换器的编程实体,能够在属性并不支持利用属性语法来初始对象的情况下,返回现有实例的引用来为属性提供值。使用标记扩展时,首先在属性语法中用大括号(⟨⟩)标识出标记扩展,接下来向大括号内添加表示扩展行为类名,然后添加一个空格,并在空格之后输入表示对象名称的字符串,只要特征值由大括号括起来,XAML 编译器就会把它认作一个标记扩展值而不是一个普通的字符串。

标记扩展有四种类型：

（1）绑定标记扩展：使属性值遵从数据绑定值，从而在运行时创建一个中间表达式对象，并解释应用于元素的数据上下文。具体表示为：

<object property="{Binding propertyPath}" …/>

（2）StaticResource 标记扩展：通过计算对已定义资源的引用来为任何 XAML 属性（Property）的属性（Attribute）提供值。具体表示为：

<object property="{StaticResource key}" …/>

（3）TemplateBinding 标记扩展：将控件模板中的属性值链接到在模板控件上公开的某个其他属性的值。

<Setter Property="propertyName" Value="{TemplateBinding targetProperty}" …/>

（4）RelativeSource 标记扩展：提供一种方法，以便根据运行时对象图中的相对关系指定绑定的源。

<Binding RelativeSource="{RelativeSource TemplatedParent}"

此外，常用的 x：Name、x：Null、x：Static、x：Type 等也是 XAML 扩展标记的一部分，由于大家已习惯了这些的使用，被视为普通的关键字了。

| 范例1 | 示范使用标记扩展 |

图 5.5-1 是 Ch5_Exam5_1. xaml 的运行结果，示范如何使用标志扩展中的绑定。

下面是完整的 XMAL 标志，其中已添加注解。

```
<UserControl
    xmlns="http://schemas.microsoft.com/winfx/2006/xaml/presentation"
    xmlns:x="http://schemas.microsoft.com/winfx/2006/xaml"
    xmlns:d="http://schemas.microsoft.com/expression/blend/2008"
xmlns:mc="http://schemas.openxmlformats.org/markup-compatibility/2006"
    x:Class="Ch5_Exam5_1.MainPage"
    Width="321" Height="347" mc:Ignorable="d">
<StackPanel Margin="10" >
<Slider Name="MySlider" Maximum="250" Minimum="10" Value="200"/>
    //图片大小绑定 Slider 控件值
        <Image x:Name="MyImg" Margin="20" Source="golf.jpg" Width="{Bind-
ing ElementName=MySlider,Path=Value,Mode=TwoWay}" />
        <StackPanel Margin="10" Orientation="Horizontal" >
```

```
        <TextBlock Margin="30,10,10,10" Text="现在大小为:" FontSize="15"/>

//文本框绑定图片大小
        <TextBox Width="80" Text="{Binding ElementName=MyImg, Path=
Width,Mode=TwoWay}" Margin="0,10"/>
        </StackPanel>
    </StackPanel>
</UserControl>
```

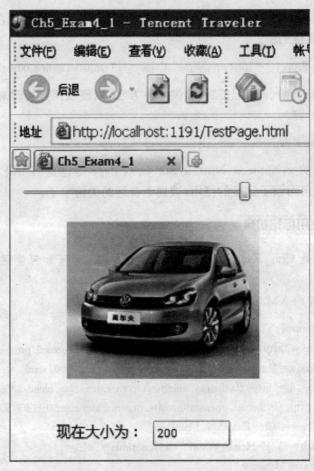

图 5.5-1

不要为整个界面手动编写 XAML,这样非常单调无味,但可以局部编辑 XAML 标记,以对界面做进一步的修改,而在设计器中修改可能较繁琐,可以先用设计器初步设计界面,然后再编辑 XAML。

5.6 样式资源

　　样式是一组和元素相关的属性和动作，样式始终是在 XAML 中定义的，在某些情况下，最好在资源字典中定义一次样式并将其作为资源来引用。样式是所有定制化功能的集合体，它们支持模板、动画、绑定、命令等。如在 Word 中就有了格式化集合的概念，标题 1、标题 2、标题 3 等。

　　资源提供了简单的层级式值查询，通过名称来保存一个对象列表，这个变量接着被其他子元素所使用。

　　样式将实现一致的 UI，并可以实现对设计人员和开发人员的 UI 结构进行清晰分离，将显示和数据也进行了分离。

　　统一性带来的两个好处：能够把样式应用到任何程序域上，以及能够定义系统中的任何东西，如属性、动作、显示界面等，并能够跨平台使用样式，而不会耗费任何资源。

　　现演示样式的过程，以一个简单的按钮开始，这个按钮使用一个本地属性的设置让背景变为绿色，代码如下：

```
<TextBlock Foreground="Green">
    大家好
</ TextBlock>
```

　　现在把属性移到样式中。当创建一个样式时，需要定义样式关联到哪些对象上，代码如下：

```
<Style TargetType="TextBlock" x:Key="MyStyle"> </Style>
```

　　要把字体变为绿色，需要使用一个 Setter 对象来设定属性，如：

```
<Style>
    <Setter Property='Foreground' Value='Red' />
</Style>
```

　　Silverlight 允许定义整个应用程序范围内的样式，只需要定义到 App. xaml 中就可以了。如：

```
<Application
    xmlns="http://schemas.microsoft.com/winfx/2006/xaml/presentation"
    xmlns:x="http://schemas.microsoft.com/winfx/2006/xaml"
    x:Class="SilverlightApplication63.App">
        <Application.Resources>
<Style TargetType="TextBlock" x:Key= "MyStyle">
        <Setter Property="Foreground" Value="Red" />
```

```
        <Setter Property="FontWeight" Value="Bold"/>
        <Setter Property="FontSize" Value="66. 667"/>
    </Style>
</Application. Resources>
</Application>
```

样式是一个资源,通过这个样式,就可以在应用程序内用同样的语法设置任何一个 TextBlock 控件的样式,通过 StaticSource 的语法来指定样式:

```
<TextBlock Style="{StaticSource MyStyle}"
```

样式始终是在 XAML 中定义的。在某些情况下,最好在资源字典中定义一次样式并将其作为资源来引用。而在其他情况下,可能需要将样式定义为内联值而不是资源,样式用于定义 UI 元素的外观,XAML 通过 Style 类的属性实现对样式的引用。为了适应不同的情况,可以采用以下两种方法应用样式,一是使用属性语法定义内联样式,二是使用属性语法引用样式资源。

使用属性语法定义内联样式,如:

```
<TextBlock FortWeight="Bold" FontSize="20" />
```

当页面包含大量具有相同样式属性的复杂元素时,为了更高效地应用样式,可按照标记扩展语法,实现对现有的静态资源的引用。

使用属性语法引用样式资源,如:

```
<Application. Resources>
    <Style x:Key="MyStyle" TargetType="TextBlock">
        <Setter Property="FontSize" Value="30" />
        <Setter Property="FontWeight" Value="Bold" />
        <Setter Property="Foreground" Value="Blue" />
    </Style>
</Application. Resources>
```

x:Key 属性设置样式的资源键为"MyStyle",TargetType 设置当前样式仅对 TextBlock 类型有效。

```
<TextBlock Style="{StaticResource MyStyle}" VerticalAlignment="Top" Text="大
家好" TextWrapping="Wrap" Margin="111,18,273,0" Height="66" />
```

控件在引用该资源时,会按照标记扩展语法的形式将 StaticResource 类型与键名搭配使用,然后样式的内容会自动应用到该对象上,呈现出图 5.6-1:

图 5.6-1

范例2 示范使用样式资源

图 5.6-2 是 Ch5_Exam6_1 运行结果,示范如何设计 Grid 及定义事件。

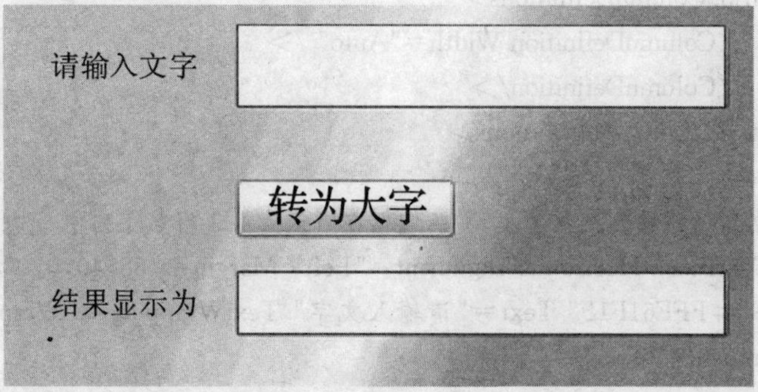

请输入文字

转为大字

结果显示为

图 5.6-2

◎先将其 XAML 标记摘录如下,其中已添加完整的批注,可自行参考。

```
<UserControl
    xmlns="http: // schemas. microsoft. com/winfx/2006/xaml/presentation"
    xmlns:x="http: // schemas. microsoft. com/winfx/2006/xaml"
    xmlns:d="http: // schemas. microsoft. com/expression/blend/2008"
xmlns:mc="http: // schemas. openxmlformats. org/markup-compatibility/2006"
    x:Class="Ch5_Exam6_1. MainPage"
    Width="500" Height="400" mc:Ignorable="d">
```

```
<! 一定义背景为三个颜色的线性渐变,并定义为资源 MyBackBrush—>
<LinearGradientBrush x:Key="MyBackBrush" EndPoint="0.921,0.93" StartPoint=
"0.048,0.287">
                <GradientStop Color="#FFDAEFB8" Offset="0.3"/>
                <GradientStop Color="#FFD9AEEB" Offset="0.7"/>
                <GradientStop Color="#FFF6F6F9" Offset="0.555"/>
</LinearGradientBrush>


<! 一调用资源 MyBackBrush,定义背景—>
<Grid x:Name="LayoutRoot" Background="{StaticResource MyBackBrush}">
<! 一定义 Grid 三行—>
    <Grid.RowDefinitions>
        <RowDefinition Height="0.502 * "/>
        <RowDefinition Height="Auto"   />
        <RowDefinition Height="0.498 * "/>
    </Grid.RowDefinitions>


<! 一定义 Grid 二列 —>
    <Grid.ColumnDefinitions>
        <ColumnDefinition Width="Auto" />
        <ColumnDefinition/>
    </Grid.ColumnDefinitions>


<! 一创建提示输入的文本框,并将它摆在默认为第 1 行第 1 列中—>
    <TextBlock HorizontalAlignment="Left" Margin="38,40,0,0" FontSize="16"
Foreground="#FFE61F1F" Text="请输入文字" TextWrapping="Wrap" Height="29"
Vertical-Alignment="Top"/>


<! 一创建供输入的文本框,并将它摆在第 3 行第 1 列的单元格中—>
        <TextBlock Margin="50,40,30,0" Grid.Row="2" FontSize="16" Fore-
ground="#FFE83131" Text="结果显示为"TextWrapping="Wrap" Height="29" Vertical-
Alignment="Top"/>


<! 一创建供输入的文本框,并将它摆在第 1 行第 2 列的单元格中—>
        <TextBox x:Name="txtOld" Margin="30,20,50,20" FontSize="15" Text=""
TextWrapping="Wrap" Grid.Column="1"/>


<! 一创建命令按钮,并将它摆在第 2 行第 2 列的单元格中—>
```

```
        <Button Margin="37,37,0,30" Grid. Row="1" Grid. Column="1" Content
="转为大字" FontSize="18. 667" HorizontalAlignment="Left" Width="119" d:Layout-
Overrides="HorizontalAlignment" Click="butClick" />
        <! 一创建供输入的文本框,并将它摆在第 3 行第 2 列的单元格中—>
        <TextBox x:Name="txtNew" Margin="30,20,50,20" FontSize="30" Fore-
ground="♯FFE91E1E" Grid. Row="2" Grid. Column="1" Text="" TextWrapping="
Wrap" />
    </Grid>
</UserControl>
```

◎为 Button 控件的 Click 事件编写如下程序代码:

```
private void butClick(object sender, RoutedEventArgs e)
    {
        txtNew. Text =txtOld. Text;
    }
```

第 6 章 布局和导航

6.1 布局原则

Silverlight 提供了一个灵活的系统用于在页面上布置界面元素、支持绝对定位和相对定位的布局。布局用于描述在屏幕上元素的过程，为了使界面更具有吸引力、更实用、更灵活，必须花大量的时间来设计界面，Silverlight 使用容器来安排布局。每个容器有它自己的布局逻辑，Silverlight 注重于创建更加灵活的布局，开发人员能够创建与显示分辨率和窗口无关的、在不同的显示器上可以很好地进行缩放的用户界面，当窗口内容发生变化时可以调整它们自己。

布局由所使用的容器决定，在容器中添加其他元素，一个典型的布局应当遵循以下的原则：

◎容器可以被嵌套。Grid 面板是功能最强大的布局控件，可以包含其他布局容器，这些容器以分组来安排元素，如文本框、列表框、工具条、按钮等。

◎不使用屏幕坐标指定元素的位置。各元素应当由它们的容器，根据它们的尺寸、顺序以及其他特定于具体布局容器的信息进行安排。

◎不应显式设定元素的尺寸。元素应当可以自动改变以适合它们的内容。

◎容器与元素动态使用多余的空间。如果空间允许，布局容器尽可能为它所包含的元素设置更合适的尺寸。

所有容器类都是从 Panel 抽象类中派生出来的，Panel 类提供了少量的共同成员，如下面两个常用公有属性：

◎Background 属性为面板背景着色的画刷。

◎Children 属性是在面板存储的元素集合。

几种布局面板中，最常用的是布局控件 Canvas、StackPanel、Grid。Grid 使用的是精确坐标，StackPanel 则是使用相对坐标完成布局定义的，在该面板包含的元素使用 Margin 等属性，最复杂的是 Grid。当 Grid 只有一行和一列的时候，它在功能上等同于一个 Canvas，只是 Canvas 只可以使用绝对坐标而 Grid 可以使用 Margin 等相对属性，另外 Grid 还可以仿 StackPanel 布局方式，只是使用 Grid 模访的过程不如直接使用 StackPanel 更方便。

6.2　使用 Grid 面板进行布局

　　Grid 是最复杂也是最通用的容器对象,定义出"行 * 列"的方格后,将 XAML 对象摆放在特定单元格内。通常联合使用 Grid 对象和其他布局对象来完成用户界面,在默认情况下,Grid 是一个具有一行一列的布局空间,但可以通过多个行和列定义将整个布局空间分成多行多列。

　　在使用 Grid 对象时,要点如下:

◎定义 Grid 对象的行数,使用 RowDefinitions 集合,然后再为各行分别使用一个 RowDefinition 对象来加以定义。RowDefinition 的常用属性有:

　　○Height 属性用于定义该行的高度。

　　○MaxHeight 属性用于定义该行的最大高度。

　　○MinHeight 属性用于定义该行的最小高度。

◎定义 Grid 对象的列数,使用 ColumnDefinitions 集合,然后为各列分别使用一个 ColumnDefinition 对象加以定义。ColumnDefinitions 常用属性有:

　　○Width 属性用于定义该列的高度。

　　○MaxWidth 属性用于定义该列的最大高度。

　　○MinWidth 属性用于定义该列的最小高度。

◎设置高度时,可采用下列单位:

　　○Auto:表示高度或宽度由位于单元格中的 XAML 对象的大小来决定。

　　○Pixel:表示以像素为单位。

　　○ *（星号）:表示等比例使用剩余的空间,还可在星号前加数字,表示要占用剩余空间的加权比重。

◎通过设置 RowSpan 和 ColumnSpan 属性,可将单元格的 XAML 对象横跨行与列。

◎Grid 方格区域可以虚线显示,将 ShowGridLines 属性设置为 True,一旦设计完毕,可再将其设置为 False。

　　创建一个 Grid 面板,正常需要三个步骤,第一步是确定行和列的数量;第二步为各元素指定行和列,如不指定行或列,默认为第 1 行或第 1 列;第三步定义每一行或列的尺寸,定义尺寸,有三种方式:

◎绝对尺寸大小,这种方式不够灵活,特别是当容器或内容大小改变时。

◎自动改变大小。根据内容的大小,刚好满足需要。

◎按比例分配大小。按比例把空间大小分配到每行或列中。

　　为了更加灵活分配空间,可以混合使用这三种方式。

　　如图 6.2-1 中显示的窗口。

图 6.2-1

为了创建这一 Grid,首先定义行和列,定义 4 行 2 列。行只需要把每行的尺寸设置为所包含元素的高度,也就是所有行使用最大元素的高度。

```
<Grid. RowDefinitions>
    <RowDefinition Height="Auto" />
    <RowDefinition Height="Auto" />
    <RowDefinition Height="Auto" />
    <RowDefinition Height="Auto" />
</Grid. RowDefinitions>
```

接下来,为 Grid 面板创建列,第一列适合其元素,第二列占用剩余空间即可,也就是当尺寸增加时,增加的尺寸将显示给第二列。

```
<Grid. ColumnDefinitions>
    <ColumnDefinition Width="Auto"/>
    <ColumnDefinition Width="*"/>
</Grid. ColumnDefinitions>
```

现在已经定义了主要结构,接下来在各单元格放置各元素。此外,还需考虑统一外边距和对齐方式。

```
<TextBlock Margin="10" Grid. Row="1" Text="地址:" TextWrapping="Wrap"
HorizontalAlignment="Right" />
    <TextBlock Margin="10" Grid. Row="2" Text="电话:" TextWrapping="
Wrap" HorizontalAlignment="Right"/>
    <TextBlock Margin="10" Grid. Row="3" Text="邮件:" TextWrapping="
Wrap" HorizontalAlignment="Right"/>
    <TextBlock Margin="10" Text="姓名:" TextWrapping="Wrap" VerticalAlign-
ment="Top" HorizontalAlignment="Right"/>
    <TextBox Margin="10" Height="Auto" Grid. Column="1" Text="刘正红"
```

VerticalAlignment="Center"/>

    <TextBox Margin="10" Height="Auto" Grid.Column="1" Text="江苏兴化"
Grid.Row="1" VerticalAlignment="Center"/>

    <TextBox Margin="10" Height="Auto" Grid.Column="1" Text="86335688"
Grid.Row="2" VerticalAlignment="Center"/>

    <TextBox Margin="10" Height="Auto" Grid.Column="1" Text="wanxl@si-
na.com" Grid.Row="3" VerticalAlignment="Center" />

范例1 示范使用Grid对象来进行布局

图 6.2 - 2 是项目 Ch6_Exam2_1 运行的外观,它示范如何使用 Grid 对象来排列
XAML 对象。

图 6.2 - 2

◎先将其 XAML 标记摘录如下,其中已添加完整的批注,可自行参考。

<UserControl

    xmlns="http://schemas.microsoft.com/winfx/2006/xaml/presentation"

    xmlns:x="http://schemas.microsoft.com/winfx/2006/xaml"

    xmlns:d="http://schemas.microsoft.com/expression/blend/2008"

xmlns:mc="http://schemas.openxmlformats.org/markup-compatibility/2006"

    x:Class="Ch6_Exam2_1.MainPage"

    Width="640" Height="480" mc:Ignorable="d">

    <Grid x:Name="LayoutRoot" Background="White" >

        <! —设置 Grid 为三行—>

    <Grid.RowDefinitions>

```
            <RowDefinition Height="65"/>
            <RowDefinition Height="0.851*"/>
            <RowDefinition Height="0.149*"/>
        </Grid.RowDefinitions>
            <!—设置 Grid 为二列—>
        <Grid.ColumnDefinitions>
            <ColumnDefinition Width="135"/>
            <ColumnDefinition/>
        </Grid.ColumnDefinitions>
```

```
<!—创建一个文字方块,显示标题,将它放在第一行第一列的单元格中并横跨两列—>
<TextBlock Margin="8,18,120,8" Grid.Row="0" Grid.Column="0" Grid.ColumnSpan
="2" TextWrapping="Wrap" FontSize="21.333" Text="使用 Grid 对象来进行布局"/>
    <TextBlock Height="26" VerticalAlignment="Top" HorizontalAlignment="Center"
Grid.Row="1" Text="请选择图片:" FontSize="14"/>
```

```
    <!—创建一个下拉框,将它放在第二行第一列的单元格中,用来选取照片—>
        <ComboBox x:Name="cbPhotoList" Grid.Row="1" Grid.Column="0" Height
="32" Margin="8,36,8,0" VerticalAlignment="Top" >
            <ComboBoxItem Content="a1.jpg"/>
        </ComboBox>
```

```
    <!— 创建 Image 控件,放在 Grid 的第二行第二列,用来显示照片—>
<Image x:Name="MyPhoto" Margin="71,36,62,44" Grid.Column="1" Grid.Row="1"
Source="img/golf.jpg"/>
        </Grid>
    </UserControl>
```

◎可增加 ComboBox 控件的 SelectionChanged 事件处理程序,以选择不同
图片。

6.3 使用 StackPanel 面板进行布局

StackPanel 面板是最简单的包容器,该面板把其中的元素横向或纵向堆积排列,
在默认情况下面板从上到下地排列元素,使每个元素的高度适合显示的内容,常用
的属性有:

◎HorizontalAlignment 表示水平排齐方式,该属性决定了子元素在布局包容器
中水平方向上如何定位。可选择 Center、Left、Right 或 Stretch 等属性值。

◎VerticalAlignment 表示垂直对齐方式,该属性决定了子元素在布局包容器中

垂直方向上如何定位。可选择 Center、Top、Bottom 或 Stretch 等属性值。

◎Margin 表示在元素的周围添加一定的空间。分别用于为顶部、底部、左边和右边添加空间的独立组件。

◎MinWidth 和 MinHeight 用于设置元素的最小尺寸，如一个元素对于其包容器来说太大，该元素将被裁剪以适合包容器。

◎MaxWidth 和 MaxHeight 用于设置元素的最大尺寸，如果有更多可使用的空间，那么在扩展子元素时就不会超出这一限制。

◎Width 和 Height 用于显式设置元素的大小。

其中最重要的属性莫过于 Orientation 属性，在默认情况下，在该属性的值为 Vertical。当设置 Orientation 属性为 Horizontal 时，StackPanel 中的元素将按横向从左到右排列；当设置 Orientation 属性为 Vertical 时，StackPanel 中存储的界面元素则是按纵向从上到下依次排列。

范例2 示范使用StackPanel面板

图 6.3-1 是项目 Ch6_Exam3_1 运行的外观，它示范如何使用 StackPanel 对象来排列 XAML 对象，我们使用一个 StackPanel 作为根容器对象，并将其 Orientation 属性设置为 Vertical，使其中的 XAML 子对象按序垂直排列，然后我们又在此根空中放入三个 StackPanel 对象，并加上外边框，这三个 StackPanel 对象的 Orientation 属性设置为 Horizontal，以使其中的对象一个接一个水平排列。

图 6.3-1

◎将其 XAML 标记摘录如下，其中已添加完整的批注，可自行参考。

```
<UserControl
    xmlns="http：// schemas. microsoft. com/winfx/2006/xaml/presentation"
    xmlns：x="http：// schemas. microsoft. com/winfx/2006/xaml"
    x：Class="Ch6_Exam3_1. MainPage"
    Width="640" Height="480">


    <Grid x：Name="LayoutRoot" Background="White">
    <! — 使用一个子元素垂直排列的 StackPanel 对象作为容器—>
        <StackPanel Orientation="Vertical">
            <Border  BorderBrush="Red" BorderThickness="1">
                <! —这是一个子元素水平排列的 StackPanel 对象—>
                <StackPanel Orientation="Horizontal">
                <Image Height="150" Width="250" Source="golf. jpg"/>
                    <TextBlock Width = "300" TextWrapping = "Wrap" Text ="高尔夫
……" FontSize="13. 333" />
                </StackPanel>
            </Border>
            <Border BorderBrush="Red" BorderThickness="1">
                <! —这是一个子元素水平排列的 StackPanel 对象—>
                <StackPanel Orientation="Horizontal">
                    <Image Height="150" Source="kouluz. jpg" Width="250"/>
            <TextBlock Width="300" TextWrapping="Wrap" Text="在汽车行业内公认最
……" FontSize="13. 333" />
                </StackPanel>
            </Border>
            <Border BorderBrush="Red" BorderThickness="1">
                <! —这是一个子元素水平排列的 StackPanel 对象—>
                <StackPanel Orientation="Horizontal">
                <Image Height="150" Source="mingru. jpg" Width="250"/>
            <TextBlock Width="300" TextWrapping="Wrap" Text="新明锐在车身尺寸上
没……" FontSize="13. 333" />
                </StackPanel>
            </Border>
        </StackPanel>
    </Grid>
</UserControl>
```

◎在 StackPanel 外部还定义了带有红色边框的 Border 元素。

6.4 使用 Canvas 面板进行布局

Canvas 是最简单、最基本的包容器对象,代表画布,可以把子元素定位到相对面板某个转角的偏移位置,只有两个属性能被使用,一个是水平坐标,另一个是垂直坐标。

Canvas 中坐标值是与设备无关的单位值,坐标原点位于 Canvas 的左上角,x 坐标轴从原点指向屏幕的右边,y 坐标轴从原点指向屏幕的下方,如把某个元素放在 Canvas 上某个位置,需要使用 Canvas 的 Left 和 Top 附加属性。

◎Canvas 定义一个区域,可以使用相对于该区域的坐标来定位和布局子元素。

◎Width 和 Hight 属性:用于指定 Canvas 的宽和高。使用像素作为单位。

◎Background 属性:用于获取和设置一个 Brush 类型的对象,该对象用于填充 Canvas 的背景,可以填充多种特效、图像等。

◎Canvas. Left、Canvas. Top、Canvas. Zindex 属性:是附加属性,用于 Canvas 中的子元素定位,Canvas. Left 表示相对于画布的左边距离,Canvas. Top 表示相对于画布的顶部距离,Canvas. Zindex 表示一个对象的重叠顺序。

◎Opacity 属性:Canvas 对象的透明度,从 0 到 1.0 之间的值,0 表示完全透明,1.0 表示完全不透明。

指定 Canvas 中各元素的位置时,可以使用与 Canvas 左边和上边相关的位置,也可以使用 Canvas 右边和下边相关的位置,当在 XAML 文件中对 Canvas 元素的子元素进行定义时,如果没有标明该元素所使用的相对位置,那么它将使用 Canvas 的左上角作为该元素的默认位置。

范例3 示范使用综合布局

实际中,往往将各类布局综合使用,它们可以相互包容,以达到预期设计效果,图 6.4 - 1 是项目 Ch6_Exam4_1 运行的结果。

图 6.4 - 1

◎如下所示,Ch6_Exam4_1 的 MainPage. xaml 的主要 XAML 标记摘录如下,其中已添加完整的批注,可自行参考。

```xml
<UserControl
    xmlns="http://schemas.microsoft.com/winfx/2006/xaml/presentation"
    xmlns:x="http://schemas.microsoft.com/winfx/2006/xaml"
    x:Class="Ch6_Exam4_1.MainPage"
    Width="800" Height="450" Background="Red">
<Border Background="#FF958B8B">
    <Grid x:Name="LayoutRoot" Background="White" Margin="40,5,40,5">

<!--定义三行三列,中间一行和一列作为边框-->
    <Grid.ColumnDefinitions>
        <ColumnDefinition Width="Auto"/>
        <ColumnDefinition Width="8"/>
        <ColumnDefinition/>
    </Grid.ColumnDefinitions>
    <Grid.RowDefinitions>
        <RowDefinition Height="Auto" />
        <RowDefinition Height="8"/>
        <RowDefinition/>
    </Grid.RowDefinitions>

<!--标题放 Border 元素内,定义背景渐变效果-->
    <Border Grid.ColumnSpan="3" >
        <Border.Background>
<LinearGradientBrush EndPoint="0.502,2.158" StartPoint="0.472,-1.366">
        <GradientStop Color="#FFECDDDD" Offset="0.404"/>
        <GradientStop Color="#FF0E4EBD" Offset="1"/>
        </LinearGradientBrush>
        </Border.Background>
        <TextBlock Text="2010 汽车排行榜" TextWrapping="Wrap" FontSize=
"26.667" FontWeight="Bold" HorizontalAlignment="Center" Width="252" Foreground
="#FFD42525"/>
        </Border>
    <Border Background="#FF958B8B" Grid.Row="1" Grid.ColumnSpan="3" />
        <Border Background="#FF958B8B" Grid.Column="1" Grid.Row="1" />
        <Border Background="#FF958B8B" Grid.Column="1" Grid.Row="2" />
        <Border Background="#FF958B8B" Grid.Row="2" >
```

```
<!—使用样式资源—>
        <ListBox x：Name＝"listBox" Style＝"{StaticResource txtList}" Selection-
Changed="SelectionChanged_Click" ScrollViewer. VerticalScrollBarVisibility="Visible">
            <ListBoxItem Content="高尔夫 6"/>
            <ListBoxItem Content="新明锐"/>
            <ListBoxItem Content="速腾 1.4T" />
            <ListBoxItem Content="福克斯两厢" />
            <ListBoxItem Content="科鲁兹" />
        </ListBox>
        </Border>

<!—呈现动态 XAML 页面—>
        <Border Grid. Column="2" Grid. Row="2" Background="＃FF958B8B" >
        <StackPanel x：Name="MyPanel">
        </StackPanel>
        </Border>
    </Grid>
    </Border>
</UserControl>
```

◎为各车型 ListBoxItem 的 SelectionChanged 事件处理编写如下程序代码,在
Panel 中动态加载 XAML 界面的实例。

```
void SelectionChanged_Click(object sender, SelectionChangedEventArgs e)
    {
        ListBoxItem Car＝((ListBox)sender). SelectedItem as ListBoxItem；
        switch (Car. Content. ToString())
        {
            case "高尔夫 6"：
                this. MyPanel. Children. Clear ()；
<!—加载高尔夫 6 界面,创建 Golf. xaml 的实例并将它添加到 MyPanel 中—>
                this. MyPanel. Children. Add(new Golf ())；
                break；
            case "新明锐"：
                this. MyPanel. Children. Clear ()；
<!—加载新明锐界面,创建 Mingrui. xaml 的实例并将它添加到 MyPanel 中—>
                this. MyPanel. Children. Add(new Mingrui ())；
                break；
            case "速腾 1.4T"：
```

```
                    this. MyPanel. Children. Clear ();
<! 一加载速腾 1.4T 界面,创建 Suteng. xaml 的实例并将它添加到 MyPanel 中—>
                    this. MyPanel. Children. Add(new Suteng ());
                    break;
            case "福克斯两厢":
                    this. MyPanel. Children. Clear ();
<! 一加载福克斯两厢界面,创建 Fukesi. xaml 的实例并将它添加到 MyPanel 中 —>
                    this. MyPanel. Children. Add(new Fukesi ());
                    break;
            case "科鲁兹":
                    this. MyPanel. Children. Clear ();
<! 一加载科鲁兹界面,创建 Kouluz. xaml 的实例并将它添加到 MyPanel 中—>
                    this. MyPanel. Children. Add(new Kouluz ());
                    break;
        }
```

◎在 App. xaml 定义全局新式资源。

```
        <Application. Resources>
<! 一各车型介绍文字—>
        <Style x:Key="txtBlock" TargetType="TextBlock">
            <Setter Property="FontSize" Value="15" ></Setter>
            <Setter Property="FontWeight" Value="Bold"></Setter>
            <Setter Property="Foreground" Value="Red"></Setter>
            <Setter Property="TextWrapping" Value="Wrap"></Setter>
            <Setter Property="FontFamily" Value="Arial"></Setter>
        </Style>


<! 一各车型名称—>
        <Style x:Key="txtList" TargetType="ListBox">
            <Setter Property="FontSize" Value="18" ></Setter>
            <Setter Property="Foreground" Value="Blue"></Setter>
            <Setter Property="FontFamily" Value="Arial"></Setter>
        </Style>
        </Application. Resources>
```

◎定义各车型介绍的 xaml 界面,下面为福克斯的 Fukesi. xaml 文件,其他车型
文件类同。

```
<Grid x:Name="LayoutRoot">
    <Image Source="Img/fukesi. jpg" Stretch="UniformToFill"/>
```

<! 一介绍文字的 TextBlock,使用样式资源—>
        <TextBlock Height="Auto" Margin="66,0,126,0" Text=" 09 款福克斯比较 07 款在节油技术上作了大幅度的提升,包括最新调校的可变正时气门技术、更低的风阻系数以及选择轻量化的新一代轮毂." Style="{StaticResource txtBlock}" />
      </Grid>
    </UserControl>

▶ 6.5 导航模板

在 Silverlight 应用程序中使用 Frame 和 Page 控件可以实现应用程序导航。页面控件表示内容的部分。框架用作页面控件的容器,并使页导航非常简便。在任一时刻,框架只显示一个页面的内容。以编程方式或通过用户操作导航到新页时,框架中显示的页将会更改。

可以将 Silverlight 应用程序的根视觉效果设计为包含可导航内容和永久用户界面(UI)组件(例如页眉、页脚和导航边栏)的组合。使用"Silverlight 导航应用程序"模板创建新项目时,该模板会生成一个包含永久 UI 组件的 XAML 文件并为可导航内容生成一个框架。

Visual Studio 中的 Silverlight 导航应用程序模板:"Silverlight Navigation Application",默认的模板向我们提供了一个 MainPage. xaml 页面并给出了一个大致的主页视图。导航框架 XAML 代码如下:

```
<Grid x:Name="LayoutRoot" Style="{StaticResource LayoutRootGridStyle}">
  <Border x:Name="ContentBorder" Style="{StaticResource ContentBorderStyle}">
<navigation:Frame x:Name="ContentFrame" Style="{StaticResource ContentFrameStyle}"
    Source="/Home" Navigated="ContentFrame_Navigated" NavigationFailed="ContentFrame_NavigationFailed">
            <navigation:Frame. UriMapper>
              <uriMapper:UriMapper>
                <uriMapper:UriMapping Uri="" MappedUri="/Views/Home. xaml"/>
                <uriMapper:UriMapping Uri="/{pageName}" MappedUri="/Views/{pageName}. xaml"/>
              </uriMapper:UriMapper>
            </navigation:Frame. UriMapper>
        </navigation:Frame>
      </Border>
      <Grid x:Name="NavigationGrid" Style="{StaticResource NavigationGridStyle}">
<Border x:Name="BrandingBorder" Style="{StaticResource BrandingBorderStyle}">
<StackPanel x:Name="BrandingStackPanel" Style="{StaticResource BrandingStackPanel-
```

```
Style}">
                        <ContentControl Style="{StaticResource LogoIcon}"/>
                        <TextBlock x:Name="ApplicationNameTextBlock" Style="{StaticRe-
source ApplicationNameStyle}"
                    Text="Application Name"/>
                </StackPanel>
            </Border>
            <Border x:Name="LinksBorder" Style="{StaticResource LinksBorderStyle}">
<StackPanel x:Name="LinksStackPanel" Style="{StaticResource LinksStackPanelStyle}">

                <HyperlinkButton x:Name="Link1" Style="{StaticResource LinkStyle}"
    NavigateUri="/Home" TargetName="ContentFrame" Content="home"/>
                <Rectangle x:Name="Divider1" Style="{StaticResource DividerStyle}"/>
    <HyperlinkButton x:Name="Link2" Style="{StaticResource LinkStyle}"
    NavigateUri="/About" TargetName="ContentFrame" Content="about"/>
                </StackPanel>
            </Border>
        </Grid>
    </Grid>
</UserControl>
```

◎Frame 是一片可以被导航的区域。可以指定一个默认的视图,任何导航都可以在那片区域被触发,Frame 类提供用于页导航的方法和属性。将 Source 属性设置为要显示的页的 URI,或调用 Navigate 方法并将该页的 URI 作为参数来传递。

◎UriMapper 元素定义了导航终端,可以用/Home 终端来映射/View/Home. xaml 终端。

◎HyperlinkButton 为一超链按钮,其 TargetName 定义了目标框架区域。HyperlinkButton 控件位于框架外时,可以通过将 NavigateUri 属性设置为映射到某一页的 URI 并将 TargetName 属性设置为该框架的名称来启用对该框架内资源的导航。

◎各个 Page 页面,在 Views 目录下,如默认的 Home. xaml、About. xaml 等。

因此,修改或添加新的导航页面关键操作步骤有:

(1) 右击 Views 目录添加新项目,弹出对话框,选择类型"Silverlight Page",命名为 AddPage1. xaml

(2) 添加首页链接,打开 MainPage. xaml,

添加映射:

```
<uriMapper:UriMapping Uri="" MappedUri="/Views/AddPage1.xaml"/>
```
增加 HyperlinkButton：
```
<Rectangle Style="{StaticResource DividerStyle}"/>
    <HyperlinkButton x:Name="AddPage1Link" Style="{StaticResource Link-
Style}" NavigateUri="/AddPage1" TargetName="ContentFrame" Content=
"AddPage1"/>
```

（3）打开 AddPage1. xaml 在＜Grid＞标记下添加下面的代码或其他所需的内容：

```
<ScrollViewer x:Name="PageScrollViewer" Style="{StaticResource PageScroll-
ViewerStyle}">
    <StackPanel x:Name="ContentStackPanel" Style="{StaticResource ContentStack-
PanelStyle}">
        <TextBlock x:Name="HeaderText" Style="{StaticResource HeaderText-
Style}" Text="AddPage1"/>
        <TextBlock x:Name="ContentText" Style="{StaticResource ContentText-
Style}"
        Text="About Add content"/>
    </StackPanel>
</ScrollViewer>
```

第 7 章　文本元素

7.1　主要属性

　　文本是把信息呈现给人的最有效的方式,在构建的几乎每个应用程序中,都需要显示文本,TextBlock 是 Silverlight 应用程序中最基本的文本显示元素。TextBlock 不是直接显示文本的唯一 Silverlight UI 元素,其他如 TextBox 及其子类 PasswordBox 也是文本元素,本章以 TextBlock 为例介绍文本元素。

　　在使用文本元素时,您可以在 XAML 中指定文本元素的不同字体特性,这些特性会使文本丰富起来。表 7-1 列出了可以为各文本元素指定的主要字体特性。

表 7-1　可为各文本元素指定的主要字体特性

属性	描　述
FontFamily	获取或设置字体名称
FontSize	获取或设置字号,单位为像素
FontStretch	获取或设置字体的拉伸程度
FontStyle	获取或设置字体样式
FontWeight	获取或设置字体精细程度
Foreground	获取或设置文本的前景色
TextDecorations	获取或设置文本的修饰效果
TextWrapping	指示文字段落是否换行

例如:

```
<TextBlock Margin="28,22,0,0"Height="91"
    Text="大家好"
    FontFamily="Arial"
    FontSize="64"
    FontStretch="UltraExpanded"
      VerticalAlignment="Top"
      TextDecorations="Underline"    //下划线
    FontWeight="Bold"    //加粗
    Foreground="#FFED3232" HorizontalAlignment="Left" Width="218" />
```

呈现出的结果如下图 7.1-1 所示：

图 7.1-1

Silverlight 不在其安装包中包括任何字体，它依赖本地系统字体作为其默认值。若要对文本元素使用支持的本地字体列表中未包括的字体，可以通过使用 FontFamily 属性在 XAML 中指定该字体，或通过使用 FontSource 属性在代码中指定该字体。FontFamily 属性可以指定单个字体文件或包含字体文件的 zip 文件，并且可以纳入备用序列。为 XAMLFontFamily 用法引用的任何字体文件必须作为资源嵌入到程序集内。使用 FontSource 时，您的代码可以从独立存储之中加载字体（或字体压缩包）的源字体文件，或者从 XAP 包中加载。

7.2　基本修饰

7.2.1　Run 对象

Run 对象的字体属性使用时首先在 TextBlock 标记内添加 Run 元素，然后把希望格式化的文字赋值给 Text 属性，或者直接放在<Run>标记之间。

```
<TextBlock FontSize="40" TextWrapping="Wrap">
    <Run FontWeight="Bold" FontSize="60" Text="今天" />是好日子，
    <Run TextDecorations="Underline" >天气真好！</Run>
</TextBlock>
```

呈现出的结果如图 7.2-1：

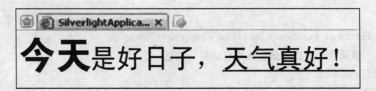

图 7.2-1

也可通过程序来动态改变样式。超链接功能通过开发人员编写鼠标事件处理程序来实现，在 XAML 文档中为 TextBlock 声明事件处理程序。

```
<TextBlock x:Name="TextLink" FontSize="30" MouseEnter="Text_MouseEn-
ter" MouseLeave="MouseLeave" Text="Link">
```

添加 MouseEnter 和 MouseLeave 两个事件,这两事件分别在鼠标进入和离开文本区域时触发。下面为它们的事件处理程序:

```
private void Text_MouseEnter(object sender,MouseEventArgs e)
{
    TextLink.TextDecorations=TextDecorations.Underline;
    TextLink.Cursor=Cursors.Hand;
    Brush brush=new SoldColorBrush(Colors.Orange);
    TextLink.Foreground=brush;
}
Private void Text_MouseLeave(object sender,MouseEventArgs e)
{
    TextLink.TextDecorations=null;
    TextLink.Cursor=Cursors.None;
    Brush brush=new SolidColorBrush(Color.Black);
    TextLink.Foreground=brush;
}
```

这两个处理程序,第一步是设置文本的下划线样式,调用 TextDecorations. Underlin 属性。接下来的前景色 Foreground 和鼠标形状的设置也是同样的道理。字体前景色实际上是通过 Brush 实现的,Foreground 属性必须用 Brush 实现。第一段是鼠标进入文本区域之前的样式,第二段是鼠标进入之后的样式。

7.2.2 段落控制

默认情况下,TextBlock 元素显示的文本如长度超出了一定宽度不能自动换行。

用两种方法可解决,一是使用 TextBlock 对象自带的 TextWrapping 属性,该属性用于指定是否启用自动换行功能,可用的属性包括 NoWrap 和 Wrap 两种。二是使用 LineBreak 手动控制文本换行。

例如:

```
<TextBlock FontSize="30" TextWrapping="Wrap">
    该属性用于指定是否启用自动换行功能
</TextBlock>
<TextBlock FontSize="30" TextWrapping="NoWrap" Margin="0,91,0,−91">
    该属性用于指定是否<LineBreak/>启用自动换行功能
</TextBlock>
```

呈现结果,如图7.2-2:

> 该属性用于指定是否启用
> 自动换行功能
> 该属性用于指定是否
> 启用自动换行功能

图7.2-2

7.3 高级修饰

只要继承了 Brush 的对象,都可以作为 Foreground 的属性值。除了 SolidColor-Brush 外,还有 ImageBrush、LinearGradientBrush、RadialGradientBrush 和 Video-Brush 4个派生类,分别表示图片笔刷、线性渐变笔刷、放射渐变笔刷和视频笔刷。

◎线性渐变笔刷:

```
<TextBlock TextWrapping="Wrap" Text="同学们" Width="174" Margin="50,23,
0,0" Height="80" VerticalAlignment="Top" HorizontalAlignment="Left" FontSize="48"
d:LayoutOverrides="Width">
    <TextBlock.Foreground>
        <LinearGradientBrush EndPoint="0.5,1" StartPoint="0.5,0">
            <GradientStop Color="#FF000000" Offset="0"/>
            <GradientStop Color="#FFF5F1EE" Offset="1"/>
        </LinearGradientBrush>
    </TextBlock.Foreground>
</TextBlock>
```

呈现出的结果,见图7.3-1:

图7.3-1

◎放射渐变笔刷:

```
<TextBlock TextWrapping="Wrap" Height="112.537" FontSize="48" Text="大家
好" Width="174">
```

```
<TextBlock. Foreground>
  <RadialGradientBrush>
    <GradientStop Color="#FF000000" Offset="0"/>
    <GradientStop Color="#FFE225A0" Offset="1"/>
  </RadialGradientBrush>
</TextBlock. Foreground>
</TextBlock>
```

呈现出的结果如图7.3-2：

图 7.3 - 2

◎图片笔刷：

```
<TextBlock TextWrapping="Wrap" Height="112.537" FontSize="48" Text="大家好" Width="174">
  <TextBlock. Foreground>
    <ImageBrush ImageSource="11.jpg">
  </TextBlock. Foreground>
</TextBlock>
```

第8章 图形和图像

8.1 线条

线条 Line 是最简单的图形。绘制单一直线,两点决定一直线,指定起始和结束坐标值,就可以画一条直线。常用属性如下:

◎Stroke:线条颜色。

◎StrokeThickness:线条粗细。

◎Stretch:在线条和屏幕上可用的大小不一致时,如何显示,这个属性可取的值为:

　○None:保持其原有的形状、大小。

　○Fill:图形填满可用区域,不管长宽比例。

　○Uniform:图形填满可用区域,但保留长宽比例,填充以长边为准。

　○UniformToFill:图形填满可用区域,但保留原有的长宽比例,以短边为准,长边会被裁掉。

如画一直线(128,269)为起点、(330,204)为终点。

　　<Line X1="128" Y1="269" X2="330" Y2="204" Stroke="Red" StrokeThickness="3" />

也可表示:

　　<Path Stretch="Fill" Stroke="Red" Data="M128,269 L330,204" StrokeThickness="3"/>

Blend 用"笔"工具绘制直线操作方法:

(1) 在"工具"面板中,单击"笔"。

(2) 在美工板上,单击一次以定义线的起点,再单击一次以定义线的终点。

(3) 若要将线的角度限制为 45°的倍数,请在单击已定义线的端点时按住 Shift。

(4) 在"画笔"面板中,改写线条颜色。

(5) 在"外观"面板中,改写线条粗细、端点形状等。

Blend 用"线"工具绘制直线操作方法:

(1) 在"工具"面板中,单击"线"。

(2) 从所需的线起点处开始拖动,然后在所需的线终点处松开鼠标按键。

(3) 若要将线的角度限制为 15°的倍数,请在绘制线时按住 Shift。

（4）在"画笔"面板中，改写线条颜色。

（5）在"外观"面板中，改写线条粗细、端点形状等。

直线端点的形状可以变化，提供了四种端点形状供选用：

①Flat 平形。

②Round 圆形。

③Square 方形。

④Triangle 三角形。

Blend 还提供"笔"的工具，可以使用"笔"工具绘制曲线形状，从而在美工板上形成路径对象，绘制曲线步骤如下：

（1）在"工具"面板中，单击"笔"。

（2）在美工板上单击以放置第一个节点，并且有选择地拖动指针以定义该曲线的初始方向（切线）。

（3）对于后续的每个点，在美工板上单击并有选择地拖动指针以创建所需的曲线。

（4）若要封闭路径，请单击所创建的第一个节点。如果希望结束路径而不将最后一个节点连接到第一个节点上，请再次单击"笔"工具，或者单击"工具"面板中或"对象和时间线"面板中的任意位置。

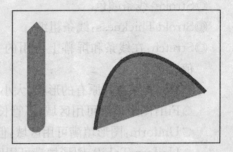

图 8.1-1

如图 8.1-1 使用 Blend 绘制线条效果。

产生对应的 XAML 标记如下：

<Path Fill="#FFA98BF1" Stretch="Fill" Stroke="#FFA5EB98" HorizontalAlignment="Left" Margin="34,51,0,0" Width="20" UseLayoutRounding="False" Data="M230,321 L230,118" StrokeThickness="20" Height="110" VerticalAlignment="Top" StrokeStartLineCap="Round" StrokeEndLineCap="Triangle"/>

<Path Fill="#FF94D658" Stretch="Fill" Stroke="#FFEB9236" Height="80" Margin="104,81,0,0" VerticalAlignment="Top" UseLayoutRounding="False" Data="M284,314 C284,314 293,203 383,285" StrokeThickness="5" HorizontalAlignment="Left" Width="120"/>

▶ 8.2 矩形

矩形 Rectangle 对象用来绘制正方形或长方形，矩形的大小由宽度和高度决定。只要设置 Rectangle 的宽度和高度就能画出正方形或长方形，可指定外框线条的颜色及粗细等，还可用各种画刷来填充矩形，可设置边角的圆弧程度。常用属性如下：

◎Width：矩形宽度。

◎Heihgt：矩形高度。

◎Fill：填充颜色。

◎Stroke：线条颜色。

◎StrokeThickness：线条粗细。

◎RadiusX，RadiusY：边角的圆弧程度。

Blend 结合笔刷的功能，产生渐变效果的矩形，操作步骤如下：

（1）在"工具"面板中，单击"资产"。

（2）"资产"选中"控件"中的"矩形"。

（3）"工具"面板中出现了"矩形"控件。

（4）双击"矩形"控件，或单击后在美工板拖放。

（5）在美工板上，将指针移到从矩形左上角伸出的虚线的任意一端，然后在指针显示为圆角半径图柄时进行拖动，在拖动任一圆角半径图柄时按住 Shift，即可分别编辑 X 和 Y 圆角半径。

也可从"属性"面板的"外观"下，直接更改"RadiusX"和"RadiusY"属性的值。

产生的代码如下：

```
<Rectangle Width="244" Height="154" Fill="#FFE55656" Stroke="#FF000000"
RadiusX="10" RadiusY="90" StrokeThickness="3"/>
        <Rectangle Width="307" Height="169" Stroke="#FF000000" Canvas. Left="111"
Canvas. Top="153" RadiusX="10" RadiusY="90">
        <Rectangle. Fill>
            <LinearGradientBrush EndPoint="0. 5,1" StartPoint="0. 5,0">
                <GradientStop Color="#FF000000" Offset="0"/>
                <GradientStop Color="#FF74D779" Offset="1"/>
            </LinearGradientBrush>
        </Rectangle. Fill>
    </Rectangle>
```

呈现结果如图 8.2-1：

图 8.2-1

8.3 椭圆形与圆形

椭圆形 Ellipse 可看成矩形的特例,当设置矩形的 RadiusX 和 RadiusY 为最大值时,矩形就变成了椭圆,可用来绘制椭圆形或圆形。常用属性如下:

◎Width:椭圆形的宽度。

◎Height:椭圆形的高度。

◎Fill:填充的颜色。

◎Stroke:外框线条颜色。

◎StrokeThickness:外框线条粗细。

如:

> <Ellipse Height="113" Margin="144,91,297,0" VerticalAlignment="Top" StrokeThickness="8" Fill="#FFEDC6C6" Stroke="Black" Opacity="0.6" />

呈现的结果,如图 8.3-1:

图 8.3-1

8.4 路径绘图

路径 Path 用来绘制非常复杂的图案,由一些相互连接的线段,还可以包含弧,并且可渲染为封闭形状和非封闭形状,是一种可以综合图形功能于一体的对象,可以包含多个矩形、圆形、直线等几何图形,它也是矢量对象,而且似乎是最灵活的矢量对象。

路径是一系列相连的线和曲线。在美工板上绘制路径之后,可以对其执行调整形状、合并和其他修改操作,以创建任何矢量形状。可以绘制多边形(由相连的直线组成的封闭形状)和折线(由相连的直线组成的不封闭路径)。可以使用"笔"工具、"铅笔"工具和"线"工具绘制路径。然后可以使用"选择"工具和"路径选择"工具修改路径。

常用属性如下:

◎Fill:内部填充的颜色。

◎Stroke:线条的颜色。

◎StrokeThickness:外框线条粗细。

◎Data：一连串的$(X_1，Y_1)$、$(X_2，Y_2)$、$(X_3，Y_3)$……坐标值。

Path 绘图使用路径标记语法（Mini-language），是一种路径指令组成的语法，使用路径的绘图语法可以产生任何形状的 2D 图形，如下面的一些常用指令：

◎MoveCommand：指定 startPoint 绘图的起始点，用大小写的 M 或 m 表示，当为大写 M 时，表示绝对值，小写 m 时，表示相对于前一点的偏移量。

◎DrawCommands：一个指令集合，描述外形轮廓的内容，包含了 Silverlight 中大部分的直线和曲线的绘图指令，如 V 或 v 表示当前点和指定点 y 坐标直接画一垂直线、C 或 c 表示当前点和指定的终点画一条三次贝塞尔曲线。

◎CloseCommand：指定结束当前的画图，用来闭合整个 Path，并在当前图形点和图形的起点之间画一线段，用字母 z 来表示。

如：

<Path Fill=" #FFEDC6C6" Stretch="Fill" Stroke="Black" StrokeThickness="8" Height="126. 262" Margin=" 144,77. 738,297,0" VerticalAlignment="Top" Opacity= "0. 6" Data="M195,56. 5 C195,85. 494949 152. 24319,109 99. 5,109 C46. 756805,109 4, 85. 494949 4,56. 5 C4,27. 505051 64. 975388,43. 873497 99. 5,4 C135,−37 195,27. 505051 195,56. 5 z" UseLayoutRounding="False"/>

呈现出的结果如图 8.4－1 所示：

形状可转换为路径，在"工具"面板中，单击"选择"，然后选择要转换为路径的形状。在"对象"菜单上或右键，指向"路径"，然后单击"转换为路径"。

路径的常用操作：

（1）绘制任意形状的路径：若要绘制可在指针所触及的任何位置生成像素的路径，使用"铅笔"工具，最终会生成一个 Path 对象，可以使用"笔"工具绘制曲线形状，从而在美工板上形成路径对象。

图 8.4－1

（2）向现有路径添加或删除点：在"工具"面板中，单击"选择"，然后选择要为其添加点的路径。仍在"工具"面板中，单击"笔"，当悬停在路径上时，"笔"工具将变为"＋"，以指示可以添加点。单击已添加点，当悬停在路径上时，"笔"工具将变为"－"，以指示可以删除该点。单击该点可将其删除。

（3）更改曲线的形状：在"工具"面板中，单击"路径选择"，单击要修改的曲线任意一侧的节点，然后拖动节点或控制柄，以更改曲线的切线；单击要修改的曲线任意一侧的曲线段，然后拖动曲线段或控制柄，以更改曲线的切线。

（4）重定义路径上点的控制柄：在"工具"面板中，单击"路径选择"。选择包含要修改的点（或顶点）的路径。按住 Alt，然后在光标变为如下光标之一时单击节点，再从节点拖离以重定义控制柄。"转换点"光标，鼠标旁出现圆点，使任何尖角点变得平滑；"转换段"光标，鼠标旁出现圆弧，获取一条线段，并使其弯曲通过鼠标位置；"转换切线"光标，鼠标旁出现圆圈，独立于另一边调整选定的切线。

范例1 示范动态绘制图形对象

各类图形也是一个个对象，有属性、事件与方法，我们可以把 Silverlight 应用程序界面看作一个画板，Line、Rectangle、Ellipse、Path 等绘图对象就是不同类型的画笔和工具，可以在程序中创建和使用，就可以绘制各种图形，Ch8_Exam4_1. xaml 示范如何动态创建 Polyline 和 Ellipse 对象，并使用定时器让 Ellipse 对象晃动，当鼠标移入 Ellipse 对象时，其会增大，颜色也会变化，而当鼠标移出时，将恢复原样，效果如图 8.4 - 2。

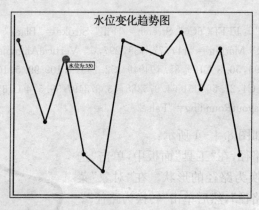

8.4 - 2

◎以下是 Ch8_Exam4_1. xaml 的 XAML 的标记内容。

```
<UserControl
    xmlns="http：//schemas. microsoft. com/winfx/2006/xaml/presentation"
    xmlns：x="http：//schemas. microsoft. com/winfx/2006/xaml"
    x：Class="Ch8_Exam4_1. MainPage"
    Width="640" Height="480">
    <Grid x：Name="LayoutRoot" Background="White">
        <TextBlock Height="35" Margin="207,8,223,0" VerticalAlignment=
"Top" Text="水位变化趋势图" TextWrapping="Wrap" FontSize="26.667"/>
        <! —使用 StackPanel 容器对象来动态创建 Ellipse、Polyline 等元素对象—>
        <StackPanel x：Name="MyPanel" VerticalAlignment="Bottom"/>
    </Grid>
</UserControl>
```

◎定义水位点和坐标轴的控制点集合的 PointCollection 对象。

```
            private PointCollection ShuiWeiPoints=new PointCollection();
            private PointCollection ZuobiaoPoints=new PointCollection();
```

◎以下是动态创建 Polyline 对象的程序代码。

```
        private void LoadLine()
            {
                    Polyline Zuobiao=new Polyline ();
                    ZuobiaoPoints. Add (new Point (20,20));
                    ZuobiaoPoints. Add (new Point (20,460));
                    ZuobiaoPoints. Add (new Point (620,460));
                    Zuobiao. Stroke =new SolidColorBrush (Colors. Blue );
                    Zuobiao. StrokeThickness =5;
                    Zuobiao. Points =ZuobiaoPoints；
                    LayoutRoot. Children. Add (Zuobiao);
                    ShuiWeiPoints. Add (new Point (30,80));
                    ShuiWeiPoints. Add (new Point (100,280));
                    ShuiWeiPoints. Add (new Point (150,120));
                    ShuiWeiPoints. Add (new Point (200,360));
                    ShuiWeiPoints. Add (new Point (250,400));
                    ShuiWeiPoints. Add (new Point (300,80));
                    ShuiWeiPoints. Add (new Point (350,100));
                    ShuiWeiPoints. Add (new Point (400,120));
                    ShuiWeiPoints. Add (new Point (450,60));
                    ShuiWeiPoints. Add (new Point (500,200));
                    ShuiWeiPoints. Add (new Point (550,100));
                    ShuiWeiPoints. Add (new Point (600,360));

                    Polyline line=new Polyline ();
                    line. Stroke =new SolidColorBrush (Colors. Red );
                    line. StrokeThickness =3;
                    line. Points =ShuiWeiPoints;
                    LayoutRoot. Children. Add (line);
            }
```

◎以下是动态创建 Ellipse 对象的程序代码。

```
        private void LoadEllipse()
            {
                    foreach(Point point in ShuiWeiPoints)
                    {
```

```
Ellipse eps=new Ellipse ();
eps. Width =10;
eps. Height =10;
eps. Fill =new SolidColorBrush (Colors. Red );
eps. Cursor =Cursors. Hand;
eps. HorizontalAlignment =HorizontalAlignment. Left;
eps. VerticalAlignment =VerticalAlignment. Top;
double x=point. X －eps. Width/2;
double y=point. Y －eps. Height /2;
eps. Margin=new Thickness (x,y,0,0);
```
<！—设置当鼠标指针移到 Ellipse 对象上所要执行的事件处理程序—>
```
eps. MouseMove ＋＝new MouseEventHandler(Ellipse_MouseMove);
```
<！—设置当鼠标指针移出 Ellipse 对象上所要执行的事件处理程序—>
```
eps. MouseLeave＋＝new MouseEventHandler(Ellipse_MouseLeave);
LayoutRoot. Children. Add (eps);
```

<！—设置提示水位值—>
```
ToolTipService. SetToolTip(eps, string. Format ("水位为：{0}",480－point.
Y ));
    }
}
```

◎以下是 Ellipse 对象的 MouseMove 事件处理程序代码内容，它负责将更改
Ellipse 对象的大小、颜色。

```
private void Ellipse_MouseMove(object sender, MouseEventArgs e)
    {
        Ellipse eps=(Ellipse)sender；
        eps. Width=20;
        eps. Height=20;
        eps. Fill =new SolidColorBrush (Colors. Green);
    }
```

◎以下是 Ellipse 对象的 MouseMove 事件处理程序代码内容，它负责将 Ellipse
对象恢复到原来的大小。

```
private void Ellipse_MouseLeave(object sender，MouseEventArgs e)
    {
        Ellipse eps=(Ellipse)sender；
        eps. Width=10;
        eps. Height=10;
```

```
      }
```

8.5 图像

图像是显示图片的主要元素,可进行处理,如伸展模式、裁剪、蒙板和深度缩放等。

(1) 应用伸展:在实际应用中,图像的原始尺寸和比例很可能与 Image 控件的设置不相匹配,这时可以使用 Image 控件的 Stretch 属性,以适应不同的显示要求,有四种伸展方式:

◎Uniform:默认值,表示图像保持原始比例,以适应容器的高度和宽度。如果两者比例不等,将会出现空白区域。

◎None:将图像直接填充到 Image 控件容器的指定区域,保持原始尺寸大小,不做任何伸展处理。如果容器大于图像的大小,将看到空白区域;如果容器小于图像大小,将自动裁剪部分图片。

◎Fill:表示不考虑图像的原始比例,完全填充整个 Image 控件容器所设置的区域。比例不相同,图形就会发生变形。

◎UniformToFill:表示图像保持原始比例,完全填充整个 Image 控件容器所设置的区域,如果两者比例不等,将自动裁剪部分图片。

(2) 应用裁剪:裁剪的图像能够以特殊的形式显示,而原图像本身不会变化。

(3) 应用蒙板:可以使用 OpacityMask 制作不透明蒙板。OpacityMask 属性的值必须是支持 alpha 通道的任意 Brush 对象。

(4) 深度缩放:为高分辨率图像生成体积很小的缩略图,使用户可以较快预览页面上的图像。深度缩放还可根据用户需求任意缩小或放大图片,从而达到性能优化的目的。

常用属性如下:

◎Source:引用的图像路径。

◎Opacity:图像透明度。

◎OpacityMask:透明遮罩效果。

◎Clip:设置裁切效果。

如:

```
<Image HorizontalAlignment="Left" Width="294" Source="flower1.jpg" Stretch="
Fill" Margin="22,40,0,203" Clip="M309.5,77.5 C309.5,120.02592 264.50461,154.5
209,154.5 C153.49538,154.5 108.5,120.02592 108.5,77.5 C108.5,34.974075 153.49538,
0.5 209,0.5 C264.50461,0.5 309.5,34.974075 309.5,77.5 z">
</Image>
<Image Source="11.jpg" Height="217" Width="328.691">
```

```
<Image. OpacityMask>
    <RadialGradientBrush>
        <GradientStop Color="#FF000000" Offset="0"/>
        <GradientStop Color="#FFDDAFAF" Offset="1"/>
    </RadialGradientBrush>
</Image. OpacityMask>
</Image>
```

显示效果如图 8.5－1。

图 8.5－1

向项目中添加图像文件,执行下列操作之一:

(1) 在"项目"菜单上,单击"添加现有项"。浏览要添加到当前项目中的图像文件所在的位置,然后单击"打开"。

(2) 将文件从 Windows 资源管理器中的文件夹或桌面拖到"项目"面板中。

图像文件将出现在"项目"面板中。您可以从此处将其插入打开的文档中的活动元素。

在活动文档中插入图像文件,只需从"项目"面板中将图像文件拖到美工板上。

除了可以通过直接设置 Source 属性同步加载图像外,在程序代码中还可以通过异步流的方式下载图像,然后通过 BitmapImage 对象的 SetSource 方法将其应用到图像,对于一个较大的图像,下载需要花一点时间,该技术使得 UI 在图像文件加载时仍然可以绘制而且保持响应。

范例2 深度缩放Deep Zoom

Deep Zoom 提供以交互方式查看高分辨率图像的能力。您可以快速放大和缩小图像,而不会影响应用程序的性能。Deep Zoom 允许通过提供多分辨率图像和使用弹簧动画来使加载和平移变平滑,Deep Zoom 背后的基本假设是:希望在 Silverlight 程序中显示一个大的图像文件。

Deep Zoom 依赖于将正在使用的图像文件划分成多个比较小的碎片,并且这些碎片拥有特定的格式和文件夹结构,当用户需要该图像时,这些碎片将发送给用户,而不是将正在使用的整个图发送给用户。

Deep Zoom Composer 工具从微软公司站点可免费下载,实现了一个简单的工作流,首先是导入图片,然后是编辑,最后是导出。

(1) 打开 Deep Zoom Composer,进入 Deep Zoom Composer 的工作区界面。

(2) 导入图片:用 Add Image 来选择要使用的图片,重复这个步骤选择每一张需要的图片。

(3) 编辑图片:在 Compose 标签中做,将一张图片放到设计表面并对其放大,然后再放另一张图片上来。之后当你运行该程序的时候,则必须放大才能看到,根据需要对图像进行排列,如图 8.5 - 2。

图 8.5 - 2

(4) 导出数据:在 Export 标签中做,导出目录中包含了一个 Visual Studio 的解决方案,可以预览目录,我们选择直接生成。

产生了一个配置文件 SparseImageSceneGraph. xml,定义了每一张图片在其他图片中的位置和不同的缩放级别。可看到两张图片的 XAML 的数据结构。

```
<? xml version="1.0"? >
    <SceneGraph version="1">
        <AspectRatio>2. 72957131364211</AspectRatio>
        <SceneNode>
```

```
            <FileName>D:\Box\UntitledProject1\Source Images\g63.jpg</FileName>
            <x>0</x>
            <y>0</y>
            <Width>1</Width>
            <Height>1</Height>
            <ZOrder>1</ZOrder>
        </SceneNode>
        <SceneNode>
            <FileName>D:\Box\UntitledProject1\Source Images\g62.jpg</FileName>
            <x>0.59</x>
            <y>0.01</y>
            <Width>0.25</Width>
            <Height>0.25</Height>
            <ZOrder>2</ZOrder>
        </SceneNode>
    </SceneGraph>
```

包含了主图片的宽高比率,主图片就是第一张图片,后面每一张图片都变为一个 SceneNode 结点。第一张图片是第一个 SceneNode,定义了图片的位置为(0,0),它是标准的图片,宽和高都设置为1,所有其他图片的尺寸和位置都是相对于第一张来计算的。

第二张图片位于 x 轴大约 0.59、y 轴大约 0.01 的地方,它的尺寸在 x 轴和 y 轴方向相当于第一张图片的 0.5,这样将第一张图片的原始尺寸放大 4 倍,将看到第二张图片。第二张图片 ZOrder 为 2,也就是说第二张图片会显示在第一张图片上面。

另外,编辑器还将图片切成很多小块,当放大的时候,将获取小的方块,显示出被缩小的效果。当放大整个图片的时候,只能看到图片的一个部分,此时就可以只获取需要显示的部分,节省了带宽和时间。

具有 Deep Zoom 图像后,可以使用 MultiScaleImage 控件来加载它,主要步骤有:

(1) 新建一个 Silverlight 应用程序项目,打开 Bin\Debug 文件夹找到该 Silverlight 应用程序,新建名为 Source 的文件夹。

(2) 在由 Deep Zoom Composer 创建的 Exported Data\myoutput\GeneratedImages 文件夹中,将生成的 xml 文件和 myoutput_files 文件夹复制到 Source 文件夹。

(3) 打开 MainPage.xaml,在 Grid 元素中,添加以下 MultiScaleImage 元素。

```
<MultiScaleImage x:Name="MyDeepZoom" Source="source/SparseImageSceneGraph.xml" />
```

（4）生成并运行应用程序。您应能看到 Deep Zoom 图像占据了整个浏览器窗口。刷新浏览器，该图像最初模糊，然后变得清晰。

（5）加载 Deep Zoom 图像后，用户还不能与该图像交互。若要实现交互，可处理 MultiScaleImage 事件并使用代码来提供缩放和平移功能，如：

```
private void MyDeepZoom_MouseEnter(object sender, MouseEventArgs e)
{
    this. MyDeepZoom. ZoomAboutLogicalPoint(3, 0.25,0.25);
}
private void MyDeepZoom_MouseLeave(object sender, MouseEventArgs e)
{
    double zoom = 1;
    zoom = zoom / 4;
    this. MydeepZoom. ZoomAboutLogicalPoint(zoom, 0.25, 0.25);
}
```

第 9 章　变换特效

变换特效在动画中尤其有用,可以改变 Silverlight 对象的形状,使用变换为图形对象提供旋转、缩放、扭曲和移动的特效,可以改变元素的尺寸和位置,达到奇异的效果。

变换特效不仅适用于图形,也适用于控件。

9.1　旋转变换

旋转变换 RotateTransform 用于将图形对象旋转一个指定的角度,在平面内控制图形旋转,需要两个参数,一个是旋转的中心,另一个是旋转的角度,因此具有如下 3 个属性:

◎Angle:旋转指定角度值,默认值为 0。

◎CenterX:旋转的水平中心点,默认值为 0。

◎CenterY:旋转的垂直中心点,默认值为 0。

如:

```
<Button Height="65" HorizontalAlignment="Left" Margin="37,0,0,145" VerticalAlign-
ment="Bottom" Width="158" Content="按钮" RenderTransformOrigin="0.5,0.5" Use-
LayoutRounding="False" d:LayoutRounding="Auto" FontSize="26.667">
        <Button.RenderTransform>
          <TransformGroup>
            <ScaleTransform/>
            <SkewTransform/>
            <RotateTransform Angle="41.46"/>
            <TranslateTransform/>
          </TransformGroup>
        </Button.RenderTransform>
      </Button>
```

显示的结果如图 9.1-1:

默认点(CenterX,CenterY)是相对定位,即(0,0)表示的是左上角。

图 9.1-1

9.2 缩放变换

缩放变换 ScaleTransform 用于放大或缩小一个图形对象,可以水平缩放或者垂直缩放,或同时水平和垂直缩放;主要使用两对参数,即放大/缩小倍数和缩放中心位置。主要参数如下:

◎ScaleX:增加图形对象的宽度,默认值为 1。

◎ScaleY:增加图形对象的高度,默认值为 1。

◎CenterX:水平缩放的方向,默认值为 0。

◎CenterY:垂直缩放的方向,默认值为 0。

如:

<TextBlock TextWrapping="Wrap" Width="83" Height="35.5" FontSize="25" Canvas.Top="53.75" Canvas.Left="109" RenderTransformOrigin="0.5,0.5" HorizontalAlignment="Left" Margin="140,165,0,0" VerticalAlignment="Top" d:LayoutOverrides="Width">

<TextBlock.RenderTransform>

<TransformGroup>

<ScaleTransform ScaleX="3" ScaleY="1"/>

</TransformGroup>

</TextBlock.RenderTransform>大家好</TextBlock>

<TextBlock TextWrapping="Wrap" Width="83" Height="35.5" FontSize="25" RenderTransformOrigin="0.5,0.5" Margin="53,104,0,0" HorizontalAlignment="Left" VerticalAlignment="Top" d:LayoutOverrides="Width"><TextBlock.RenderTransform>

<TransformGroup>

<ScaleTransform ScaleX="1" ScaleY="1"/>

</TransformGroup>

</TextBlock.RenderTransform>大家好</TextBlock>

呈现的结果如图 9.2-1:

图 9.2-1

当图像水平翻转或垂直翻转时,可 ScaleX=-1,ScaleY=-1,操作是选择从菜单"对象"中的"翻转"。

<Image Margin="63,50,0,218" Source="flower1.jpg" Stretch="Fill" Horizontal-

Alignment="Left" Width="152" RenderTransformOrigin="0.5,0.5">

     </Image>

      <Image Margin="239,114,249,154" Source="flower1.jpg" Stretch="Fill" RenderTransformOrigin="0.5,0.5">

        <Image.RenderTransform>

        <TransformGroup>

          <ScaleTransform ScaleX="-1"/>

          <SkewTransform AngleX="0" AngleY="0"/>

          <RotateTransform Angle="0"/>

          <TranslateTransform/>

        </TransformGroup>

        </Image.RenderTransform>

     </Image>

显示的结果见图9.2-2：

9.3 扭曲变换

扭曲变换 SkewTransform 可以达到简单的立体效果，用于将一个图形对象扭曲指定的角度，具有如下4个属性：

◎AngleX：水平扭曲值，默认值为0。

◎AngleY：垂直扭曲值，默认值为0。

◎CenterX：扭曲水平基点，默认值为0。

◎CenterY：扭曲垂直基点，默认值为0。

如：

图 9.2-2

     <Image Margin="217.197,124.188,272.484,188" Source="house2.jpg" Stretch="Fill" RenderTransformOrigin="0.5,0.5" UseLayoutRounding="False" d:LayoutRounding="Auto">

        <Image.RenderTransform>

        <TransformGroup>

          <ScaleTransform/>

          <SkewTransform AngleX="40"/>

          <RotateTransform />

          <TranslateTransform/>

        </TransformGroup>

        </Image.RenderTransform>

     </Image>

     <Image Margin="20,36,0,0" Source="house2.jpg" Stretch="Fill" RenderTrans-

formOrigin="0.5,0.5" HorizontalAlignment="Left" Width="155" Height="173" Vertica-lAlignment="Top"/>

显示的结果如图 9.3-1：

图 9.3-1

9.4 移动变换

移动变换 TranslateTransform 是一个简单的转换，将一个图形对象从一个位置移动到另一个位置，具有两个属性：

◎X：水平移动的距离，默认值为 0。

◎Y：垂直移动的距离，默认值为 0。

如：

```
<Rectangle Width="181" Height="107" Fill="#FFFFFFFF" Stroke="#FF000000"
RenderTransformOrigin="0.5,0.5">
        <Rectangle.RenderTransform>
            <TransformGroup>
                <TranslateTransform X="50" Y="90"/>
            </TransformGroup>
        </Rectangle.RenderTransform>
</Rectangle>
```

移动变换主要用在动画中动态地实现它。

9.5 组合变换

组合变换 TransformGroup 就是把多个变换组合起来，比如移动一个元素的同时对它作缩放，如：

```
<Grid x:Name="LayoutRoot" Background="White">
        <Rectangle HorizontalAlignment="Left" Height="106" Margin="38,36,0,
0" Stroke="#FFE02727" VerticalAlignment="Top" Width="201"/>
```

```
<Rectangle Margin="260,157,179,217" Stroke="#FFE02727">
    <Rectangle. RenderTransform>
<TransformGroup>
    <ScaleTransform ScaleX="1. 5" ScaleY="1"/>
    <SkewTransform AngleX="20" AngleY="0"/>
    <RotateTransform Angle="30"/>
    <TranslateTransform X="10" Y="0"/>
</TransformGroup>
</Rectangle. RenderTransform>
</Rectangle>
</Grid>
```

显示的结果如图 9.5－1 所示：

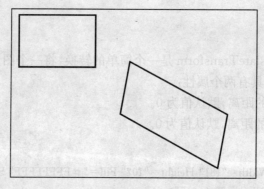

图 9.5－1

9.6 复合变换

复合变换 CompositeTransform 可以简化组合变换 TransformGroup 的 XAML 代码，如上述组合变换的等效 XAML 如下：

```
<Grid x:Name="LayoutRoot" Background="White">
    <Rectangle HorizontalAlignment="Left" Height="106" Margin="38,36,0,
0" Stroke="#FFE02727" VerticalAlignment="Top" Width="201"/>
    <Rectangle Margin="260,157,179,217" Stroke="#FFE02727">
        <Rectangle. RenderTransform>
<CompositeTransform ScaleX="1. 5" ScaleY="1" SkewX="20" Rotation="30"
TranslateX="10"/>
        </Rectangle. RenderTransform>
    </Rectangle>
</Grid>
```

9.7 矩阵变换

矩阵变换 MatrixTransform 是一个自定义的变形对象,图形的旋转、缩放、扭曲、移动等变换,都通过矩阵变换来实现,如直接使用矩阵变换,还可以提高运行速度。

矩阵变换 MatrixTransform 由 3×3 的矩阵组成,如表 9-1 所示:

表 9-1 矩阵变换默认参数

M11,默认值:1.0	M12,默认值:0.0	0.0
M21,默认值:0.0	M22,默认值:1.0	0.0
OffsetX,默认值:0.0	OffsetY,默认值:0.0	1.0

如将第二行第二列中的值更改为 5,则可将该对象拉伸为当前高度的五倍;如将第三行第一列中的值更改为 500,则可将该对象沿 x 轴移动 500 个单位;如将第三行第二列中的值更改为 500,则可将该对象沿 y 轴移动 500 个单位;如果同时更改,则变换同时进行。

范例 示范使用矩阵变换创建立方体

图 9.7-1 是 Ch9_Exam7_1. xaml 运行后效果,是由三个矩形变形组成的一个立方体。

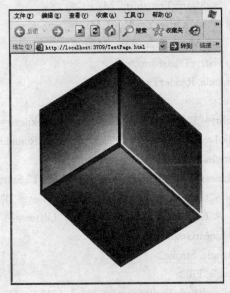

图 9.7-1

◎XAML 标记如下,已添加注解,可自行参考。

```
<UserControl
    xmlns="http://schemas.microsoft.com/winfx/2006/xaml/presentation"
    xmlns:x="http://schemas.microsoft.com/winfx/2006/xaml"
    xmlns:d="http://schemas.microsoft.com/expression/blend/2008"
xmlns:mc="http://schemas.openxmlformats.org/markup-compatibility/2006"
    x:Class="Ch9_Exam7_1.MainPage"
    Width="640" Height="480" mc:Ignorable="d">
    <Canvas>
        <Rectangle Stroke="#FF1D1919" Height="172" Width="170" StrokeThickness
="5" UseLayoutRounding="False" Canvas.Top="15.8" d:LayoutRounding="Auto" >
            <Rectangle.Fill>
        <LinearGradientBrush EndPoint="0.741,1.083" StartPoint="0.259,-0.083">
                <GradientStop Color="Black" Offset="0"/>
                <GradientStop Color="White" Offset="1"/>
        </LinearGradientBrush>
            </Rectangle.Fill>
    <!一左面的矩阵变形一>
            <Rectangle.RenderTransform>
                <MatrixTransform>
                    <MatrixTransform.Matrix>
        <Matrix OffsetX="60" OffsetY="100" M12="-0.6" />
                    </MatrixTransform.Matrix>
                </MatrixTransform>
            </Rectangle.RenderTransform>
        </Rectangle>
    <Rectangle Height="172" Width="169" StrokeThickness="5" Canvas.Left="230"
Canvas.Top="15" UseLayoutRounding="False" d:LayoutRounding="Auto" >
        <Rectangle.Stroke>
            <LinearGradientBrush EndPoint="0.5,1" StartPoint="0.5,0">
                <GradientStop Color="Black" Offset="0"/>
                <GradientStop Color="White" Offset="1"/>
            </LinearGradientBrush>
        </Rectangle.Stroke>
        <Rectangle.Fill>
    <LinearGradientBrush EndPoint="0.185,1.171" StartPoint="0.815,-0.171">
                <GradientStop Color="Black" Offset="0"/>
                <GradientStop Color="#FFACC7EF" Offset="1"/>
```

```
                </LinearGradientBrush>
            </Rectangle. Fill>
    <! —右面的矩阵变形—>
            <Rectangle. RenderTransform>
                <MatrixTransform>
                    <MatrixTransform. Matrix>
    <Matrix OffsetX="0" OffsetY="0"  M12="0.9" />
                    </MatrixTransform. Matrix>
                </MatrixTransform>
            </Rectangle. RenderTransform>
        </Rectangle>
        <Rectangle Stroke=" # FF413B3B" Height=" 169. 533" Width=" 168. 8"
StrokeThickness="5" Canvas. Left="139" Canvas. Top="96" UseLayoutRounding="False"
d: LayoutRounding="Auto" >
            <Rectangle. Fill>
                <LinearGradientBrush EndPoint="0. 211,0. 016" StartPoint="0. 789,
0. 984">
                    <GradientStop Color="Black" Offset="0"/>
                    <GradientStop Color=" # FFE9ADAD" Offset="1"/>
                </LinearGradientBrush>
            </Rectangle. Fill>
    <! —下面的矩阵变形—>
            <Rectangle. RenderTransform>
                <MatrixTransform>
                    <MatrixTransform. Matrix>
    <Matrix OffsetX="90" OffsetY="90" M11="1" M12="0. 9" M21="-1" M22=
"0. 6" />
                    </MatrixTransform. Matrix>
                </MatrixTransform>
            </Rectangle. RenderTransform>
        </Rectangle>
    </Canvas>
    </UserControl>
```

第10章 笔 刷

笔刷可以绘制固定颜色、渐变颜色、图像、图画,甚至其他可视化元素,不管是元素背景色、前景色以及边框,还是形状的内部填充和笔画。使用各种笔刷,可以创建一些有趣的效果,如:渐变和灯光效果、背景、缩略图视图以及反射效果等,创建一个丰富的用户界面的主要工具集。

10.1 单色笔刷

SolidColorBrush 单色笔刷是笔刷中最基本的填充元素,是隐式使用的。每个颜色填充目标区域,有一个 Color 属性,可灵活地指定颜色,一个主要属性为 Opacity 属性,可以用它改变颜色的透明度。笔刷是一个对象,用于告诉系统使用由其定义的特定输出绘制特定的像素。例如:

```
<Rectangle Width="60" Height="50" Fill="Blue"/>
```

矩形的 Fill 属性为画刷的 Brush 类型,实际上 XAML 引擎遇到 Fill="…"时会自动把引号里的字符串作为颜色值转换为 SolidColorBrush,等同下面的形式:

```
<Rectangle Width="60" Height="50">
    <Rectangle.Fill>
        <SolidColorBrush Color="Blue" />
    </ Rectangle.Fill>
</ Rectangle>
```

其效果是一样的。如用下面 C♯语句也可实现:

```
Rectangle rect=new Rectangle();
Rect.Fill=new SolidColorBrush(Colors.Blue);
Rect.Width=60;
Rect.Height=50;
```

10.2 线性渐变笔刷

LinearGradientBrush 线性渐变笔刷填充一个复合渐变色到一个元素中,是从一种颜色变化到另外一种颜色的混合填充,用过渡色填充一块区域,过渡色由多个颜色定义的,然后这些点之间作线性插值,这些点沿着一条轴线排列,这条轴线称为渐变轴线,可以定义渐变轴线的方向。使用渐变笔刷可以实现非常吸引人的可视化的效果,例如:金属效果、玻璃效果、水效果以及阴影效果,甚至可以提供深度或三维错觉。

线性渐变笔刷的颜色沿着一条线性轴线渐变。可以定义轴线的方向,使其颜色垂直、水平或对角渐变。沿着轴线可以定义一系列的 GradientStop 对象,Gradient-Stops 内容属性是一个 GradientStop 对象的集合,每个 GradientStop 都有一个 Color 属性和一个 Offset 属性。Offset 是相对于填充区域边框,"0"表示开始,"1"表示结束。StartPoint 和 EndPoint 为开始和结束的绝对位置。

如下面例子,实现了彩虹效果:

```
<Rectangle Width="242" Height="165" Stroke="#FF000000" Canvas.Left="160"
Canvas.Top="116">
    <Rectangle.Fill>
        <LinearGradientBrush EndPoint="0.5,1" StartPoint="0.5,0">
            <GradientStop Color="#FF000000" Offset="0"/>
            <GradientStop Color="#FF4DCD28" Offset="1"/>
            <GradientStop Color="#FFE92F2C" Offset="0.5"/>
        </LinearGradientBrush>
    </Rectangle.Fill>
</Rectangle>
```

图 10.2-1 显示了该结果:

图 10.2-1

为了创建这种渐变,为每种颜色添加一个 GradientStop 对象,还使用从 0~1 的偏移值,该渐变从点(0.5,0)到点(0.5,1),"#FF000000"偏移值为 0,这意味着被放置渐变的开头;用于"#FFE92F2C"偏移值设置为 0.5,渐变就会在中间;"#FFE92F2C"偏移值为 1,意味着在渐变的末尾。

渐变画刷并不局限于绘制形状,可以在使用 SolidColorBrush 画刷的任何地方使用 LinearGradientBrush 画刷,如:填充一个元素的背景、填充边框等。

10.3 径向渐变笔刷

RadialGradientBrush 径向渐变笔刷填充一个放射性渐变色到一个元素中,使用一系列具有不同偏移值的颜色,与 LinearGradientBrush 类似,区别是如何放置渐变。RadialGradientBrush 由一个圆来定义,笔刷的轴线从定义的原点开始,该点称为 GradientOrgin,指向圆的外边沿即轴线的结束点,每个 GradientStop 都有一个开始点,从自己圆点开始向圆形外部散发。GradientOrigin 表示过渡色从哪里开始渲染,默认值是(0.5,0.5)即圆中心。

如具有偏移中心的渐变:

```
<Rectangle Width="279" Height="190" Stroke="#FF000000" Canvas.Left="103" Canvas.Top="116">
    <Rectangle.Fill>
        <RadialGradientBrush GradientOrigin="0.233,0.5">
            <GradientStop Color="#FF000000" Offset="0"/>
            <GradientStop Color="#FF4DCD28" Offset="1"/>
            <GradientStop Color="#FFE92F2C" Offset="0.504"/>
            <GradientStop Color="#FF4F100F" Offset="0.172"/>
            <GradientStop Color="#FF781816" Offset="0.261"/>
        </RadialGradientBrush>
    </Rectangle.Fill>
</Rectangle>
```

显示的结果,如图 10.3-1:

图 10.3-1

若要创建具有发光的效果,径向渐变是一个非常好的选择。

10.4 图像笔刷

ImageBrush 图像笔刷可以使用位图填充区域,把指定的一幅图像绘制到一个输出区域,可用图像文件的内容填充该区域,图片文件类型包括 BMP、PNG、GIF 以及 JPEG。ImageSource 属性也可设置为某个图片的 URL。

如下面使用一幅花的图片作为背景：

```
<Path Stretch="Fill" Stroke="#FFD22D2D" StrokeThickness="3" Margin="118.5,
151.5,291.5,141.5" UseLayoutRounding="False" Data="M121,261 L216,338 L321,302
L348,236 L269,159 L130,154 z">
        <Path.Fill>
            <ImageBrush ImageSource="flower1.jpg" Stretch="UniformToFill"/>
        </Path.Fill>
</Path>
```

显示的结果如图 10.4-1：

在该示例中，ImageBrush 画刷用于多边形的背景，因此，为了适应填充区域图像会被拉伸，Stretch 属性设置图片大小变化，有四种：None、Fill、Uniform、UniformToFill，默认为 None。

图 10.4-1

10.5 视频笔刷

VideoBrush 视频笔刷不常用，允许用视频填充区域，将一个元素的可视化内容填充到任意表面，把 Video 影片当成笔刷在对象上进行着色，而着色完后是一段持续播放的影片。

主要属性有：

◎SourceName：指定视频笔刷所使用的 MediaElement。

◎Stretch：影片文件的伸展模式，有 None、Fill、Uniform、UniformToFill 四种模式，默认为 None。

◎AlignmentX：影片着色的水平对齐方式，有 Left、Center 与 Right 三种选项。

◎AlignmentY：影片着色的垂直对齐方式，有 Top、Center 与 Bottom 三种选项。

如下面例子：

```
<Path Stretch="Fill" Stroke="#FFD22D2D" StrokeThickness="3" Margin="118.5,
151.5,291.5,141.5" UseLayoutRounding="False" Data="M121,261 L216,338 L321,302
L348,236 L269,159 L130,154 z">
        <Path.Fill>
            <VideoBrush SourceName="" Stretch="UniformToFill"/>
        </Path.Fill>
</Path>
```

范例　示范使用透明掩码

透明掩码 OpacityMask 可以创建一个元素的外观,或让图像逐渐消失在前景中,可以达到各类效果。通常使用渐变画刷创建透明掩码,如使用单色笔刷可以使用 Opacity 属性更容易地实现相同的效果。

图 10.5 - 1 是项目 Ch10_Exam5_1 运行的效果,在图片外面创建了透明掩码效果。

图 10.5 - 1

XAML 标记摘录如下,可自行参考:

```
<UserControl
    xmlns="http://schemas.microsoft.com/winfx/2006/xaml/presentation"
    xmlns:x="http://schemas.microsoft.com/winfx/2006/xaml"
    x:Class="SilverlightApplication113.MainPage"
    Width="640" Height="480">
    <Grid x:Name="LayoutRoot" Background="White">
        <Image Margin="107,78,172,188" Source="golf.jpg">
        <Image.OpacityMask>
            <LinearGradientBrush EndPoint="0.496,0" StartPoint="0.504,1">
                <GradientStop Color="#FF8F7C7C" Offset="0"/>
                <GradientStop Color="Transparent" Offset="1"/>
            </LinearGradientBrush>
        </Image.OpacityMask>
        </Image>
    </Grid>
</UserControl>
```

第 11 章 动 画

11.1 动画特性

通过动画可以创建动态的用户界面，可以不使用事件处理代码，而用声明的方式创建动画，使画面动起来不用编写任何 C♯ 代码，并将它无缝地集成到普通的页面中。动画是由静态图像快速连续地变换形成的一种幻觉，各图形间轻微的不同，连串起来，就以为是产生了一个变化，通过快速播放一系列图像而产生的错觉。人脑将这一系列图像看作是一个不断变化的场景。在电影中，摄影机通过每秒记录大量照片(即:帧)来产生这种错觉。当放映机播放这些帧时，观众看到的是运动的图片。

创建逐帧动画意味着每一帧都可以包含不同的图像(或对象)。所生成的动画可能会非常大，并且在运行时要占用大量资源。出于上述原因，Expression Blend 动画将基于记录属性更改的关键帧，并在运行时动态显示属性更改之间的过渡效果。此外，在 Expression Blend 中，所有需要在动画时间线期间显示或消失的对象在整个时间线期间均存在，但可以使用关键帧来更改对象的可见性属性，使其显示或消失。

动画类型分为两类：

(1) 基本动画：可称为 From/To/By 动画，通过指定一个起始和终止值或属性的一个偏移来定义动画，如上面的演示一样。动画类型有：DoubleAnimation、ColorAnimation、PointAnimation。

(2) 关键帧动画：通过一系列关键帧在指定的值之间运动。动画类型有：DoubleAnimationUsingKeyFrames、ColorAnimationUsingKeyFrames、PointAnimationUsingKeyFrames。

动画具有相似的属性，其基本属性有：

(1) Duration：指定动画执行一次所需要的时间。默认值 1 秒。

(2) AutoReverse：动画播放结束时，是否向后播放。

(3) RepeatBehavior：动画播放的次数。默认情况下，只会播放一次。该属性有三种可能：持续时间、重复次数、永远。

(4) Storyboard. TargetName：指定为哪个图形对象设置动画。

(5) Storyboard. TargetProperty：指定图形元素的哪个属性应用动画。

(6) FillBehavior：回归到起始位，如设置为 Stop 自动回归到起始位，默认值是 HoldEnd，保持动画的位置于末尾不变。

(7) EventTrigger 对象:具有一系列行为的触发器。

(8) BeginStoryboard 对象:开始一个故事板中的动画。

基本操作步骤:

(1) Expression Blend 中,打开或新建一个项目。

(2) 按 F6 切换到"动画"工作区(按 F6 可在可用的工作区之间切换。在"动画"工作区中,"对象和时间线"面板位于美工板的下方)。创建要动态显示的任何对象。对象是指 Expression Blend 中的美工板上的项目。例如,如果您从"工具"面板中选择"矩形",并在美工板上绘制矩形,则会创建一个矩形对象。

(3) 在"对象和时间线"面板中,单击"新建"。此时,将显示"创建情节提要资源"对话框。

(4) 在"资源名(关键字)"字段中,键入时间线的名称,然后单击"确定"。Expression Blend 将进入时间线录制模式,并且播放指针位于 0 秒标记处。当处于录制模式中时,所设置的任何属性都将在该时间线上自动记录一个关键帧。

(5) 在"对象和时间线"面板中,选择要动态显示的对象。

(6) 如果希望选定的对象从其当前位置和外观开始运行,请单击"记录关键帧",以在 0 秒标记处记录该对象,将在与选定对象对应的行中的时间线上显示一个关键帧。

(7) 在"对象和时间线"面板中,将播放指针拖动到动画的结束时间点处。

(8) 如果希望对象在动画结束和开始时的外观相同,请单击"记录关键帧"按钮。

(9) 将播放指针移到时间线上希望属性发生改变的位置处。

更改选定对象的属性,例如对象的位置、颜色或大小。时间线上将自动显示一个用于记录属性更改的关键帧。

(10) 若要查看刚才创建的动画,可单击"对象和时间线"顶部的"播放"按钮。

▶ 11.2 基本动画

基本动画之所以又被称为 From/To/By 动画,是因为基本动画对一个属性的应用,From 指定属性的初始值,To 用于指定属性的最终值,By 是指属性的偏移值,动画在多个值之间进行变换。分为三类:

(1) DoubleAnimation:在指定时间内,通过不断地变换 Double 类型的值而产生动画。

(2) ColorAnimation:在指定时间内,通过不断地变换 Color 类型的值而产生动画。

(3) PointAnimation:在指定时间内,通过不断地变换 Point 类型的值而产生动画。

范例1 使一个圆形淡入和淡出的动画

项目 Ch11_Exam2_1 创建一个简易动画,变化如图 11.2-1。

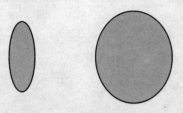

图 11.2-1

(1) 创建一个圆形,代码如下:

```
<Ellipse x:Name="MyElli1" Width="125" Height="132" Fill="#FFED9797"
Stroke="#FF000000" Canvas.Left="231" Canvas.Top="132"/>
```

(2) 定义事件触发器,代码如下:

```
<Ellipse.Triggers>
    <EventTrigger RoutedEvent="Ellipse.Loaded"></EventTrigger>
    </Ellipse.Triggers>
```

(3) 事件触发器添加行为,代码如下:

```
<Ellipse.Triggers>
    <EventTrigger RoutedEvent="Ellipse.Loaded">
    <EventTrigger.Actions>
    <BeginStoryboard>

    </BeginStoryboard>
    </EventTrigger.Actions>
    </EventTrigger>
    </Ellipse.Triggers>
```

在事件触发器行为中,定义了一个 BeginStoryborad 对象,BeginStoryboard 用于包装一个故事板,在故事板中定义动画。

(4) 定义故事板,并且在故事板中添加 DoubleAnimation 动画,代码如下:

```
<Storyboard>
<DoubleAnimation Storyboard.TargetName="MyElli1" Storyboard.TargetProperty
="Opacity" From="1.0" To="0.0" Duration="0:0:1" AutoReverse="True" Repeat-
Behavior="Forever" />
</Storyboard>
```

部分代码如下：

```
<Grid x:Name="LayoutRoot">
        <Ellipse x:Name="MyEllipse" Fill="#FFEFADAD" Stroke="Black"
Height="72" HorizontalAlignment="Left" Margin="80,48,0,0" VerticalAlignment=
"Top" Width="109">
        <Ellipse.Triggers>
          <EventTrigger RoutedEvent="Canvas.Loaded">
          <BeginStoryboard>
          <Storyboard>
            <DoubleAnimation From="0" To="300"
Storyboard.TargetName="MyEllipse"
Storyboard.TargetProperty="Width"
AutoReverse="True" RepeatBehavior="Forever"/>
            <DoubleAnimation Storyboard.TargetName="MyEllipse" Story-
board.TargetProperty="Opacity" From="1.0" To ="0.0" Duration="0:0:1" AutoRe-
verse="True" RepeatBehavior="Forever" />
          </Storyboard>
          </BeginStoryboard>
          </EventTrigger>
        </Ellipse.Triggers>
        </Ellipse>
</Grid>
```

▶ 11.3 关键帧动画

关键帧动画能够创建多个目标值,精确地控制动画的运行轨迹,分为三种类型,分别如下:

(1) ColorAnimationUsingKeyFrames:Color 类型属性的关键帧动画类型。

(2) DoubleAnimationUsingKeyFrames:Double 类型属性的关键帧动画类型。

(3) PointAnimationUsingKeyFrames:Point 类型属性的关键帧类型。

通过一系列关键帧来变换属性。关键帧由 KeyFrames 属性定义,这是一个集合容器。具有 3 个内插方法的关键帧对象:

(1) Linear:以线性方式插入值。

(2) DisCrete 离散:起始值与结束值之间没有任何值,在到达下一个关键帧分配新值。

(3) Spline 样条:将沿二次贝塞尔曲线进行动画。

可以通过代码控制动画,为<Storyboard>元素提供一个名称,通过名称访问。

范例2 **滚动的球**

项目 Ch11_Exam3_1 创建一个来回滚动的球。

（1）启动 Microsoft Expression Blend，新建 Silverlight 项目，并将其打开以供编辑。您现在即可在项目的主页（Main-Page. xaml）中创建内容。

（2）在"工具"面板中，选择其中椭圆形工具，如图 11.3－1。

（3）美工板上，通过拖动鼠标在 MainPage. xaml 的设计界面中绘制一个椭圆，并在"属性面板"的布局中设置其下列属性，如图 11.3－2。

图 11.3－1

Height＝90，Width＝300，StrokeThickness＝0

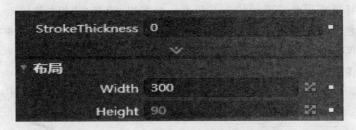

图 11.3－2

在按住 Shift 的同时进行拖动，可使高度和宽度保持相同。这样做可在绘制矩形时生成正方形，在绘制椭圆时生成圆形。

在按住 Alt 的同时进行拖动，可将点击的第一个点作为中心点，而不是以该点作为所绘形状的左上角。

（4）在"属性面板"的画笔下单击 Fill，再单击"渐变画笔"标签，接着单击"径向渐变"画笔，如图 11.3－3。

（5）单击"工具箱"中的"渐变工具"，将会看到一个渐变箭头，如图 11.3－4。

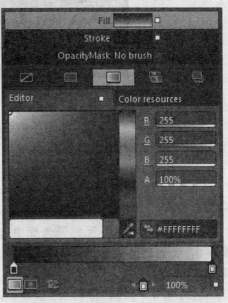

图 11.3－3

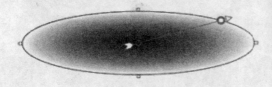

图 11.3－4

（6）鼠标调整渐变画笔的中心点，完成后效果如图11.3－5。

（7）再绘制一个椭圆，并设置其下列属性，完成后效果如图11.3－6。

$$Height=70,Width=240,StrokeThickness=0$$

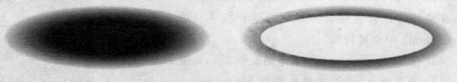

图11.3－5   图11.3－6

（8）按住Shift，单击"工具箱"中的"选择"工具，选中两个椭圆。

（9）在"对象"菜单上，单击合并、排斥。

①若要将所有形状或路径均合并到单一对象中，请单击"相并"。

②若要根据相交部分剪切形状或路径，但保留所有未相交部分，请单击"相割"。

③若要保留对象的重叠区域并删除不重叠区域，请单击"相交"。

④若要保留非重叠区域并删除重叠区域，请单击"相斥"。

⑤若要删除最后选定的形状以外的其他所有选定形状，请单击"相减"，如图11.3－7。

图11.3－7

（10）在"工具"面板中，选择其中椭圆形工具，在美工板上，通过拖动鼠标绘制一个圆，并设置其下列属性。

$$Height=30,Width=30,StrokeThickness=0$$

（11）在"属性面板"的画笔下单击Fill，再单击"渐变画笔"标签，接着单击"线性渐变"画笔，在下面的调色板中选择颜色，设置渐变颜色为黑到淡红。效果如图11.3－8。

（12）按F6切换到"动画"工作区，准备创建脚本（Storyboard）实现动画。

图11.3－8

按 F6 可在可用的工作区之间切换。在"动画"工作区中,"对象和时间线"面板位于美工板的下方。

(13)"对象和时间线"面板中,单击"新建",此时,将显示"创建 Storyboard 资源"对话框,如图 11.3-9。

图 11.3-9

(14)在"名称(关键字)"字段中,键入资源的名称,然后单击"确定"。

(15)"对象和时间线"面板中,选择圆。

(16)单击"记录关键帧",以便记录在 0 秒播放点标记上的对象的当前位置处外观,如图 11.3-10。

图 11.3-10

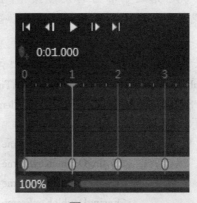

图 11.3-11

(17)"对象和时间线"面板中,将播放点拖到 1 s 的时间点上,移动圆到新的位置,如图 11.3-11。

(18)播放点拖到下一时间点上,不断重复,让圆绕一圈。

(19)单击"对象和时间线"顶部的"播放"按钮,可查看刚才创建的动画效果,如图 11.3-12。

(20)单击"对象和时间线"中打开的名称,此时属性面板会显示该脚本可供设置的属性,选中 AutoReverse,RepeatBehavior 次数设为 2×。

图 11.3-12

AutoReverse 属性设置为 True 时,动画播放结束时,会循着原来的轨迹逆向播放。

RepeatBehavior 属性用来决定动画播放的次数,如设置为 Forever 则为不断地重复播放,如图 11.3 - 13。

图 11.3 - 13

(21) 现已完成了动画的设计操作,会保存为 UserControl 的资源,可切换至 XAML 视图来查看,以下为自动产生的动画资源 XAML 代码。

```
<UserControl. Resources>
<Storyboard x:Name="Storyboard1" AutoReverse="True" RepeatBehavior="2x">
<DoubleAnimationUsingKeyFrames BeginTime="00:00:00" Storyboard. TargetName="el-
lipse" Storyboard. TargetProperty="(UIElement. RenderTransform). (TransformGroup. Chil-
dren)[3]. (TranslateTransform. X)">
            <EasingDoubleKeyFrame KeyTime="00:00:00" Value="0"/>
            <EasingDoubleKeyFrame KeyTime="00:00:01" Value="-37"/>
            <EasingDoubleKeyFrame KeyTime="00:00:02" Value="-70"/>
            <EasingDoubleKeyFrame KeyTime="00:00:03" Value="-97"/>
            <EasingDoubleKeyFrame KeyTime="00:00:04" Value="-43"/>
            <EasingDoubleKeyFrame KeyTime="00:00:05" Value="-4"/>
            <EasingDoubleKeyFrame KeyTime="00:00:06" Value="36"/>
            <EasingDoubleKeyFrame KeyTime="00:00:07" Value="67"/>
            <EasingDoubleKeyFrame KeyTime="00:00:08" Value="105"/>
            <EasingDoubleKeyFrame KeyTime="00:00:09" Value="73"/>
            <EasingDoubleKeyFrame KeyTime="00:00:10" Value="45"/>
            <EasingDoubleKeyFrame KeyTime="00:00:11" Value="13"/>
        </DoubleAnimationUsingKeyFrames>
        <DoubleAnimationUsingKeyFrames BeginTime="00:00:00" Storyboard. Tar-
getName="ellipse"
```

Storyboard. TargetProperty＝"（UIElement. RenderTransform). (TransformGroup. Children)
[3]. (TranslateTransform. Y)"＞

           <EasingDoubleKeyFrame KeyTime＝"00:00:00" Value＝"0"/＞

           <EasingDoubleKeyFrame KeyTime＝"00:00:01" Value＝"－3"/＞

           <EasingDoubleKeyFrame KeyTime＝"00:00:02" Value＝"－9"/＞

           <EasingDoubleKeyFrame KeyTime＝"00:00:03" Value＝"－17"/＞

           <EasingDoubleKeyFrame KeyTime＝"00:00:04" Value＝"－29"/＞

           <EasingDoubleKeyFrame KeyTime＝"00:00:05" Value＝"－31"/＞

           <EasingDoubleKeyFrame KeyTime＝"00:00:06" Value＝"－31"/＞

           <EasingDoubleKeyFrame KeyTime＝"00:00:07" Value＝"－27"/＞

           <EasingDoubleKeyFrame KeyTime＝"00:00:08" Value＝"－16"/＞

           <EasingDoubleKeyFrame KeyTime＝"00:00:09" Value＝"－6"/＞

           <EasingDoubleKeyFrame KeyTime＝"00:00:10" Value＝"－3"/＞

           <EasingDoubleKeyFrame KeyTime＝"00:00:11" Value＝"－1"/＞

      </DoubleAnimationUsingKeyFrames＞

    </Storyboard＞

  </UserControl. Resources＞

（22）启动动画：

    Storyboard1. Begin ();

第三部分
Silverlight开发篇

第 12 章　常用控件

12.1　控件简介

控件是对数据和方法的封装。控件可以有自己的属性、方法和事件。属性是控件数据的简单访问者，方法则是控件的一些简单而可见的功能，事件是可以被控件识别的操作。Silverlight 中，控件的特性和控件显示方式分开，控件在用户界面上的样子是由控件模板决定的，Silverlight 为每个控件提供了默认的控件模板和相应的特性，用户也可用自己的控件模板来替换，让它成为有个性化的控件，如过去方形的按钮，可以换成圆的或椭圆的，或者任意图片等，但按钮的基本属性没有改变。

所有控件由基类 System. Windows. Control 派生而来，其命名空间是 System. Windows. Controls，System. Windows. Controls 命名空间中包含的某些控件用于 Silverlight 运行时，其他控件用于 Silverlight SDK。

现对 Silverlight 控件按照常规功能进行分类，主要有：

◎按钮/命令控件，如：Button、HyperlinkButton、RepeatButton。

◎日期显示和选择，如：Calendar、DatePicker。

◎信息显示：TextBlock、ProgressBar、RichTextBox。

◎文本显示和编辑：AutoCompleteBox、PasswordBox、TextBox、RichTextBox。

◎数据显示：DataGrid、DataPager、TreeView。

◎图形和视频显示：Image、MultiScaleImage、MediaElement、InkPresenter。

◎对话框和窗口：OpenFileDialog、SaveFileDialog、ChildWindow、Popup。

◎导航：Frame、Page。

◎用户帮助：DescriptionViewer、Label、ToolTip、ValidationSummary。

◎布局和元素分组：Border、Canvas、ContentControl、Grid、GridSplitter、Stack-Panel、Viewbox、VirtualizingStackPanel、ScrollBar、ScrollViewer、TabControl。

◎选择控件：如 CheckBox、ComboBox、ListBox、RadioButton、Slider。

如按控件的派生关系分，有：面板控件、内容控件、列表控件等。

在本章和下一章，我们选择了具有代表性的最常用的 15 个控件进行分析，其他控件可自行参考相关资料，当了解一种控件类型的基础知识后，就很容易了解其他控件类型。例如，创建控件、更改控件外观以及处理控件事件等对于各个 Silverlight

控件都是类似的,大部分有共同的属性、事件和方法。

12.1.1 主要属性

可以在代码中或者在 XAML 中设置 Silverlight 属性,代码和 XAML 用途的差别通常与属性是否受某个依赖项属性支持无关。也有只能在代码中设置的属性,因为属性接受的类型无法以 XAML 表示。常见的主要属性有:

◎Name:可以在 XAML 或代码中创建控件。如果在 XAML 中创建一个控件并且希望以后在代码隐藏文件中引用该控件,则必须在 XAML 声明中使用 Name 属性指定一个名称。

◎Background:获取或设置一个用于提供控件背景的画笔。

◎Foreground:获取或设置一个用于描述前景色的画笔。

◎BorderBrush:获取或设置一个用于描述控件的边框背景的画笔。

◎BorderThickness:获取或设置控件的边框宽度。

◎FontFamily:获取或设置用于在控件中显示文本的字体。

◎FontSize:获取或设置此控件中文本的大小。

◎FontStretch:获取或设置字体在屏幕上的压缩或扩展程度。

◎FontStyle:获取或设置呈现文本时使用的样式。

◎Height:获取或设置高度。

◎Width:获取或设置宽度。

12.1.2 主要事件

事件是对象发送的消息,通过发信号通知操作的发生。操作可能是由用户交互(例如鼠标单击)引起的,也可能是由某个类的内部逻辑触发的。常见的主要事件有:

◎Click:在单击时发生。

◎GetFocus:当用户进入控件时触发,而且是冒泡事件,当控件接收到该事件而没有处理,该事件会传递给其父控件,同样其父控件也会传递上去,直到事件处理为止。

◎LostFocus:当离开控件时触发,同样支持冒泡事件。

◎MouseEnter:鼠标进入控件区域的时候触发。

◎MouseLeave:鼠标离开控件区域的时候触发。

◎MouseLeftButtonDown:在控件上按下鼠标左键时触发。

◎MouseLeftButtonUp:在控件上放开鼠标左键时触发。

◎MouseMove:鼠标在控件上移动时触发。

◎KeyDown:当控件拥有焦点,并在它上面按下某个键盘时触发。该事件处理函数通常有一个 sender 参数和一个 KeyEventArgs 参数。KeyEventArgs 可用来获取哪一个键被按下了。

◎KeyUp：当控件拥有焦点，并在它上面按完某个键盘时触发。

◎MouseOver：用户将指针移到控件上时触发。

◎Pressed：用户单击控件时或当该控件具有焦点且用户按 Enter 或空格键时触发。

◎Unfocused：控件没有键盘焦点时触发。

◎InvalidUnfocused：控件无效且没有键盘焦点时触发。

◎InvalidFocused：控件无效且有键盘焦点时触发。

12.1.3　主要方法

Silverlight 控件常见的主要方法有：

◎CaptureMouse：鼠标捕获，让鼠标事件总是直接传达到某个控件。

◎ReleaseMouseCapture：取消控件对事件的锁定。

◎SetValue：设置依赖项属性的本地值。

◎GetValue：返回依赖项属性的当前有效值。

◎OnKeyDown：为在此控件具有焦点的情况下用户按任意键时发生的 KeyDown 事件提供类处理。

◎OnKeyUp：为在此控件有焦点的情况下用户释放任意键时发生的 KeyUp 路由事件提供类处理。

◎ToString：返回表示当前 Object 的 String。

◎OnMouseEnter：为当鼠标进入此控件时发生的 MouseEnter 事件提供类处理。

◎OnMouseLeave：为当鼠标离开元素时发生的 MouseLeave 路由事件提供类处理。

◎OnMouseMove：为在鼠标指针悬停在此元素上的情况下移动鼠标指针时发生的 MouseMove 事件提供类处理。

◎Focus：尝试对控件设置焦点。

◎OnClick：引发 Click 事件。

12.1.4　创建控件

可以在 XAML 或代码中，或通过 Silverlight 设计器向应用程序添加控件，当使用 Silverlight SDK 或 Silverlight 工具包中的控件时，必须引用正确的程序集，并且需在 XAML 文件中添加一个命名空间映射。使用设计器时，会自动添加程序集引用和命名空间映射。

如下面演示在代码中创建一个 TextBlock 控件：

```
TextBlock txt = new TextBlock();
txt.Text ="大家好,大家早!";
```

txt. FontSize ＝20.0；
LayoutRoot. Children. Add(txt)；

范例1 示范使用Visual Studio 2010

图 12.1-1 是 Ch12_Exam1_1 的运行结果，拖动后可实时显示坐标，它示范使用 Visual Studio 2010 的一些基本步骤和技巧。

（1）启动 Visual Studio 2010。在"文件"菜单上单击"新建"，再单击"项目"，将显示"新建项目"对话框。

（2）在"项目类型"窗格中，展开"Visual C#"，项目类型选择"Silverlight"，再在模板中选择"Silverlight Application"。

（3）为该应用程序指定名称和位置，然后单击"确定"，"新建 Silverlight Application"对话框将出现，选择网站来承载 Silverlight 应用程序的方法。

图 12.1-1

如果您不想使用网站来承载 Silverlight 应用程序，请取消选中"Host the Silverlight application in a new Web site"复选框。而后，将会生成 HTML 测试页以承载应用程序，如图 12.1-2。

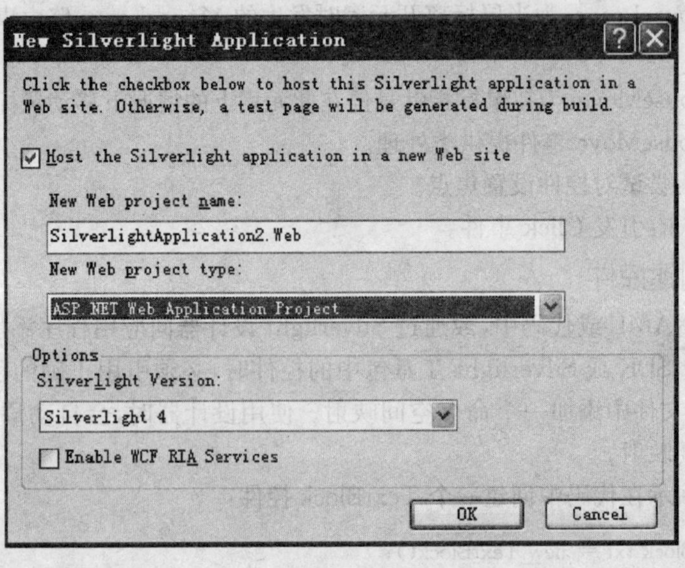

图 12.1-2

（4）单击"OK"按钮，出现开发界面及解决方案资源管理器，可看到以下文件：

◎AppManifest. xml：这是生成应用程序包所需的应用程序清单文件。

◎AssemblyInfo. cs：此文件包含嵌入到所生成的程序集中的名称和版本元数据。

◎xap 文件：这是 Silverlight 应用程序包。生成 Silverlight 应用程序项目时生成此文件。应用程序包是一个压缩的 zip 文件，它具有. xap 文件扩展名并包含启动您的应用程序所需的所有文件。打包文件在网站 ClientBin 目录下。

◎MainPage 文件：可以使用 MainPage 类来创建 Silverlight 应用程序的用户界面。MainPage 类派生自 UserControl。可以通过使用 MainPage. xaml（对于 XAML 标记）和 MainPage. xaml. cs 或 MainPage. xaml. vb（对于代码隐藏）来实现 MainPage 类。

◎Dll 文件：应用程序项目包含对程序集的引用。

◎App 文件：应用程序需要使用 App 类来显示应用程序用户界面，指定应用于整个应用程序的资源和代码。通过使用 App. xaml 和 App. xaml. cs 来实现 App 类。在创建应用程序包(. xap 文件)后，由 Silverlight 插件将 App 类实例化。

（5）在解决方案资源管理器中双击展开 MainPage. xaml 节点，在 XAML 视图中添加球，先定义球的大小、位置，再定义 TextBlock 的字体颜色、大小等，XAML 主要标记如下所示：

```
<Canvas x:Name="parentCanvas" Background="White">
        <Image x:Name="Myball" Source="ball. jpg" Width="120" Height="120"
MouseLeftButtonDown="Image_MouseLeftButtonDown"
MouseMove=" Image _ MouseMove" MouseLeftButtonUp=" Image _ MouseLeftButtonUp"
HorizontalAlignment="Left" Canvas. Left="157" Canvas. Top="154"/>
        <TextBlock x:Name="BallPos" Height="23" Width="225" Canvas. Left="119"
Canvas. Top="433" Text="球的当前位置" TextWrapping="Wrap" Foreground="#
FFE24C4C" FontSize="18"/>
        </Canvas>
    </UserControl>
```

（6）在 XAML 中定义 Myball 的 MouseLeftButtonDown、MouseMove、MouseLeftButtonUp 等事件，可直接键入事件名，然后按 tab 键，并双击"<新建事件处理程序>"，在代码隐藏文件中就创建了一个事件处理程序。或在快捷菜单中选择"定位到事件处理程序"，打开 MainPage. xaml. cs，将光标定位在事件处理程序中。

（7）将下面的代码添加到事件处理程序中：

```
public partial class MainPage：UserControl
```

```
        {
            double beginX = 0;
            double beginY = 0;
            bool isMouseDown = false;
            public MainPage()
            {
                InitializeComponent();
            }
        private void Image_MouseLeftButtonDown(object sender, MouseButtonEventArgs e)
            {
                beginX = e.GetPosition(this).X;
                beginY = e.GetPosition(this).Y;
                isMouseDown = true;
                Image mm = (Image)sender;
                mm.CaptureMouse();
            }
        }
```

（8）编写鼠标移动事件处理程序,代码如下：

```
        private void Image_MouseMove(object sender, MouseEventArgs e)
        {
            if (isMouseDown)
            {
                double EndX = e.GetPosition(this).X;
                double EndY = e.GetPosition(this).Y;
                Image mm = (Image)sender;
                mm.SetValue(Canvas.LeftProperty, EndX-mm.Width/2);
                mm.SetValue(Canvas.TopProperty, EndY-mm.Height /2);
                BallPos.Text="球的当前位置" + "X"+EndX.ToString() + "," + "
Y:" + EndY.ToString();
            }
        }
```

（9）编写鼠标左击事件处理程序,代码如下：

```
        private void Image_MouseLeftButtonUp(object sender, MouseButtonEventArgs e)
        {
            isMouseDown = false;
            Image mm = (Image)sender;
            mm.ReleaseMouseCapture();
        }
```

12. 2   TextBox 控件

TextBox 是一个经常使用的控件,用来创建文本框,用于获取用户的输入或显示文本,可显示和输入单行或多行文本,可以呈现丰富的文本样式,它通常用于可编辑文本,但也可以设置为只读。TextBox 的字体样式可以使用诸如 FontFamily、FontSize 和 FontWeight 等属性进行设置,在父容器中的位置可使用 HorizontalAlignment、VerticalAlignment 和 Margin 属性来设置,其他主要属性还有:

◎AcceptsReturn:换行,设置为 True。

◎HorizontalScrollBarVisibility:水平滚动条,非自动换行时设置才会生效。

◎VerticalScrollBarVisibility:垂直滚动条。

◎IsReadOnly:设置为只读。

◎TextWrapping:换行。

◎Selection Foreground:选中字的前景色画笔。

◎Selection Background:选中字的背景画笔。

范例2 示范使用文本框

图 12.2－1 是 Ch12_Exam2_1 的运行结果,在上框中键入,下面会同步显示同样的内容。

图 12. 2－1

(1) 启动 Visual Studio,新建 Silverlight 应用程序项目。

(2) 出现开发界面及解决方案资源管理器,在解决方案资源管理器中双击展开 MainPage. xaml 节点,在 XAML 视图中找到 Grid 元素,在 Grid 开始标记中添加 Background 属性,指定一种颜色。如下面的 XAML 所示:

　　＜Grid x:Name＝"LayoutRoot" Background＝"Gray"＞

(3) 在 Grid 开始标记中,添加 ShowGridLines 属性,并将它设置为 True,此属性

指定添加虚线以标识 Grid 中的行和列。创建 Grid 布局时,这是很有用的调试功能。如下面的 XAML 所示:

```
<Grid x:Name="LayoutRoot" Background="Gray" ShowGridLines="True">
```

(4) 在 Grid 元素内添加以下 XAML 来定义两行和两列:

```
<Grid. RowDefinitions >
    <RowDefinition Height="200"></RowDefinition>
<RowDefinition Height="300"></RowDefinition>
</Grid. RowDefinitions>
<Grid. ColumnDefinitions >
    <ColumnDefinition Width=" 100"></ColumnDefinition>
<ColumnDefinition Width=" 400"></ColumnDefinition>
</Grid. ColumnDefinitions>
```

(5) 按 F5 键或单击"开始调试"工具栏按钮运行应用程序。

浏览器将打开,其中显示您所指定的背景色,如图 12.2－2 所示。还会看到指示您定义的 Grid 的虚线。关闭浏览器返回到 Visual Studio。

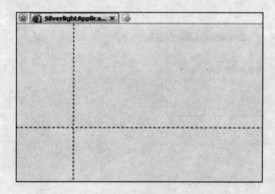

图 12.2－2

(6) 打开工具箱窗口(如果尚未打开),展开"SilverlightXAML 控件"选项卡,从工具箱将 TextBlock 控件拖到 XAML 视图中,如图 12.2－3。

(7) 在 TextBlock 开始标记中添加以下 Text 属性:

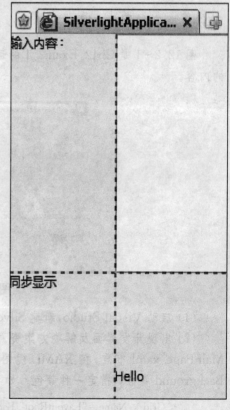

图 12.2－3

<TextBlock> Text="输入内容："</TextBlock>Grid. Row="0" Grid. Column="0"

(8) 在下方，从工具箱拖动一个 TextBox 控件，并在标记中添加以下属性：

<TextBox Grid. Row="0" Grid. Column="1" x：Name="MyBox" />

(9) 在下方，继续从工具箱拖动一个 TextBlock 控件，并在标记中添加以下属性：

< TextBlock Grid. Row="1" Grid. Column="0" Text="同步显示" />

(10) 在下方，继续从工具箱拖动一个 TextBlock 控件，并在标记中添加以下属性：

< TextBlock Grid. Row="1" Grid. Column="1" x：Name="MyBlock" />

(11) 在"文件"菜单上单击"全部保存"。此时，所有控件均已添加。您的 XAML 应与下面的代码类似：

```
<Grid x: Name = " LayoutRoot" Background = " #FFF9EBEB" ShowGridLines = "
  True" >
              <Grid. RowDefinitions >
              <RowDefinition Height="200"></RowDefinition>
      <RowDefinition Height="300"></RowDefinition>
      </Grid. RowDefinitions>
      <Grid. ColumnDefinitions >
      <ColumnDefinition Width=" 100"></ColumnDefinition>
      <ColumnDefinition Width=" 400"></ColumnDefinition>
      </Grid. ColumnDefinitions>
              <TextBlock Grid. Row="0" Grid. Column="0"   Text="输入内容：" />
      <TextBox Grid. Row="0" Grid. Column="1"   x：Name="MyBox" />
  <TextBlock Grid. Row="1" Grid. Column="0"   Text="同步显示" ></TextBlock>
              <TextBlock Grid. Row = "1" Grid. Column = "1" Height = "142" Text =
  "Hello" x：Name="MyBlock" />
              </Grid>
      </UserControl>
```

(12) 按 F5 键运行应用程序。可以键入文本，但由于尚未添加代码，因此不执行任何操作。

(13) 在"解决方案资源管理器"中找到 MainPage. xaml，右击选择"在 Express Blend 中打开"，进行界面调整、美化。

(14) 设计界面，调整字体大小、对齐方式、颜色等，并保存。

(15) 回到 Visual Studio 窗口，会出现是否要重新加载的窗口，单击"全是"。

(16) 在 Name 为 MyBox 的 TextBox 中，键入 KeyUp 然后按 tab 键，并双击"< 新建事件处理程序>"。

KeyUp 事件处理程序的默认名称显示在 XAML 中,并且在代码隐藏文件中创建了一个事件处理程序。

(17) 在快捷菜单中选择"定位到事件处理程序",或打开 MainPage. xaml. cs,将光标定位在事件处理程序中。

(18) 将下面的代码添加到事件处理程序中:

```
private void TextBox_KeyUp(object sender, KeyEventArgs e)
{
    MyBlock. Text = MyBox. Text;
}
```

12.3 Button 控件

Button 控件用来创建一个按钮,会响应用户从鼠标、键盘或其他输入设备进行的输入,并引发一个 Click 事件,继承自 ButtonBase。如该控件高度或宽度没有定义的话,将自动填满父容器的边界,其主要属性有:

◎Foreground:前景色画笔,默认是字体颜色。

◎Click:在单击 Button 时发生。

◎Background:获取或设置一个用于提供控件背景的画笔。

◎BorderBrush:获取或设置一个用于描述控件的边框背景的画笔。

◎BorderThickness:获取或设置控件的边框宽度。

◎FontSize:获取或设置此控件中文本的大小。

◎Width:获取或设置宽度。

◎Height:获取或设置高度。

◎Content:获取或设置显示内容。

范例3 **带图片的命令按钮**

如图 12.3 - 1 是 Ch12_Exam3_1 的运行结果,单击后会出现图 12.3 - 2 效果:

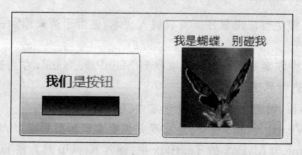

图 12.3 - 1

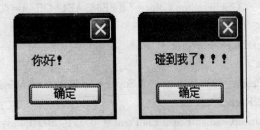

图 12.3-2

(1) 启动 Visual Studio,新建 Silverlight 应用程序项目。

(2) 从工具箱中拖动 Button 控件到 XAML 视图中。

(3) Button 控件中添加以下属性:

Width="120" Height="100"

(4) 从工具箱中拖动 StackPanel 在 Button 控件中。

```
<Button>
        <StackPanel></StackPanel>
</Button>
```

(5) 拖动 TextBlock、Rectangle 到 StackPanel 中,并设置以下基本属性:

```
<StackPanel Height="64" Width="89">
        <TextBlock Text="我们是按钮" FontSize="16" Width="83">
        </TextBlock>
        <Rectangle Height="23" Width="90">
        </Rectangle>
</StackPanel>
```

(6) 保存后,在"解决方案资源管理器"中找到 MainPage. xaml,右击选择"在 Express Blend 中打开"。

(7) Expression Blend 中调整位置,并设置 TextBlock、Rectangle 线性渐变效果,应类似于下面的 XAML 代码:

```
<TextBlock Text="我们是按钮" TextWrapping="Wrap" HorizontalAlignment="Cen-
ter" Margin="5,5,5,5" FontSize="16" Width="83">
<TextBlock. Foreground>
<LinearGradientBrush EndPoint="0. 68,0. 494" StartPoint="0. 32,0. 506">
        <GradientStop Color="#FF000000"/>
        <GradientStop Color="#FFE28D8D" Offset="1"/>
        <GradientStop Color="#FFB0DE93" Offset="0. 277"/>
<GradientStop Color="#FEDC64C2" Offset="0. 4779999852180481"/>
```

```
                <GradientStop Color="#FE685AE4" Offset="0.723"/>
            </LinearGradientBrush>
        </TextBlock.Foreground>
    </TextBlock>
    <Rectangle Height="23" Width="90" Stroke="#FF000000" Margin="0,0,-1,0">
        <Rectangle.Fill>
            <LinearGradientBrush EndPoint="0.5,1" StartPoint="0.5,0">
                <GradientStop Color="Black" Offset="0"/>
                <GradientStop Color="#FFEF8C8C" Offset="1"/>
            </LinearGradientBrush>
        </Rectangle.Fill>
    </Rectangle>
```

(8) 全部保存后,回到 Visual Studio 窗口,再拖一个 Button 到 XAML 视图中。

(9) 拖 StackPanel 到 Button 控件中,在 StackPanel 中放入 TextBlock、Image 控件。图片文件可从解决方案资源管理器中,右键添加现有项。

```
<Button>
        <StackPanel Height="113" Width="131">
            <TextBlock Height="18" Text="我是蝴蝶,别碰我" />
            <Image Height="112" Source="chong1.jpg" Stretch="Fill"/>
        </StackPanel>
</Button>
```

(10) 到 Expression Blend 中调整位置,保存并回到 Visual Studio。

(11) 在两个 Button 控件中添加事件 Button_MouseEnter、Click。

(12) 把下面的代码添加到事件处理程序中。

```
private void Button_MouseEnter(object sender, MouseEventArgs e)
{
        MessageBox.Show("碰到我了!!!");
}
private void Button_Click(object sender, RoutedEventArgs e)
{
        MessageBox.Show("你好!");
}
```

12.4　CheckBox 控件

CheckBox 复选框控件派生自名为 ToggleButton 的基类,该类又派生自 Button-Base,可在同时选择两个或两个以上选项的情况下使用,支持三种状态:选中、不选中和中间状态。复选框的标题可以是简单文本,也可以是其他 XAML 元素。一旦单击了某个复选框,其状态就会从选中变为未选中,反之亦然。重要属性有:

◎ClikMode:表示何时触发,Release 是在单击时触发;Press 是松开鼠标时触发;Hover 是指针悬停在 CheckBox 控件上时触发。

◎IsChecked:判断当前状态,"True" 时为 Checked;"False"时为 Unchecked;"Null"时为 Indeterminate。

范例4 示范使用复选框按钮

图 12.4-1 是项目 Ch12_Exam4_1 运行结果,鼠标移到红色块时,会出现提示。

图 12.4-1

(1)启动 Visual Studio 2010,新建 Silverlight 应用程序。

(2)从工具箱中拖动 CheckBox 控件到 XAML 视图中,并设置以下属性:

```
<CheckBox x:Name="MyCheck" ClickMode="Hover" Width="98" Height="82">
</CheckBox>
```

(3)拖动 StackPanel 控件到 CheckBox 控件中,StackPanel 加入 TextBlock、Rectangle 两控件。

```
<CheckBox x:Name="MyCheck" ClickMode="Hover" Width="98" Height="82">
<StackPanel >
<TextBlock x:Name="MySelect" Text="红色" />
        <Rectangle Height="53" Width="57" />
</StackPanel>
</CheckBox>
```

可用 CheckBox 的 Content 属性提供复选框的更为复杂的内容,其中<CheckBox. Content></CheckBox. Content>标记已省略,原格式为:

```
<CheckBox x:Name="MyCheck" ClickMode="Hover" Width="98" Height="82">
<CheckBox. Content >
<StackPanel >
```

```
<TextBlock x:Name="MySelect" Text="红色" />
        <Rectangle Height="53" Width="57" />
</StackPanel>
<CheckBox. Content>
</CheckBox>
```

（4）到 Expression Blend 中调整 MainPage. xaml 布局，并设置 Rectangle 线性渐变效果，最后应类似于下面的 XAML 代码：

```
<Grid x:Name="LayoutRoot">
    <CheckBox x:Name="MyCheck" ClickMode="Hover" Click="CheckBox_Click"
Width="98" Height="82" HorizontalAlignment="Left" Margin="110,138,0,0" Vertica-
lAlignment="Top">
    <StackPanel>
    <TextBlock Text="红色" TextWrapping="Wrap"/>
    <Rectangle Stroke="Black" Height="53" Width="57">
        <Rectangle. Fill>
            <LinearGradientBrush EndPoint="0.5,1" StartPoint="0.5,0">
                <GradientStop Color="Black" Offset="0"/>
                <GradientStop Color="#FFE42020" Offset="1"/>
            </LinearGradientBrush>
        </Rectangle. Fill>
    </Rectangle>
    </StackPanel>
    </CheckBox>
        <TextBlock x:Name="MySelect" HorizontalAlignment="Left" Margin="
123,235,0, 215" Width="96" Text="选择结果" TextWrapping="Wrap" FontSize=
"18.667"/>
</Grid>
```

（5）增加 CheckBox 控件的 Click 事件，代码如下：

```
private void CheckBox_Click(object sender, RoutedEventArgs e)
{
    if (MyCheck. IsChecked == true)
        MySelect. Text = "你选了红色";
    else
        MySelect. Text = "你没选红色";
}
```

12.5 **RadioButton** 控件

RadioButton 单选按钮用来在一组选项中选择一个选项,与复选按钮类似,可设置"IsThreeState"属性以使 RadioButton 控件能够使用 Indeterminate 状态以及 Checked 和 Unchecked 状态,与复选按钮最大的不同之处是:单选按钮可分组,使用户可以从一个选项列表中选择一个选项。分到同一个组的单选按钮是互斥的。

单选按钮也可由它们的容器分组。也就是说如果一个 StackPanel 面板中放置三个单选按钮,那么这三个单选按钮就形成了一组,而且只能选择该组单选按钮中的一个。另一方面如果在两个独立的 StackPanel 控件中放置一个单选按钮组合,那么就有了两组相互独立的单选按钮。重要属性有:

◎GroupName:所属组名称。

◎ClikMode:表示何时触发。Release 是在单击时触发;Press 是松开鼠标时触发;Hover 是指针悬停在 CheckBox 控件上时触发。

◎IsChecked:获取或设置是否选中。"True"时为 Checked;"False"时为 Unchecked。

范例5 示范使用单选框按钮

图 12.5-1 是项目 Ch12_Exam5_1 的运行结果,一旦单击了复选框,就会在文本块中更新结果。

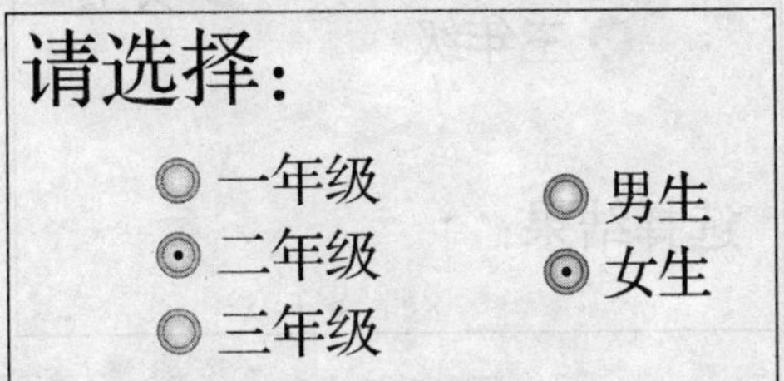

图 12.5-1

(1) 新建 Silverlight 应用程序。

(2) 拖动 StackPanel 控件,StackPanel 加入三个 RadioButton 控件,XAML 如下:

```
<StackPanel Margin="50,69,0,0" HorizontalAlignment="Left" Width="146" Height="150" VerticalAlignment="Top">
    <RadioButton Content="一年级" FontSize="16" x:Name="G1" Click="G1_
```

Click"></RadioButton>

        <RadioButton Content="二年级" FontSize="16" x：Name="G2" Click="G1_
Click"></RadioButton>

        <RadioButton Content="三年级" FontSize="16" x：Name="G3" Click="G1_
Click"></RadioButton>

    </StackPanel>

三个 RadioButton 控件通过容器分组。

（3）加入两个 RadioButton 控件，并所属同一组：

    <RadioButton Content="男生" FontSize="16" x：Name="Stu1" GroupName="male"
Margin="165,75,417,377" Click="G1_Click"/>

    <RadioButton Content="女生" FontSize="16" x：Name="Stu2" GroupName="male"
Margin="165,99,417,349" Click="G1_Click"/>

（4）加入 TextBlock 控件，用来显示结果。

（5）按 F5 键运行应用程序。图 12.5-2 显示浏览器窗口的一个示例。但由于
尚未添加代码，因此没显示选择结果。

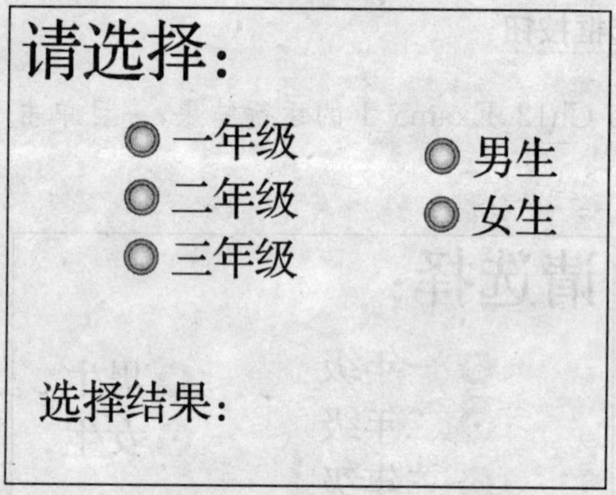

图 12.5-2

（6）将下面的代码添加到 Click 事件处理程序中：

```
private void G1_Click(object sender, RoutedEventArgs e)
{
        YourSelect.Text = "你的选择是："+ (G1.IsChecked == true ? "一年级":
(G2.IsChecked == true ? "二年级": "三年级"));
        YourSelect.Text += Stu1.IsChecked == true ? "男生": (Stu2.IsChecked ==
true ?"女生":"");
}
```

12.6 ListBox 控件

ListBox 控件表示一个选项集合,这些项可以通过绑定到数据源或者添加未绑定项到 Items 来填充,不仅可以填充文本,还可以填充其他控件。一次可以显示 ListBox 中的多个项,可以使用 SelectionMode 属性指定 ListBox 是否允许多重选择。ListBox 控件是一种项目控件,这意味着您可以用包含文本或其他控件的项目来填充该控件,并可通过模板来渲染项目。

ListBox 提供了名为 ItemTemplate 的模板,并结合 DataTemplate 来实施数据绑定。

◎SelectedIndex:控件中处于选定状态的项,如果值为 −1,则显示未进行任何选择的 ListBox 对象。如果值为 0,则显示选定了第一项的 ListBox 对象。

◎SelectedItem:返回所选元素。返回的数据类型为对象,因此可能在使用属性值之前进行类型转换。

◎SelectionMode:选择模式,有:Single 单选、Multiple 多选、Extended 多选。

◎SelectionChanged:在当前选定项更改时发生。

◎Items:获取用于生成控件内容的集合。

◎ItemsSource:获取或设置用于生成 ListBox 控件的内容的集合。

◎DataContext:获取或设置参与数据绑定时的数据上下文。

◎DisplayMemberPath:获取或设置为每个数据项显示的属性的名称或路径。

ListBox 控件是一个非常灵活的控件。它不仅可以包含 ListBoxItem 对象,而且也可以容纳其他任意类型的元素。这是因为 ListBoxItem 类继承自 ContentControl 类,从而 ListBoxItem 对象能够包含单个嵌套的内容。

范例6 示范使用列表框控件

图 12.6−1 是 Ch12_Exam6_1 的运行结果,列表项中使用了图表内容。

(1) 新建 Silverlight 应用程序。

(2) 拖入 ListBox 控件,添加四种颜色选项,XAML 如下:

选择结果是: 第3项

图 12.6−1

```xaml
<ListBox Width="129" Height="258">
    <ListBoxItem Content="红色"></ListBoxItem>
    <ListBoxItem Content="绿色"></ListBoxItem>
    <ListBoxItem Content="蓝色"></ListBoxItem>
    <ListBoxItem Content="黑色"></ListBoxItem>
</ListBox>
```

（3）添加图片选项：

<ListBoxItem><Image Source="red1.jpg" Height="54" Width="56" ></Image ></ListBoxItem>

（4）增加一个嵌套内容的选项，组合了文本和图像内容：

<ListBoxItem>

<StackPanel Orientation="Horizontal" ><Image Source="chong1.jpg" Height="43" Width="45" /><TextBlock Text="多种颜色" FontSize="16"/></StackPanel>

</ListBoxItem>

实际上 ListBox 控件能智能地隐式地创建 ListBoxItem 对象，上面也可写为：

<StackPanel Orientation="Horizontal" ><Image Source="chong1.jpg" Height="43" Width="45" /><TextBlock Text="多种颜色" FontSize="16"/></StackPanel>

（5）到 Expression Blend 中调整 MainPage.xaml 布局，XAML 代码大约如下：

<Grid x:Name="LayoutRoot">

<StackPanel Orientation="Vertical">

<ListBox HorizontalAlignment="Left" SelectionMode="Extended" Width="129" Height="258" x:Name="lstColor" SelectionChanged="ListBox_SelectionChanged" VerticalAlignment="Top" Margin="62,49,0,0" d:LayoutOverrides="HorizontalAlignment">

<ListBoxItem Content="红色" Background="#00F32727" Foreground="#FFED3131" FontSize="18.667" ></ListBoxItem>

<ListBoxItem Content="绿色" Foreground="#FF54D014" FontSize="18.667"></ListBoxItem>

<ListBoxItem Content="蓝色" Foreground="#FF174FCC" FontSize="18.667"></ListBoxItem>

<ListBoxItem Content="黑色" FontSize="18.667"></ListBoxItem>

<ListBoxItem><Image Source="red1.jpg" Height="54" Width="56" OpacityMask="#FF854111"></Image></ListBoxItem>

<StackPanel Orientation="Horizontal" ><Image Source="chong1.jpg" Height="43" Width="45" /><TextBlock Text="多种颜色" FontSize="16"/></StackPanel>

</ListBox>

<TextBlock x:Name="MySelect" Text="选择的结果是：" Width="150" Height="50" HorizontalAlignment="Left" Margin="62,0,0,123" VerticalAlignment="Bottom" d:LayoutOverrides="Width, Height" FontSize="16" Foreground="#FFE01919"></TextBlock>

</StackPanel>

```
</Grid>
```

（6）将下面代码添加到 SelectionChanged 事件处理程序中：

```
private void ListBox_SelectionChanged(object sender, SelectionChangedEventArgs e)
{
    if (lstColor. SelectedIndex >= 0)
    {
        MySelect. Text = "选择结果是：第" + (lstColor. SelectedIndex +
1). ToString() + "项";
    }
}
```

▶ 12.7　ComboBox 控件

ComboBox 下拉列表框控件表示一个选择控件，是一个组合控件，组合了一个不可编辑的文本框和一个下拉项，该下拉项包含一个允许用户从列表中选择项的列表框，和 ListBox 控件类似。它包含一个 ComboxItem 对象的集合，也可以隐式创建集合，与 ListBoxItem 类似，ComboBoxItem 也是一个可以包含嵌套元素的内容控件。

ComboBox 控件只使用一个模板来定义下拉框、下拉箭头和弹出窗口的外观，ComboBox 与 ListBox 类之间关键的区别是它们在窗口中呈现自身的方式，ComboBox 控件使用下拉列表框，而且只能选择一个元素。ComboBox 中的条目可通过控件绑定到一个数据源，也可通过 XAML 元素编码或编程方式添加。

重要属性有：

◎SelectedIndex：控件中处于选定状态的项，如果值为 -1，则显示未进行任何选择的 ComboBox 对象。如果值为 0，则显示选定了第一项的 ComboBox 对象。

◎SelectedItem：返回所选元素。返回的数据类型为对象，因此可能在使用属性值之前进行类型转换。

◎SelectionMode：选择模式，有：Single 单选、Multiple 多选、Extended。

◎SelectionChanged：在当前选定项更改时发生。

◎Items：获取用于生成控件内容的集合。

◎ItemsSource：获取或设置用于生成 ComboBox 控件的内容的集合。

◎DataContext：获取或设置参与数据绑定时的数据上下文。

◎DisplayMemberPath：获取或设置为每个数据项显示的属性的名称或路径。

范例7 示范使用下拉列表框控件

图 12.7-1 是项目 Ch12_Exam7_1 的运行结果。

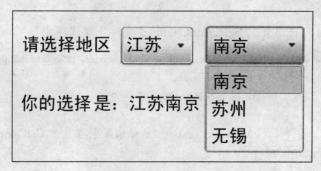

图 12.7 - 1

（1）新建 Silverlight 应用程序。

（2）添加两个 ComboBox 控件分别用来放省份和城市，ComboBox 的 Items-Souce 和 DisplayMemberPath 属性的 XAML 代码大致如下：

```
<Grid x:Name="LayoutRoot" Background="White">
    <Grid.RowDefinitions>
    <RowDefinition Height="0.45 * "/>
    <RowDefinition Height="0.55 * "/>
    </Grid.RowDefinitions>
<ComboBox x:Name="boxProvince" Height="40" Margin="147,0,0,9" Vertica-
lAlignment="Bottom" d:LayoutOverrides="Height" SelectionChanged="boxProvince_Se-
lectionChanged" Width="60" HorizontalAlignment="Left"/>
    <ComboBox x:Name="boxCity" Height="40" Width="100" Margin="235,0,308,
10" VerticalAlignment="Bottom" SelectionChanged="boxCity_SelectionChanged" d:Layout-
Overrides="GridBox" HorizontalAlignment="Left"/>
        <TextBlock Margin="28,0,0,9" Text="请选择地区:" TextWrapping=
"Wrap" FontSize="18.667" Foreground="#FF1C1717" Height="41" VerticalAlignment=
"Bottom" HorizontalAlignment="Left" Width="115"/>
        <TextBlock x:Name="txtSelect" Height="40" Margin="28,18,305,0"
VerticalAlignment="Top" Text="选择结果" TextWrapping="Wrap" Foreground="#
FFE84D4D" FontSize="18.667" Grid.Row="1"/>
    </Grid>
```

（3）在代码文件中，定义省和城市的数据结构。

```
public struct Province
    {
        public int id { get; set; }
        public string name { get; set; }
```

```
        }
        public struct City
        {
            public int id { get; set; }
            public string name { get; set; }
            public int provid { get; set; }
        }
```

（4）添加示例数据。

```
public List<Province> GetProvince()
        {
            List<Province> ProvinceInfo = new List<Province>();
            ProvinceInfo. Add(new Province { id = 1, name = "江苏" });
            ProvinceInfo. Add(new Province { id = 2, name = "山东" });
            ProvinceInfo. Add(new Province { id = 3, name = "广东" });
            return ProvinceInfo;
        }
        public List <City> GetCity()
        {
            List<City> CityInfo = new List<City >();
            CityInfo. Add(new City { id = 1, name = "南京", provid = 1 });
            CityInfo. Add(new City { id = 2, name = "苏州", provid = 1 });
            CityInfo. Add(new City { id = 3, name = "无锡", provid = 1 });
            CityInfo. Add(new City { id = 4, name = "烟台", provid = 2 });
            CityInfo. Add(new City { id = 5, name = "青岛", provid = 2 });
            CityInfo. Add(new City { id = 6, name = "日照", provid = 2 });
            CityInfo. Add(new City { id = 7, name = "梅州", provid = 3 });
            CityInfo. Add(new City { id = 8, name = "广州", provid = 3 });
            CityInfo. Add(new City { id = 9, name = "深圳", provid = 3 });
            return CityInfo;
        }
```

（5）省份下拉列表框填充数据。

```
public MainPage()
        {
            InitializeComponent();
            BindProvince();
        }
    void BindProvince()
```

```
            {
                boxProvince. ItemsSource = GetProvince();
                boxProvince. DisplayMemberPath = "name";
                boxProvince. SelectedIndex = 0;
            }
```

（6）省份下拉列表框 SelectionChanged 事件。

```
private void boxProvince_SelectionChanged(object sender, SelectionChangedEventArgs e)
            {
                if (boxProvince. SelectedIndex>=0)
                {
                    var pro = boxProvince. SelectedItem;
                    int proid = ((Province)pro). id;
        boxCity. ItemsSource = (from data in GetCity() where data. provid = proid select data);
                    boxCity. DisplayMemberPath = "name";
                    boxCity. SelectedIndex = 0;
                }
            }
```

先读出省份 Id，使用 LINQ 查询找出对应省份 Id 的城市，读出的城市赋予 box-City。

（7）省份下拉列表框 SelectionChanged 事件代码。

```
private void boxCity_SelectionChanged(object sender, SelectionChangedEventArgs e)
            {
                if (boxCity. SelectedIndex>=0)
                txtSelect. Text = "你的选择是:" +((Province)boxProvince. SelectedItem
). name + ((City)boxCity. SelectedItem). name;
            }
```

12.8 GridSplitter 控件

GridSplitter 控件可以像表格一样分割成行与列，用户可以在运行时以鼠标拖放的方式调整行高与列宽，一旦将 GridSplitter 放到 Grid 上的某个单元格中，就可以使用它来在垂直或水平方向调整行或列的大小，在 Grid 控件的行或列之间重新分配空间。若要指定 GridSplitter 是否调整行或列的大小，请使用 HorizontalAlignment 和 VerticalAlignment 附加属性。这两个属性之一应始终设置为 Stretch。

主要属性有：

◎ShowsPreview：是否显示，以便在拖放期间可以预览拖拽轴的位置，方便用户拖放至正确位置。

◎HorizontalAlignment：获取或设置在布局父级中构成时应用于此元素的水平对齐特征。如为 Stretch，则可拖拽来调整行高。

◎VerticalAlignment：获取或设置在布局父级中构成时应用于此元素的垂直对齐特征。如为 Stretch，则可拖拽来调整列高。

◎Grid. RowSpan：指定拖拽要横跨多少行。

◎Grid. ColumnSpan：指定拖拽要横跨多少列。

范例8 演示动态调整Grid大小

项目 Ch12_Exam8_1 演示动态调整 Grid 大小，在特定单元格中添加 GridSplit-ter 控件，并通过设置附加属性 Grid. RowSpan 与 Grid. ColumnSpan 来指定拖拽轴要跨越多少行与列，拖动变化见图 12.8-1、图 12.8-2、图 12.8-3。

图 12.8-1

图 12.8 - 2

图 12.8 - 3

XAML 主要标记如下：

```
<Grid x：Name＝"LayoutRoot" Background＝"White" ShowGridLines＝"True"
Width＝"400" Height＝"400">
        <Grid. RowDefinitions >
          <RowDefinition />
          <RowDefinition />
        </Grid. RowDefinitions>
        <Grid. ColumnDefinitions>
          <ColumnDefinition />
          <ColumnDefinition />
        </Grid. ColumnDefinitions>
        <Image x：Name="Image1" Grid. Row="0" Grid. Column="0" Stretch="
Uniform" Source="f1. jpg" ></Image>
        <Image x：Name="Image2" Grid. Row="0" Grid. Column="1" Stretch="
Uniform" Source="f2. jpg" ></Image>
        <Image x：Name="Image4" Grid. Row="1" Grid. Column="0" Stretch="
Uniform" Source="f3. jpg" ></Image>
        <Image x：Name="Image5" Grid. Row="1" Grid. Column="1" Stretch="
Uniform" Source="f4. jpg" ></Image>
        <controls：GridSplitter Grid. Row="0" Grid. Column="0" Grid. ColumnS-
pan="2" HorizontalAlignment="Stretch" VerticalAlignment="Bottom" ShowsPreview="
True" />
        <controls：GridSplitter Grid. Row="1" Grid. Column="1" Grid. RowSpan="2"
HorizontalAlignment="Left" VerticalAlignment="Stretch" ShowsPreview="True" />
    </Grid>
</UserControl>
```

▶ 12.9　DatePicker 控件

DatePicker 控件使用户能够使用可视日历显示来选择日期，一个允许用户选择日期的控件，在用户需要选择日期时非常有用，DatePicker 控件实际包括一个 DatePickerTextBox 控件和一个 Calendar 控件。DatePicker 控件位于 System. Windows. Controls 程序集中，因此使用时需要在 XAML 文件中定义该命名空间和程序集。主要属性有：

◎DateValidationError：输入日期无法转换成有效的日期，引发的事件。

◎SelectedDateFormat：设置返回的日期格式。

◎CalendarOpened：单击时展开时引发。

◎CalendarClosed：日历收缩起来时引发。

◎SelectionMode：日期选择模式，SingleDate 选择一个日期；SingleRange 选择一个范围的连续日期；MultipleRange 选择多个非连续范围的日期；None 不允许选择。

范例9　示范使用日历控件

项目 Ch12_Exam9_1 示范使用日历控件，一个显示长、短日期格式，并提供打开、关闭、选择日期等事件。

（1）设计界面，放置两个日历控件和两个文本块控件。XAML 标记代码如下：

```
<UserControl
    xmlns="http://schemas.microsoft.com/winfx/2006/xaml/presentation"
    xmlns:x="http://schemas.microsoft.com/winfx/2006/xaml"
    xmlns:d="http://schemas.microsoft.com/expression/blend/2008"
xmlns:mc="http://schemas.openxmlformats.org/markup-compatibility/2006"
    mc:Ignorable="d"
<!—增加的命名空间支持—>
xmlns:controls="clr—namespace:System.Windows.Controls;assembly=System.Windows.Controls" x:Class="SilverlightApplication66.MainPage"
    d:DesignWidth="640" d:DesignHeight="480">
<Grid x:Name="LayoutRoot">
    <StackPanel Height="24" Margin="55,119,183,0" VerticalAlignment="Top" Orientation="Horizontal">
        <TextBlock x:Name="txtContent1" Text="长日期格式" TextWrapping="Wrap" Width="232" Margin="0,0,0,-119" FontSize="16" Foreground="#FFE62A2A"/>
        <controls:DatePicker x:Name="DatePic1" SelectedDateChanged="DatePic1_SelectedDateChanged" Width="160" Margin="0,0,0,-11" FontSize="13.333" SelectedDateFormat="Long" />
    </StackPanel>
    <StackPanel Margin="55,36,212,0" VerticalAlignment="Top" Orientation="Horizontal">
        <TextBlock Height="28" x:Name="txtContent2" Text="短日期格式" TextWrapping="Wrap" Width="150" FontSize="16" Foreground="#FFF35050"/>
        <controls:DatePicker x:Name="DatePic2" CalendarOpened="DatePic2_CalendarOpened" CalendarClosed="DatePic2_CalendarClosed" Width="115" Height="33" FontSize="13.333"/>
    </StackPanel>
</Grid>
```

</UserControl>

(2) 定义控件 DatePic1 的事件代码：

```
private void DatePic1_SelectedDateChanged(object sender, SelectionChangedEventArgs e)
{
        if (e. RemovedItems! = null && e. RemovedItems. Count ! =0)
txtContent1. Text ="日期选择从"+e. RemovedItems [0]+"到"+e. AddedItems[0];
}
```

(3) 定义控件 DatePic2 的事件代码：

```
private void DatePic2_CalendarOpened(object sender, RoutedEventArgs e)
    {
        txtContent2. Text = "日历已打开!!!";
    }
        private void DatePic2_CalendarClosed(object sender, RoutedEventArgs e)
        {
            txtContent2. Text ="日历又关闭了!!!";
        }
```

(4) 执行效果如图 12.9 - 1：

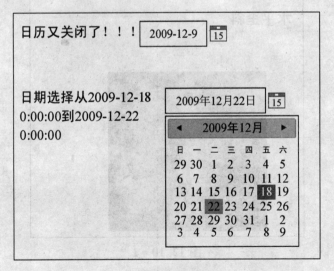

图 12.9 - 1

12.10　Slider 控件

Slider 滑块控件是一个边上带有刻度的范围控件,表示一个值范围,其中的当前值为位置表示,可让用户从一个值范围内选择一个值,通过沿着一条轨道移动Thumb 控件来从一个值范围中进行选择。Slider 滑块控件,可以在鼠标单击滑块时,用 ToolTip 方式显示当前滑块的值。其他重要属性有:

◎Orientation:表示方向,要么为水平,要么为垂直。

◎Maximum:最大值。

◎Minimum:最小值。

◎Value:滑块控件当前值,在最大值和最小值之间。

◎Orientation:在竖直滑竿和水平滑竿之间切换。

范例10　示范使用滑块MySlider

项目 Ch12_Exam10_1 是拖动滑块控件,可改变缩放图片、水平歪斜图片,设计界面如图 12.10-1:

图 12.10-1

(1)界面设计两个滑块控件和一个文本块,XAML 如下:

```
<Grid x:Name="LayoutRoot" Margin="0,0,263,0" Width="350">
    <Slider x:Name="slScale" ValueChanged="slScale_ValueChanged" Height=
"19" Margin="135,8,21,0" VerticalAlignment="Top"/>
    <Slider x:Name="slSkew" ValueChanged="slSkew_ValueChanged" Margin=
```

"135,67,21,0" Height="19" VerticalAlignment="Top"/>

```
        <Image x:Name="imgTest" Margin="47,133,109,210" RenderTransformOri-
gin="0.5,0.5" Source="flower.jpg">
            <Image.RenderTransform>
                <TransformGroup>
                    <ScaleTransform x:Name="Scale"/>
                    <SkewTransform x:Name="Skew"/>
                    <RotateTransform/>
                    <TranslateTransform/>
                </TransformGroup>
            </Image.RenderTransform>
        </Image>
        <TextBlock Height="44" HorizontalAlignment="Left" Margin="8,8,0,
0" VerticalAlignment="Top" Width="95" Text="缩放图片" TextWrapping="Wrap"
FontSize="18.667"/>
        <TextBlock Height="44" HorizontalAlignment="Left" Margin="8,67,0,
0" VerticalAlignment="Top" Width="95" FontSize="18.667" Text="水平歪斜" Text-
Wrapping="Wrap"/>
    </Grid>
</UserControl>
```

(2) 设定 Slider 控制项的 ValueChanged 事件。

```
    <Slider x:Name="slScale" ValueChanged="slScale_ValueChanged" Height="19"
Margin="135,8,21,0" VerticalAlignment="Top"/>
    <Slider x:Name="slSkew" ValueChanged="slSkew_ValueChanged" Margin="135,
67,21,0" Height="19" VerticalAlignment="Top"/>
```

(3) 编写 Slider 控制项的 ValueChanged 事件处理代码。

```
    private void slScale_ValueChanged(object sender, RoutedPropertyChangedEventArgs
<double> e)
    {
        Scale.ScaleX = slScale.Value;
        Scale.ScaleY = slScale.Value;
    }
    private void slSkew_ValueChanged(object sender, RoutedPropertyChangedEventArgs
<double> e)
    {
        Skew.AngleX = slSkew.Value;
    }
```

（4）执行后，移到滑块控件图片缩放、水平歪斜，效果如图 12.10 - 2：

缩放图片

水平歪斜

图 12.10 - 2

12.11　ProgressBar 控件

ProgressBar 控件用来显示一个长时间操作的作业的完成进度，直观地指示较长操作的进度，在前端呈现给用户任务进行程度变化的效果。

（1）显示重复模式的条。

（2）基于值进行填充的条。

ProgressBar 控件所显示的值可通过改变其 Value 值来实现，其主要属性有：

◎IsIndeterminate：确定 ProgressBar 的外观。将 IsIndeterminate 设置为 true 以显示重复模式。如将 IsIndeterminate 设置为 false 则以基于值填充条。

◎Maximum：最大值。默认为 100。若要指定进度值，请设置 Value 属性。

◎Minimum：最小值。默认情况下，Minimum 为 0。

当 IsIndeterminate 为 false 时，您可以使用 Minimum 和 Maximum 属性指定范围。

范例11　示范显示进度条

项目 Ch12_Exam11_1 是下载图片并显示进度条，为避免等待，使用 ProgressBar 控件显示下载进度。

（1）设计界面，效果如图 12.11 - 1：

图 12.11 - 1

（2）界面设计进度条、命令按钮、文本块等，对应的主要 XAML 如下：

```
<Grid x:Name="LayoutRoot">
    <ProgressBar x:Name="MyBar" Value="20" Margin="24,71,31,0" d:LayoutOverrides="HorizontalAlignment" Height="21" VerticalAlignment="Top" />
        <Image x:Name="MyImg"  Margin="24,108,31,25" d:LayoutOverrides="HorizontalAlignment"/>
        <Button x:Name="butBegin" Click="butBegin_Click" Height="41" HorizontalAlignment="Left" Margin="24,8,0,0" VerticalAlignment="Top" Width="147" Content="开始下载" FontSize="16" d:LayoutOverrides="HorizontalAlignment"/>
        <TextBlock x:Name="txtProgress" Height="34" Text="下载比例" HorizontalAlignment="Right" Margin="0,15,80,0" VerticalAlignment="Top" Width="107" TextWrapping="Wrap" FontSize="16" Foreground="#FFE61414"/>
</Grid>
```

（3）创建 BitmapImage 对象，设定进度条事件：

```
BitmapImage bitimg = new BitmapImage();
    MyBar.Value = 0;
bitimg.DownloadProgress += new EventHandler<DownloadProgressEventArgs>(bitimg_DownloadProgress);
bitimg.UriSource = new Uri(GetAbsoluteUrl("flower2.jpg"),UriKind.Absolute );
    MyImg.Source = bitimg;
```

（4）动态更新 ProgressBar 控件的 Value 属性值，并显示下载的比例。

```
    MyBar.Value = e.Progress;
    txtProgress.Text = "下载中" + e.Progress + "%";
```

（5）运行，单击"开始下载"，效果如下：

图 12. 11－2

第 13 章　高级控件

13.1　DataGrid 控件

　　DataGrid 控件提供一种用户喜爱的、灵活的方式来以表格的形式显示数据,用户可根据自己的需求来定制列的模板,内置列类型包括文本框列、复选框列和模板列,位于命名空间 System. Windows. Controls 下。在 System. Windows. Controls 程序集中,该程序集并不包含在 Silverlight 运行库中,因此需添加对 System. Windows. Controls. Data. Dll 的引用,在 XAML 界面的根标记 UserControl 声明如下:

　　　　xmlns:data="clr-namespace:System. Windows. Controls;assembly=System. Windows. Controls. Data"

　　实际操作时,如从工具箱中将 DataGrid 控件拖放至 XAML 界面中时,会自动添加上面的设置。

　　DataGrid 控件重要属性有:

　　◎IsReadOnly:可以直接编辑项,是为了确保正确地提交和取消这些编辑。

　　◎IsValid:支持单元格级别的属性验证和行级别的对象验证。如果遇到验证异常,则单元格编辑控件将显示其错误状态,DataGrid 将不会退出单元格编辑模式,直到验证错误得以解决。

　　◎IPagedCollectionView:对数据进行分页。

　　◎PagedCollectionView:实现数据源提供分组、排序和分页功能。

　　◎ItemsSource:数据网格中的每一行均绑定到数据源中的一个对象,而数据网格中的每一列均绑定到该数据对象的一个属性。当向源数据中添加项或从源数据中移除项时,为了使 DataGrid 用户界面能够自动更新,DataGrid 必须绑定到实现 INotifyCollectionChanged 的集合。为了自动反映属性更改,源集合中的对象必须实现 INotifyPropertyChanged 接口。

　　◎AutoGenerateColumns:属性设置为 false 时,可以阻止自动生成列。如果要显式创建和配置所有列,则这一点很有用。此外,还可以让数据网格生成列,但须处理 AutoGeneratingColumn 事件以便在创建后对列进行自定义。若要重新排列列的显示顺序,可以针对各个列设置 DisplayIndex 属性。

◎CanUserReorderColumns：属性设置为 true 时，可以拖动该列改变该列的顺序，否则不能拖动。

◎CanUserResizeColumns：属性设置为 true 时，用户可以用鼠标调整列的宽度，否则列的宽度不能被调整。

范例1 使用声明方式自定义DataGrid控件列

自定义控件列可自定义列的标题，依照所希望的顺序来呈现，XAML 声明方式来自定义每一个 DataGrid 控件的列，图 13.1-1 是项目 Ch13_Exam1_1 运行画面。

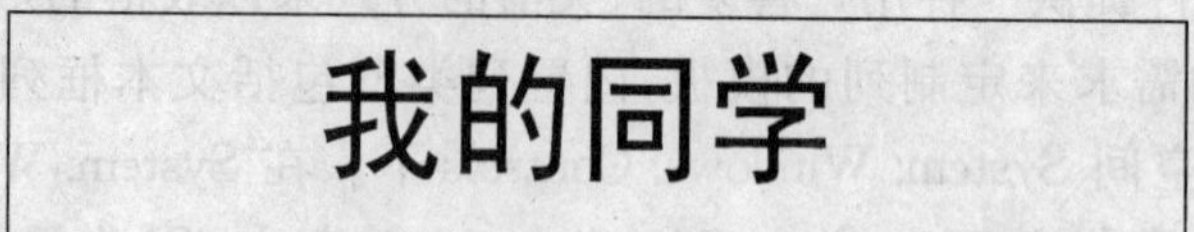

我的同学

姓名	地址	电话
李红	上海路5号	86338365
张小丰	南京路18号	87678828
许刚	中山北路13号	65466885

图 13.1-1

◎XAML 标记如下所示：

```
<UserControl
    xmlns="http://schemas.microsoft.com/winfx/2006/xaml/presentation"
    xmlns:x="http://schemas.microsoft.com/winfx/2006/xaml"
    xmlns:d="http://schemas.microsoft.com/expression/blend/2008"
    xmlns:mc="http://schemas.openxmlformats.org/markup-compatibility/2006"
    mc:Ignorable="d"
    <!—增加的命名空间的支持—>
    xmlns:data="clr-namespace:System.Windows.Controls;assembly=System.Windows.Controls.Data"
    x:Class="SilverlightApplication74.MainPage"
```

```
                    d:DesignWidth="640" d:DesignHeight="480">
        <Grid x:Name="LayoutRoot">
            <StackPanel Margin="10,0,276,116">
                <TextBlock Height="65" Margin="100,0,90,0" Text="我的同学"
TextWrapping="Wrap" FontSize="40" Foreground="#FFE90D0D"/>
        <!—对 DataGrid 控件的 AutoGenerateColumns 自定义属性设置成 False—>
                <data:DataGrid x:Name="gridStudent" Margin="10,10,0,0" AutoGene-
rateColumns="False" Width="350" Height="255" HorizontalAlignment="Left">
                <data:DataGrid.Columns>
                    <data:DataGridTextColumn Header="姓名"
                    FontSize="16"
                    Width="100"
                    Binding="{Binding Name}" />
                <data:DataGridTextColumn Header="地址"
                    FontSize="16"
                    Width="150"
                    Binding="{Binding Address}" />
                <data:DataGridTextColumn Header="电话"
                    FontSize="16" Width="100"
                    Binding="{Binding Phone}" />
            </data:DataGrid.Columns>
            </data:DataGrid>
            </StackPanel>
        </Grid>
    </UserControl>
```

◎定义数据源的字段类型：

```
public class Student
    {
        public string Name
        {
            set; get;
        }
        public string Phone
        {
            set;  get;
        }
        public string Address
        {
```

```
                    set;  get;
                }
        }
```

◎读取数据模块。

```
    public void LoadData()
    {
        students = new Student[]
        {
        new Student{Name="李红",Phone ="86338365",Address="上海路 5 号"},
        new Student{Name="张小丰",Phone ="87678828",Address="南京路 18 号"},
        new Student{Name="许刚",Phone ="65466885",Address="中山北路 13 号"}
        };
    }
```

◎绑定数据源。

```
    gridStudent. ItemsSource=students;
```

范例2 使用编程方式自定义DataGrid控件列

使用程序代码方式来创建 DataGrid 控件并自定义控件列,图 13.1－2 是项目 Ch13_Exam1_2 的运行画面。

我的同学

姓名	电话	地址
李小红	86338365	上海路5号
张小丰	87678828	南京路18号
许刚	65466885	中山北路13号
王小刚	65466885	中山路19号
刘明	65466885	湖北路1号
陈龙	65466885	湖南路13号
张刚	65466885	鼓楼7号

图 13.1－2

◎XAML 标记如下：

```
<Grid x:Name="LayoutRoot">
<TextBlock Height="51" Margin="109,116,0,0" Text="我的同学" TextWrapping
="Wrap" FontSize="32" Foreground="#FFE90D0D" HorizontalAlignment="Left" Width
="164" VerticalAlignment="Top" d:LayoutOverrides="Height"/>
</Grid>
</UserControl>
```

◎主要代码如下，已添加注解，请自行参考。

```
public partial class MainPage：UserControl
{
        private Student[] students；
        public MainPage()
        {
            InitializeComponent()；
            LoadData()；//代码见项目 Ch13_Exam1_1
            LoadGrid()；
        }
        public void LoadGrid()
        {
            <! —创建 DataGrid,并设置相应的属性 —>
            DataGrid grid=new DataGrid()
            {
                Margin=new Thickness(8,10,0,0)，
                Width=350，
                Height=250，
                AutoGenerateColumns=false，
                HorizontalAlignment = HorizontalAlignment. Left，
                ItemsSource=students
            }；
        <! —创建 DataGridTextColumn 列,设置对应属性—>
        DataGridTextColumn NameColumn = new DataGridTextColumn()
        {
                Header="姓名"，
                Width =new DataGridLength (100)，
            FontSize=16，
                Binding = new System. Windows. Data. Binding("Name")
        }；
```

```
// 将刚创建的列添加到 DataGrid 控件
grid. Columns. Add(NameColumn);
DataGridTextColumn PhoneColumn = new DataGridTextColumn()
                {
                    Header="电话",
                    Width =new DataGridLength(120),
                        FontSize=16,
                    Binding = new System. Windows. Data. Binding("Phone")
                };
    grid. Columns. Add(PhoneColumn);
DataGridTextColumn AddressColumn = new DataGridTextColumn()
                {
                    Header="地址",
                    Width =new DataGridLength(100),
                    FontSize=16,
                    Binding = new System. Windows. Data. Binding("Address")
                };
    grid. Columns. Add(AddressColumn);
this. LayoutRoot. Children. Add (grid);
    }
}
```

范例3 示范使用DataGridTemplateColumn

图 13.1-3 是 Ch13_Exam1_3 的运行画面,其中使用 DataGridTemplateColumn 来定义"介绍"和"图片"列,价格超出 150000 的行突出显示,单击介绍列后出现图 13.1-4,字体加粗并变色,可编辑;单击汽车图片列后,显示图片文件名,可直接修改,如图 13.1-5。

◎XAML 标记如下,已添加注解。

```
<Grid x:Name="LayoutRoot">
    <StackPanel Margin="10,0,8,18">
        <TextBlock Height="51" Margin="179,0,299,0" Text="热点新车目录"
TextWrapping="Wrap" FontSize="32" Foreground="#FFE90D0D"/>
        // 定义 LoadingRow 事件,以便突出显示指定行
        <data:DataGrid x:Name="gridStudent" Margin="10,10,0,0" AutoGenerateColumns
="False" Width="604" Height="397" HorizontalAlignment="Left" LoadingRow="Grid_
LoadingRow" >
            <data:DataGrid. Columns >
```

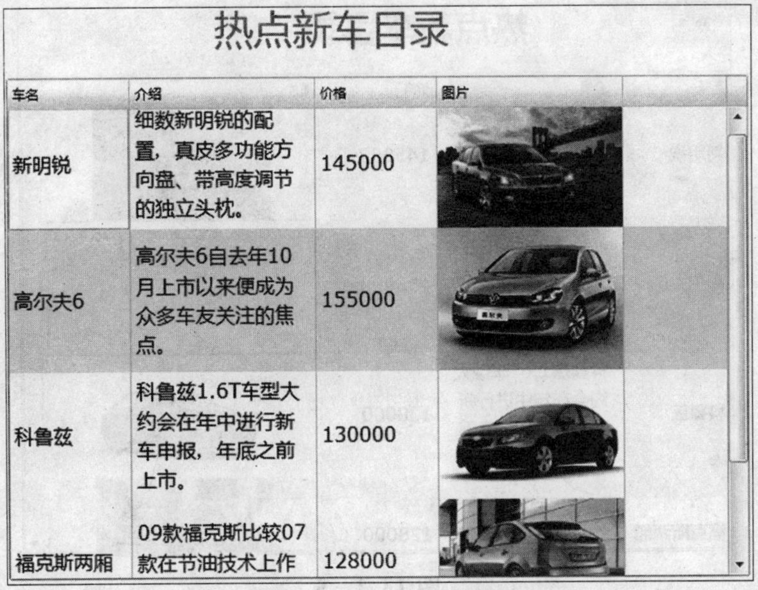

图 13.1－3

图 13.1－4

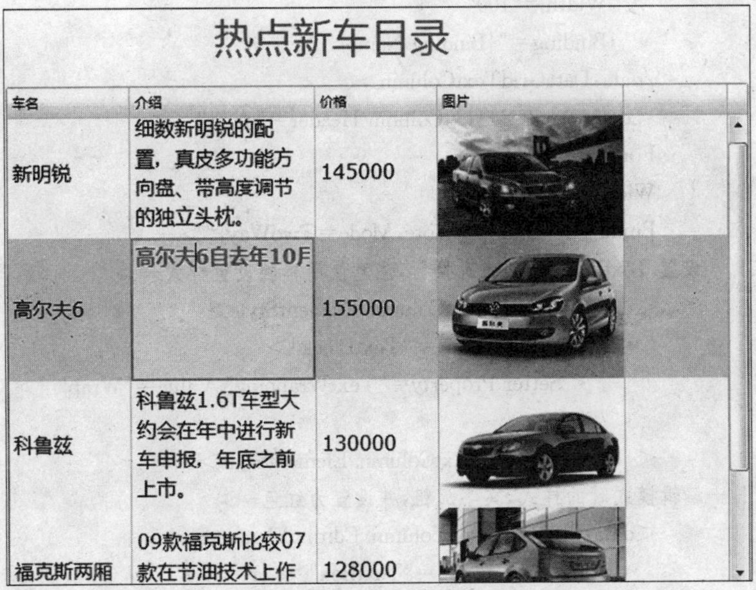

图 13.1－5

```
<data:DataGridTextColumn Header="车名"
    FontSize="16"
    Width="100"
    Binding="{Binding Name}">
</data:DataGridTextColumn>
    <data:DataGridTextColumn Header="介绍"
FontSize="16"
Width="150"
Binding="{Binding Note,Mode=TwoWay}">
<!-- 设置 TextWrapping 为可换行,注意使用单独设置样式-->
    <data:DataGridTextColumn.ElementStyle>
    <Style TargetType="TextBlock">
        <Setter Property="TextWrapping" Value="Wrap" />
    </Style>
    </data:DataGridTextColumn.ElementStyle>
<!-- 编辑模式时的样式,文字加粗,并设置为红色-->
    <data:DataGridTextColumn.EditingElementStyle>
    <Style TargetType="TextBox">
        <Setter Property="FontWeight" Value="Bold" />
        <Setter Property="Foreground" Value="Red" />
    </Style>
    </data:DataGridTextColumn.EditingElementStyle>
```

```
        </data：DataGridTextColumn>
            <data：DataGridTextColumn Header="价格"
            FontSize="16" Width="100"
            Binding="{Binding Price}" />
<! — 使用 DataGridTemplateColumn 显示汽车图片—>
    <data：DataGridTemplateColumn Header="图片" >
            <data：DataGridTemplateColumn. CellTemplate>
            <DataTemplate>
<Image Stretch="UniformToFill" Source ="{Binding Car}" Width="150"/>
            </DataTemplate>
            </data：DataGridTemplateColumn. CellTemplate>


<! — 使用 CellEditingTemplate 来设置编辑时的汽车图片文件—>
            <data：DataGridTemplateColumn. CellEditingTemplate>
            <DataTemplate>
    <TextBox Text="{Binding Img，Mode=TwoWay}" />
            </DataTemplate>
        </data：DataGridTemplateColumn. CellEditingTemplate>
            </data：DataGridTemplateColumn>
        </data：DataGrid. Columns>
        </data：DataGrid>
        </StackPanel>
    </Grid>
</UserControl>
```

◎主要代码，已添加注解。

```
public partial class MainPage：UserControl
    {
        private Car[] car；
        public MainPage()
        {
            InitializeComponent()；
            LoadData()；
            gridStudent. ItemsSource = car；
        }
        public void LoadData()
        {
            car = new Car[] {
            new Car{Name="新明锐",Price =145000,Note="细数新明锐的配置,真皮多
```

功能方向盘、带高度调节的独立头枕。",Img＝GetPath("CarPhoto/mingru.jpg")},

    new Car{Name＝"高尔夫 6",Price ＝155000,Note＝"高尔夫 6 自去年 10 月上市以来便成为众多车友关注的焦点。",Img＝GetPath("CarPhoto/golf.jpg")},

    new Car{Name＝"科鲁兹",Price ＝130000,Note＝"科鲁兹 1.6T 车型大约会在年中进行新车申报,年底之前上市。",Img＝GetPath("CarPhoto/kouluz.jpg")},

    new Car{Name＝"福克斯两厢",Price ＝128000,Note＝"09 款福克斯比较 07 款在节油技术上作了大幅度的提升。",Img＝GetPath("CarPhoto/fukes.jpg")},

    new Car{Name＝"速腾 1.4T",Price ＝156000,Note＝"速腾轿车外观时尚现代,又不乏沉稳之气。整车线条流畅舒展。",Img＝GetPath("CarPhoto/suteng.jpg")}

    };

  }

```
//LoadingRow 事件处理程序,价格超过 150000 的行,改变颜色
    private void Grid_LoadingRow(object sender, DataGridRowEventArgs e)
    {
        Car stud = (Car)e. Row. DataContext;
        if (stud. Price > 150000)
            e. Row. Background = new SolidColorBrush (Colors. Cyan);
    }
//读取图片文件的绝对路径
string GetPath(string path)
    {
        string Uri;
        string absoUri= System. Windows. Application. Current. Host. Source. AbsoluteUri;
        if (absoUri. IndexOf("ClientBin") > 0)
            Uri=absoUri. Substring(0, absoUri. IndexOf("ClientBin")) + path;
        else
            Uri=absoUri. Substring(0, absoUri. LastIndexOf("/") + 1) + path;
        return Uri;
    }
//定义汽车类
public class Car
    {
        public string Name {
            set; get;
        }
        public int Price {
            set; get;
        }
        public string Note {
```

```
        set; get;
    }
    public string Img {
        set; get;
    }
}
```

范例4 示范使用RowDetailTemplate

图 13.1－6 是 Ch13_Exam1_4 的运行画面,单击某一行后,出现详细信息。

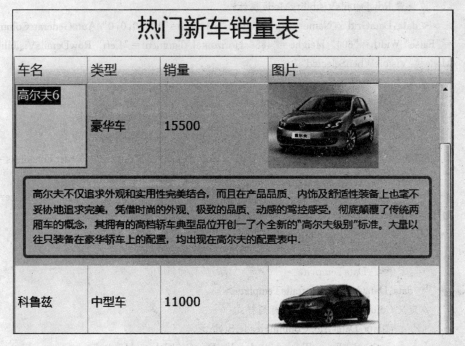

图 13.1－6

◎XAML 标记如下,已添加注解。

```
<UserControl
    xmlns="http://schemas.microsoft.com/winfx/2006/xaml/presentation"
    xmlns:x="http://schemas.microsoft.com/winfx/2006/xaml"
    xmlns:d="http://schemas.microsoft.com/expression/blend/2008"
xmlns:mc="http://schemas.openxmlformats.org/markup-compatibility/2006"
    <!—增加的命名空间支持—>
    xmlns:myheader="clr-namespace:System.Windows.Controls.Primitives;assembly=System.Windows.Controls.Data"
```

```
        mc:Ignorable="d"
    xmlns:data="clr-namespace:System.Windows.Controls;assembly=System.Windows.
Controls.Data"
    x:Class="SilverlightApplication74.MainPage"
        d:DesignWidth="640" d:DesignHeight="580"
    xmlns:local="clr-namespace:SilverlightApplication74">
        <Grid x:Name="LayoutRoot">
        <StackPanel Margin="10,0,8,18">
            <TextBlock Height="51" Margin="179,0,299,0" Text="热门新车销量表"
TextWrapping="Wrap" FontSize="32" Foreground="#FFE90D0D"/>
    //设置 RowDetailsVisibilityMode 属性
    <data:DataGrid x:Name="gridStudent" Margin="10,10,0,0" AutoGenerateColumns
="False" Width="604" Height="488" HorizontalAlignment="Left" RowDetailsVisibility-
Mode="VisibleWhenSelected">
    //定义详细数据区域
    <data:DataGrid.RowDetailsTemplate>
        <DataTemplate>
        <Border>
    <Border Margin="10" Padding="10" BorderBrush="SteelBlue" BorderThickness="
4" CornerRadius="4">
        <TextBlock Text="{Binding Description}" TextWrapping="Wrap" FontSize="
14"></TextBlock>
        </Border>
        </Border>
        </DataTemplate>
    </data:DataGrid.RowDetailsTemplate>
    //定义 ColumnHeaderStyle 列标题样式
    <data:DataGrid.ColumnHeaderStyle>
        <Style TargetType="myheader:DataGridColumnHeader">
        <Setter Property="FontSize" Value="18" />
        <Setter Property="Foreground" Value="Red" />
        </Style>
    </data:DataGrid.ColumnHeaderStyle>
    <data:DataGrid.Columns>
        <data:DataGridTextColumn Header="车名"
        FontSize="16"
        Width="100"
        Binding="{Binding Name}">
    </data:DataGridTextColumn>
```

```
        <data:DataGridTextColumn Header="类型"
            FontSize="16"
            Width="100"
            Binding="{Binding Type}" >
    </data:DataGridTextColumn>
        <data:DataGridTextColumn Header="销量"
            FontSize="16"
            Width="150"
            Binding="{Binding Total,Mode=TwoWay}">
    <data:DataGridTextColumn. ElementStyle>
        <Style TargetType="TextBlock">
            <Setter Property="TextWrapping" Value="Wrap" />
        </Style>
    </data:DataGridTextColumn. ElementStyle>
    <data:DataGridTextColumn. EditingElementStyle>
        <Style TargetType="TextBox">
            <Setter Property="FontWeight" Value="Bold" />
            <Setter Property="Foreground" Value="Red" />
        </Style>
    </data:DataGridTextColumn. EditingElementStyle>
    </data:DataGridTextColumn>
        <data:DataGridTemplateColumn Header="图片" >
        <data:DataGridTemplateColumn. CellTemplate>
            <DataTemplate>
<Image Stretch="UniformToFill" Source ="{Binding Img}" Width="150"/>
            </DataTemplate>
        </data:DataGridTemplateColumn. CellTemplate>
        <data:DataGridTemplateColumn. CellEditingTemplate>
            <DataTemplate>
            <TextBox Text="{Binding Car, Mode=TwoWay}" />
            </DataTemplate>
</data:DataGridTemplateColumn. CellEditingTemplate>
        </data:DataGridTemplateColumn>
    </data:DataGrid. Columns>
        </data:DataGrid>
        </StackPanel>
    </Grid>
</UserControl>
```

◎主要代码如下：

```
public void LoadData()
    {
        car = new Car[] {
            new Car{
            Name="新明锐",
            Total =8500,
            Type="小型车",
            Img=GetPath("CarPhoto/mingru.jpg"),
            Description="斯柯达品牌秉承德国大众集团的先进技术,其产品特点是智慧和
品质……",
            },
            new Car{
                Name="高尔夫6",
            Total =15500,
            Type="豪华车",
            Img=GetPath("CarPhoto/golf.jpg"),
            Description="高尔夫不仅追求外观和实用性完美结合,而且在产品品质、内
饰及舒适性装备上也毫不妥协地追求完美……"
            },
                new Car{
                Name="科鲁兹",
                Total =11000,
                Type="中型车",
                Img=GetPath("CarPhoto/kouluz.jpg"),
                Description="科鲁兹的外形给人一种锋利运动的感觉,尤其是锐角的前大
灯更强化了……"
                },
                new Car{
                Name="福克斯两厢",
                Total =12800,
                Type="紧凑型车",
                Img=GetPath("CarPhoto/fukes.jpg"),
                Description="福克斯两厢车头采用的X焦点设计,正是福特汽车车头设
计的进化成果……"
                },
                new Car{
                Name="速腾1.4T",Total =10600,
```

```
                Type="中型车",
                Img=GetPath("CarPhoto/suteng.jpg"),
                Description="速腾是一汽大众于 2006 年 4 月 9 日投放中国市场的一款新车
型,其英文名称为……",
            }
        };
    }
    //读取图片的绝对路径
    string GetPath(string path)
    {
        string Uri;
    string absoUri= System.Windows.Application.Current.Host.Source.AbsoluteUri;
        if (absoUri.IndexOf("ClientBin") > 0)
            Uri=absoUri.Substring(0, absoUri.IndexOf("ClientBin")) + path;
        else
            Uri=absoUri.Substring(0, absoUri.LastIndexOf("/") + 1) + path;
        return Uri;
    }
    //定义汽车类
    public class Car
    {
        public string Name
        { set;get;}
        public int Total
        { set;get;}
        public string Type
        { set;get; }
        public string Description
        { set;get; }
        public string Img
        { set;get;}
    }
```

13.2 DataPager 控件

DataPager 控件用来实现分页,提供一个用户界面,用于对数据集合进行分页,省去了人工编写分页代码。主要属性有:

◎PageSize:每页显示记录数。

◎PageCount:总页数。

◎PageIndex：页编号。

◎Source：数据源。

◎DisplayMode：显示模式，如图13.2-1。

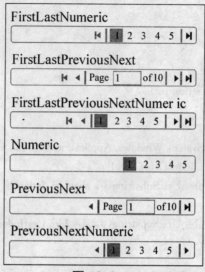

图 13.2-1

范例5 示范使用分页控件DataPager

图13.2-2是 Ch13_Exam2_1 的运行画面，单击下一页或第2页后，出现图
13.2-3画面。

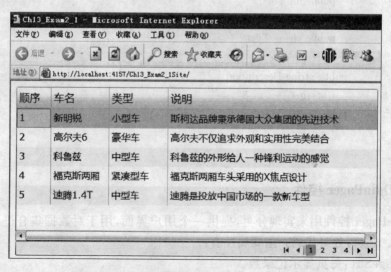

图 13.2-2

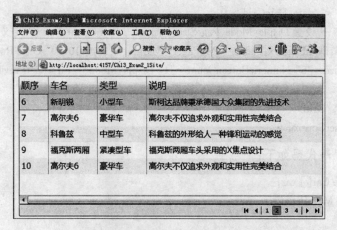

图 13.2 - 3

◎XAML 主要标记如下,已添加注解。

```
<Grid x:Name="LayoutRoot" Background="White">
    <Grid.RowDefinitions>
        <RowDefinition/>
        <RowDefinition Height="Auto" />
        <RowDefinition Height="Auto" />
    </Grid.RowDefinitions>
    <data:DataGrid x:Name="MyGrid" Margin="10,10,10,0" AutoGenerateColumns="False" Foreground="#FFE90D0D">
        <data:DataGrid.ColumnHeaderStyle>
            <Style TargetType="myheader:DataGridColumnHeader">
                <Setter Property="FontSize" Value="18" />
                <Setter Property="Foreground" Value="Red" />
            </Style>
        </data:DataGrid.ColumnHeaderStyle>
        <data:DataGrid.Columns>
            <data:DataGridTextColumn Header="顺序" FontSize="16" Width="60" Binding="{Binding NO}" />
            <data:DataGridTextColumn Header="车名" FontSize="16" Width="100" Binding="{Binding Name}" />
            <data:DataGridTextColumn Header="类型" FontSize="16" Width="100" Binding="{Binding Type}" />
            <data:DataGridTextColumn Header="说明" FontSize="16" Width="200" Binding="{Binding Description}" />
        </data:DataGrid.Columns>
```

```
    </data:DataGrid>
    <!— 设置 DisplayMode、PageSize、NumericButtonCount 等属性,定义外观—>
    <data:DataPager x:Name="MyPager" Margin="10,0,10,10" Grid.Row="1"
PageSize="5" NumericButtonCount="4" DisplayMode="FirstLastPreviousNextNumer-
ic"/>
    </Grid>
</UserControl>
```

◎主要程序代码如下:

```
private Car[] car;
public MainPage()
    {
        InitializeComponent();
        LoadData();
    //定义 PagedCollectionView
        PagedCollectionView pageView=new PagedCollectionView(car);
        MyGrid.ItemsSource =pageView;
        MyPager.Source =pageView;
    }
```

▶ 13.3 TreeView 控件

TreeView 控件用来创建树形显示效果,提供一种分层、可折叠结构来显示信息的方式,表示在树状结构中显示分层数据的控件,该树状结构包含可展开和折叠的项。重要属性有:

◎IsExpanded:是否默认展开。

◎IsSelected:是否选中。

◎SelectedItem:已选择的项。

范例6 示范使用TreeView控件

图 13.3-1 是 Ch13_Exam3_1 运行画面,点击后如图 13.3-2,下面并出现相应的选中信息。

◎XAML 主要标记如下:

```
<Grid x:Name="LayoutRoot" Background="White">
    <controls:TreeView x:Name="MyTree" Width="300" Height="300">
        <controls:TreeViewItem>
    <!— 使用 Button 控件作为选择项—>
```

图 13.3 - 1

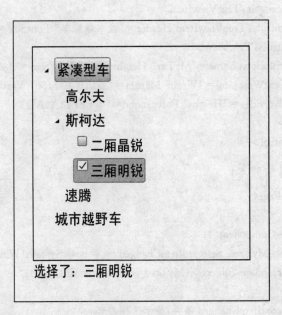

图 13.3 - 2

```
        <controls：TreeViewItem. Header>
            <Button Content="紧凑型车" FontSize="18"/>
        </controls：TreeViewItem. Header>
        <controls：TreeViewItem Header="高尔夫" FontSize="18"/>
        <controls：TreeViewItem Header="斯柯达" FontSize="18">
            <controls：TreeViewItem>
    <! 一 使用 CheckBox 控件作为选择项—>
    <controls：TreeViewItem. Header>
        <CheckBox Content="二厢晶锐" FontSize="18"/>
        </controls：TreeViewItem. Header>
        </controls：TreeViewItem>
        <controls：TreeViewItem. Header>
        <controls：TreeViewItem. Header>
        <CheckBox Content="三厢明锐" FontSize="18"/>
        </controls：TreeViewItem. Header>
        </controls：TreeViewItem>
    </controls：TreeViewItem>
        <controls：TreeViewItem Header="速腾" FontSize="18"/>
    </controls：TreeViewItem>
        <controls：TreeViewItem Header="城市越野车" FontSize="18"/>
    </controls：TreeView>
        <TextBlock x：Name="MyTxt" Height="40" FontSize="18" Width="223" Text
="提示信息" TextWrapping="Wrap" Margin="170,0,247,50" VerticalAlignment="Bot-
tom" d：LayoutOverrides="Height" Foreground="#FFF13A3A"/>
    </Grid>
    </UserControl>
```

◎主要程序代码如下：

```
public MainPage()
{
    InitializeComponent();
        MyTree. SelectedItemChanged ＝＝ new System. Windows. RoutedProper-
tyChangedEventHandler<object>(MyTree_SelectedItemChanged)；
}
//定义 SelectedItemChanged 事件，提示选择内容
    private void MyTree_SelectedItemChanged(object sender, System. Windows. Routed-
PropertyChangedEventArgs<object> e)
    {
        TreeView tree＝sender as TreeView；
```

```
TreeViewItem item=tree. SelectedItem as TreeViewItem;
CheckBox box=item. Header as CheckBox;
if(box! =null)
    MyTxt. Text="选择了:"+box. Content. ToString ();
else
    MyTxt. Text ="选择了:"+item. Header. ToString();
}
```

13.4 RichTextBox 控件

RichTextBox 控件中的大部分属性和 TextBox 相同,都是继承 TextBoxBase 中的属性,RichTextBox 控件允许用户输入和编辑文本的同时提供了比普通的 Text-Box 控件更高级的格式特征,RichTextBox 控件提供了许多有用的特征,你可以在控件中安排文本的格式。要改变文本的格式,必须先选中该文本。只有选中的文本才可以编排字符和段落的格式。有了这些属性,就可以设置文本使用粗体,改变字体的颜色,创建超底稿和子底稿。也可以设置左右缩排或不缩排,从而调整段落的格式。RichTextBox 控件支持嵌入的对象。每个嵌入控件中的对象都表示为一个 OLEObject 对象。这允许文档中创建的控件可以包含其他控件或文档。例如,可以创建一个包含 Microsoft Excel 报表、Microsoft Word 文档或任何在系统中注册的其他 OLE 对象的文档。一些重要属性有:

◎DragEnter:在输入系统报告将此元素作为拖动目标的基础拖动事件时发生。

◎DragLeave:在输入系统报告将此元素作为拖动来源的基础拖动事件时发生。

◎DragOver:在输入系统报告将此元素作为潜在放置目标的基础拖动事件时发生。

◎Drag:在输入系统报告将此元素作为放置目标的基础放置事件时发生。

◎VerticalScrollBarVisibility:垂直方向滚动条显示方式。

◎HorizontalScrollBarVisibility:水平方向滚动条显示方式。

◎MouseRightButtonDown:在鼠标指针悬停于此元素上并且用户按下鼠标右键时发生。

◎MouseLeftButtonDown:在鼠标指针悬停于此元素上并且用户按下鼠标左键时发生。

◎MouseMove:在鼠标指针悬停于此元素上并且用户移动该鼠标指针时发生。

◎SelectionChanged:在文本选定内容更改后发生。

范例7 示范使用RichTextBox控件

图 13.4-1 是 Ch13_Exam4_1 运行后画面,RichTextBox 含有超链接、图片等,

可以定义对其中一段文字进行加粗、倾斜、下划线等,如图 13.4 – 2。

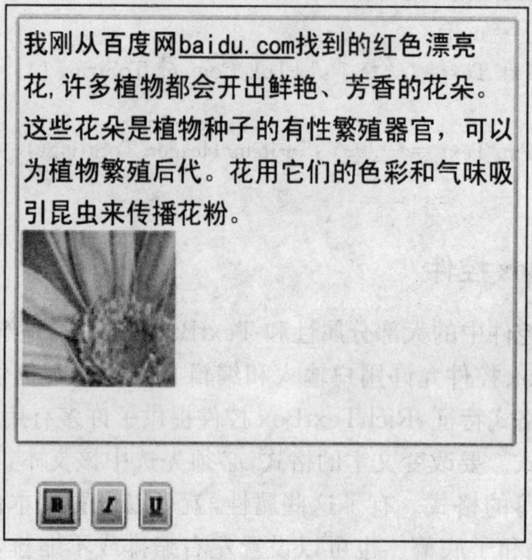

我刚从百度网baidu.com找到的红色漂亮花,许多植物都会开出鲜艳、芳香的花朵。这些花朵是植物种子的有性繁殖器官,可以为植物繁殖后代。花用它们的色彩和气味吸引昆虫来传播花粉。

图 13.4 – 1

我刚从百度网baidu.com找到的红色漂亮花,许多植物都会开出鲜艳、芳香的花朵。这些*花朵是植物种子的有性繁殖器官*,可以为植物繁殖后代。花用它们的色彩和气味吸引昆虫来传播花粉。

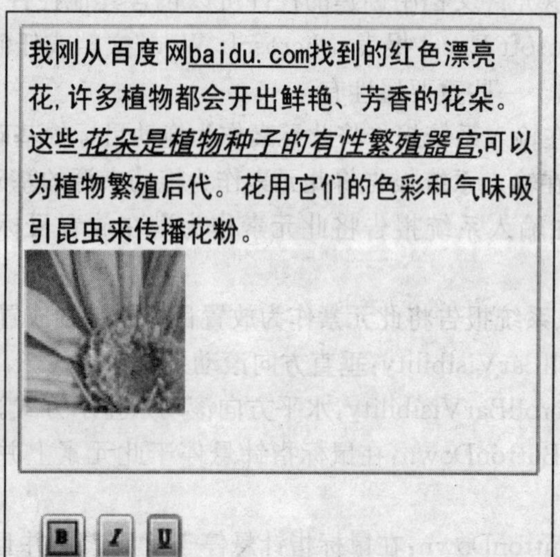

图 13.4 2

◎XAML 代码如下:

```
<Grid x:Name="LayoutRoot" Background="White" Height="430">
    <RichTextBox Height="239" HorizontalAlignment="Left" Margin="40,0,0,
180" FontSize="16" Name="richMyTex" VerticalAlignment="Bottom" Width="327">
```

```
        <Paragraph>
        我刚从百度网
<! — 文档中定义一超链接—>
            <Hyperlink NavigateUri="http://www.baidu.com/">
            baidu.com
            </Hyperlink>
            找到的
            <Run Foreground="Red" FontWeight="Bold">
            红色
            </Run> 漂亮花,许多植物都会开出鲜艳、芳香的花朵。这些花朵是植物
种子的有性繁殖器官,可以为植物繁殖后代。花用它们的色彩和气味吸引昆虫来传播花粉。
        </Paragraph>
        <Paragraph>
<! — 文档中定义一图片—>
            <InlineUIContainer>
                <Image Source="image/flower.jpg" Width="100"/>
            </InlineUIContainer>
        </Paragraph>
    </RichTextBox>
<! — 加粗命令按钮—>
        <Button Height="26" HorizontalAlignment="Left" Margin="54,272,0,0"
Name="btBold" VerticalAlignment="Top" Click="btBold_Click">
            <Image Source="image/Bold.jpg" d:IsLocked="True"/>
            <ToolTipService.ToolTip>
                <ToolTip FontSize="16" Content="加粗"></ToolTip>
            </ToolTipService.ToolTip>
        </Button>
<! — 下划线命令按钮—>
        <Button Height="26" HorizontalAlignment="Left" Margin="120,272,0,0"
Name="btLine" VerticalAlignment="Top" Click="btLine_Click">
            <Image Source="image/line.jpg" d:IsLocked="True"/>
            <ToolTipService.ToolTip>
                <ToolTip FontSize="16" Content="下划线"></ToolTip>
            </ToolTipService.ToolTip>
        </Button>


<! — 倾斜命令按钮—>
        <Button Height="26" HorizontalAlignment="Left" Margin="90,272,0,
0" Name="btItal" VerticalAlignment="Top" Click="btItal_Click">
```

```
            <Image Source="image/ital. jpg" d:IsLocked="True" />
            <ToolTipService. ToolTip>
               <ToolTip FontSize="16" Content="倾斜"></ToolTip>
            </ToolTipService. ToolTip>
         </Button>
      </Grid>
   </UserControl>
```

◎主要代码如下,已添加注解。

```
// 文字加粗处理
private void btBold_Click(object sender, RoutedEventArgs e)
   {
      if ( richMyTex. Selection. GetPropertyValue ( Run. FontWeightProperty ) is
FontWeight &&
      ((FontWeight) richMyTex. Selection. GetPropertyValue (Run. FontWeightProperty))
= FontWeights. Normal)
richMyTex. Selection. ApplyPropertyValue(Run. FontWeightProperty, FontWeights. Bold);
      else
richMyTex. Selection. ApplyPropertyValue ( Run. FontWeightProperty, FontWeights. Nor-
mal);
   }
// 文字下划线处理
            private void btLine_Click(object sender, RoutedEventArgs e)
            {
               if (richMyTex ! = null && richMyTex. Selection. Text. Length > 0)
               {
      if ( richMyTex. Selection. GetPropertyValue ( Run. TextDecorationsProperty) = null)
richMyTex. Selection. ApplyPropertyValue (Run. TextDecorationsProperty, TextDecorations.
Underline);
      else
richMyTex. Selection. ApplyPropertyValue(Run. TextDecorationsProperty, null);
               }
            }
// 文字倾斜处理
            private void btItal_Click(object sender, RoutedEventArgs e)
            {
               if (richMyTex ! = null && richMyTex. Selection. Text. Length > 0)
               {
      if (richMyTex. Selection. GetPropertyValue(Run. FontStyleProperty) is FontStyle &&
```

((FontStyle) richMyTex. Selection. GetPropertyValue (Run. FontStyleProperty)) = =
FontStyles. Normal)

richMyTex. Selection. ApplyPropertyValue(Run. FontStyleProperty, FontStyles. Italic);

　　　　　　else

richMyTex. Selection. ApplyPropertyValue (Run. FontStyleProperty, FontStyles. Nor-
mal);

　　　　　　　　}

　　　　}

▶ 13.5　WebBrowser 控件

WebBrowser 是一个运行在 Silverlight 应用程序内部的浏览器控件,可以在 Sil-
verlight 应用程序的某个位置显示一些 HTML 内容或是一个网址网页,承载 Silver-
light 插件中的 HTML 内容,这样可以弥补 Silverlight 应用程序不能显示 HTML 网
页的不足。主要属性有:

◎Width:宽度。

◎Height:高度。

◎NavigateToString:显示一段 HTML 在 WebBrowser 中。

◎Navigate:显示一个网页在 WebBrowser 之中。

WebBrowser 必须运行在 OutofBrowser 模式之中。

范例8　示范使用WebBrowser控件

图 13.5-1 是 Ch13_Exam5_1 运行后画面,输入网址后,出现相应的网页,如图
13.5-2。这个示例分别介绍了如何使用 WebBrowser 来显示一段固定的 HTML 代
码和一个 URL 网页。

◎XAML 代码如下:

```
<Grid x:Name="LayoutRoot" Background="White">
    <Grid. RowDefinitions>
        <RowDefinition Height="13 * " />
        <RowDefinition Height="45 * " />
        <RowDefinition Height="242 * " />
    </Grid. RowDefinitions>
<! — WebBrowser 控件外加一红色外边框—>
    <Border Grid. Row="1" BorderBrush="Red" Margin="9,48,104,120" Border-
Thickness="1" Grid. RowSpan="2">
        <WebBrowser Height="397" HorizontalAlignment="Left" Name="webMy-
IE" VerticalAlignment="Top" Width="678" />
```

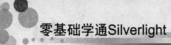

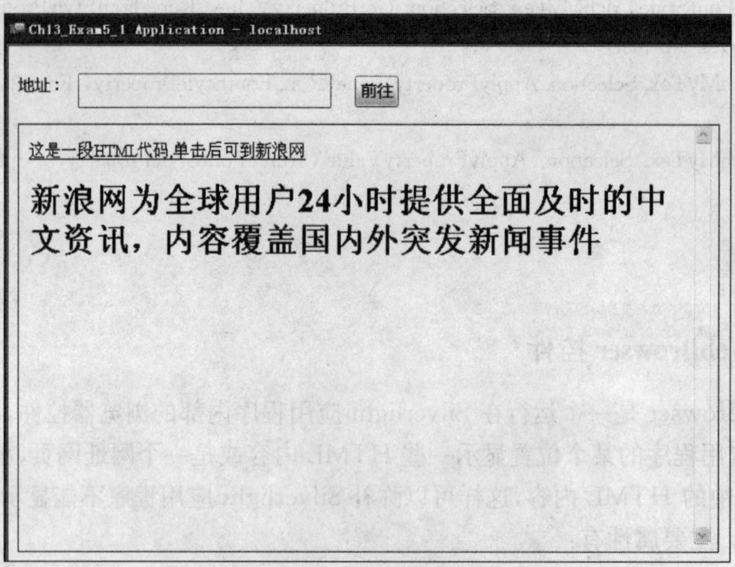

图 13.5-1

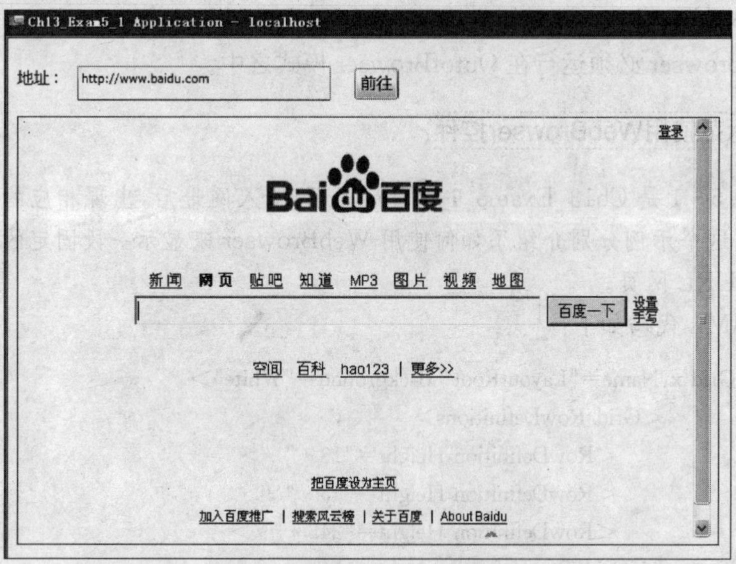

图 13.5-2

```
        </Border>
        <TextBox Grid. Row="1" Height="33" HorizontalAlignment="Left"
Margin="69,0,0,0" Name="txtUrl" VerticalAlignment="Top" Width="247" />
        <Button Content="前往" Grid. Row="1" Height="30" HorizontalAlign-
ment="Left" Margin="339,2,0,0" Name="btGo" VerticalAlignment="Top" Width="43"
Click="btGo_Click" FontSize="16" />
        <TextBlock Grid. Row="1" Height="32" HorizontalAlignment="Left"
Margin="9,0,0,0" Name="textBlock1" Text="地址：" VerticalAlignment="Top" Width
="54" FontSize="16" />
    </Grid>
</UserControl>
```

◎部分代码如下，已添加注解。

```
//初始使用 WebBrowser 控件的 NavigateToString 属性打开一段页面
void MainPage_Loaded(object sender, RoutedEventArgs e)
    {
        System. Text. StringBuilder sb = new System. Text. StringBuilder(@"<a
href=http://www. sina. com target=_blank>
    这是一段 HTML 代码，单击后可到新浪网</a><h1>新浪网为全球用户 24 小时提供
全面及时的中文资讯,内容覆盖国内外突发新闻事件</h1>");
        webMyIE. NavigateToString(sb. ToString());
    }
        private void btGo_Click(object sender, RoutedEventArgs e)
        {
        if (txtUrl. Text. Trim() ! = string. Empty)
            {
        //使用 WebBrowser 控件的 Navigate 打开一个 URL 页面
            webMyIE. Navigate(new Uri(txtUrl. Text. Trim()));
            }
        else
            {
            MessageBox. Show("您还没输入地址!");
            }
        }
```

◎注意项目须运行在 OutofBrowser 模式之中,因此须选中项目属性的选项：
"Enable running application out of the browser"。

第 14 章 自定义控件

14.1 简介

一个控件可以包含其他控件。在常用控件一章中 Button 按钮等已介绍了一些。控件可以包含一幅图像、一段视频、一个动画,甚至一个文本框。此外还有风格、模板以及触发器等,这些功能进一步加强了控件的扩展能力。开发人员还可以修改已经存在的控件的外观,以增强它的可视化功能,而且还可以保留用户已经熟悉的控件预期行为,还可以根据特定数据输入和检查的需要,为应用程序定制自定义控件。用于扩展和创建控件的基础类,为设计控件的可视化外观提供了巨大的灵活性。

14.2 控件基类

一个新的控件需要先选择一个基类。可以基于许多基类来创建自定义控件,包括 Control、UserControl 等,当创建一个新控件时,可根据自定义控件的定制和灵活性来选择所要继承的基类,可能还需要考虑以下问题:

(1) 自定义控件是否由已存在的控件组成?

(2) 自定义控件需要定制哪些可视化外观?

(3) 自定义控件需要提供什么行为或功能?

UserControl 作为基类是创建一个新控件最简单的方法,自定义控件由一个以上标准控件组合在一起,来完成一个特定的用户接口功能。自定义控件可以为单个元素应用样式,并使其处理一些特定的事件,或者为控件引发特定的自定义事件。

下面通过一个简单案例来说明如何通过类库模板来创建 Silverlight 控件,并把他们编译,为其他项目中重用。

范例1 创建一个球控件

Visual Studio 的 Silverlight 项目模板中包含类库模板,利用它可以快速地创建类库。以下通过创建一个球控件的示例,项目 Ch14_Exam2_1 来演示如何创建自定义控件。

(1) 打开 Visual Studio,新建 Silverlight 项目,起名为 BallLib。

(2) 添加一个 Silverlight 控件。在项目上单击鼠标右键,选择"添加",项目类型:Silverlight User Control,起名叫"BallControl"。

(3) 在 BallControl. xaml 文件上单击鼠标右键,选择"在 Expression Blend 中打开",继续编辑,添加一个圆,设置渐变效果,下面是产生的主要 XAML 代码:

```
<Grid x:Name="LayoutRoot" Background="White">
  <Ellipse x:Name="MyBall" RenderTransformOrigin="0.481,0.481">
    <Ellipse.Fill>
    <LinearGradientBrush EndPoint="0.778,0.974" StartPoint="0.215,-0.003">
        <GradientStop Color="#FFF8F9FB" Offset="0"/>
        <GradientStop Color="#FF0E3B6A" Offset="1"/>
      </LinearGradientBrush>
    </Ellipse.Fill>
  </Ellipse>
</Grid>
</UserControl>
```

可看到 BallControl 控件是基于 XAML 的一个控件。

(4) Expression Blend 保存后,在 Visual Studio 中打开 BallControl. xaml. cs,下面是实现 BallControl 的 C#代码:

```
public partial class BallControl: UserControl
{
    public BallControl()
    {
        InitializeComponent();
    }
    public double Radius
    {
        get {
          return MyBall. Width;
        }
        set {
            MyBall. Width = value;
            MyBall. Height = value;
        }
    }
}
```

(5) 编译:按 F6 将会得到一个动态链接库(DLL),可在其他项目中使用。

(6) 关闭控件项目,并新建一个 Silverlight 应用程序项目。

(7) 在 Silverlight 项目中,右键点击引用项并选择添加引用,选择"浏览",找到之前编译的 BallLib. dll 文件,一般在 Bin 的 Debug 目录下。

也可将此控件加入工具箱中,右键点击工具箱,选择"选择项","Silverlight 组件",选择"浏览",BallLib.dll 文件。

(8) 在 XAML 的顶部,添加新的 xmlns 标记,定义要引用的命名空间,并给它一个前缀,代码如下:

```
xmlns:mm="clr-namespace:BallLib;assembly=BallLib"
```

(9) 使用控件,这里定义圆半径为 200。

```
<mm:BallControl Radius="200"></mm:BallControl>
```

▶ 14.3 控件模板

模板的方式与样式非常类似,也可作为资源,并通过 Setter 来定义模板的内容。要定义模板,需要设置 Setter 的 Property 为 Template,并使用<Setter.Value>来定义 ControlTemplate 以指定模板的目标类型。

模板还能保持控件的众多功能,并且可直接定义鼠标指针移入、移出以及单击的统一的变化效果。每个模板必须有一个根元素,为了方便容纳多个 UI 元素,根元素通常是 Panel、Grid 等,如下面的代码:

```
<Application
    xmlns="http://schemas.microsoft.com/winfx/2006/xaml/presentation"
    xmlns:x="http://schemas.microsoft.com/winfx/2006/xaml"
    x:Class="SilverlightApplication71.App">
    <Application.Resources>
        <!-- Resources scoped at the Application level should be defined here. -->
        <Style x:Key="ButtonStyle1" TargetType="Button">
            <Setter Property="Template">
                <Setter.Value>
                    <ControlTemplate TargetType="Button">
                        <Grid>
                    <Ellipse Fill="White" Stroke="Black" Margin="10,0,25,31"/>
                    <Rectangle Fill="White" Stroke="Black" Height="18"/>
                        </Grid>
                    </ControlTemplate>
                </Setter.Value>
            </Setter>
        </Style>
    </Application.Resources>
</Application>
```

可看到 ButtonStyle1 的模板已经创建了,包含了一个属性值为 Template 的 Setter 的标签。该 Setter 标签内包含一个 ControlTemplate，在这里定义了我们之前看到的按钮，其内容包含一个 Grid，并在里面定义了一个 Ellipse 和 Rectangle。

使用时，只需通过 StaticResousece 的语法来指定样式就可以了：

```
<Button Style="{StaticSource ButtonStyle1}" />
```

模板支持全新的可视化管理器（Visual State Manager），该管理器能够使控件在与用户的交互中根据不同的交互状态而显示出相应的外观。例如：默认按钮在常规状态、获得焦点、鼠标悬停、鼠标按下时的效果。每个控制有多种状态，根据不同的用户操作可以把状态归类为不同的分组（VisualStateGroup 对象），同时每个分组又可以分别组织多个状态。例如：按钮包含命令状态（CommonStates）和焦点状态（FocusStates）两个分组，属于命令状态一类的有常规（Normal）、鼠标悬停（MouseOver）、鼠标按下（Pressed）和禁用 4 种状态，焦点状态有获得焦点（Focused）和未获得焦点（Unfocused）两种。例如：

```
<VisualStateManager.VisualStateGroups>
    <VisualStateGroup x:Name="FocusStates">
        <VisualState x:Name="Focused"/>
        <VisualState x:Name="Unfocused"/>
    </VisualStateGroup>
    <VisualStateGroup x:Name="CommonStates">
        <VisualState x:Name="Normal"/>
        <VisualState x:Name="MouseOver"/>
        <VisualState x:Name="Pressed"/>
        <VisualState x:Name="Disabled"/>
    </VisualStateGroup>
</VisualStateManager.VisualStateGroups>
```

范例2 象棋棋子按钮

项目 Ch14_Exam3_1 利用模板生成统一外观的立体棋子按钮。当鼠标单击时，外观都会有变化，如移到上面时增加阴影，单击棋子会改变效果，如图 14.3－1。

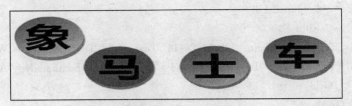

图 14.3－1

（1）打开 Microsoft Expression Blend，新建项目中，选择"Silverlight Application"。

（2）设置两个圆形，其中一个具有渐变效果作为棋的外形，另一个带来阴影立体效果，加上"马"字，模板的外观如图 14.3-2。

图 14.3-2

（3）将它们分成一组。选中二圆和字块后右键菜单中分成一个 Grid 组，如图 14.3-3。

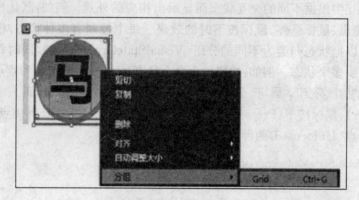

图 14.3-3

对应的主要 XAML 如下：

```xml
<Grid x:Name="LayoutRoot" Background="White" Margin="56,0,0,37">
    <Grid Margin="126,96,0,0" HorizontalAlignment="Left" Width="108" Height="108" VerticalAlignment="Top">
        <Ellipse Stroke="Black" Margin="4,6,4,2" StrokeThickness="0" Height="100" Width="100" Fill="#FFA7A1A1"/>
        <Ellipse Stroke="Black" StrokeThickness="0" Width="100" Height="100" VerticalAlignment="Top" Margin="2,0,6,0">
            <Ellipse.Fill>
                <LinearGradientBrush EndPoint="0.795,0.998" StartPoint="0.227,-0.092">
                    <GradientStop Color="#FF2CC017" Offset="0.032"/>
                    <GradientStop Color="#FFC6E2C3" Offset="1"/>
                </LinearGradientBrush>
            </Ellipse.Fill>
        </Ellipse>
        <TextBlock Margin="22,14,28,14" Text="马" TextWrapping="Wrap" FontSize="66.667" FontWeight="Bold" Foreground="#FF17181C" FontFamily="Arial"/>
    </Grid>
</Grid>
</UserControl>
```

（4）将所绘制图案转换成模板。选择上面的 Grid 容器，即变成绘制图案的最外层对象，然后从"工具"菜单中选择"生成按钮"命令，见图 14.3-4。

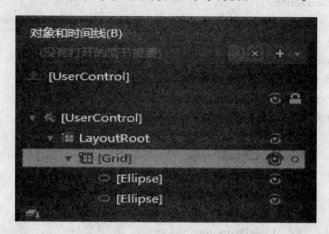

图 14.3-4

（5）出现"构成控件"对话框，选择 Button，位置定义在资源字典中，可新建一个字典文件，见图 14.3-5。

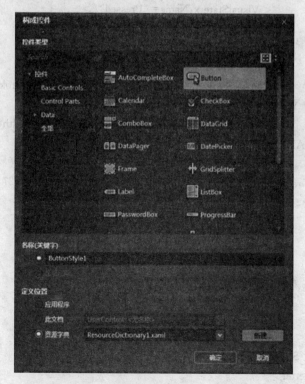

图 14.3-5

生成了一个字典文件,代码如下:

```
<ResourceDictionary
 xmlns="http://schemas.microsoft.com/winfx/2006/xaml/presentation"
 xmlns:x="http://schemas.microsoft.com/winfx/2006/xaml">
 <Style x:Key="ButtonStyle1" TargetType="Button">
  <Setter Property="Template">
  <Setter.Value>
   <ControlTemplate TargetType="Button">
    <Grid>
     <VisualStateManager.VisualStateGroups>
      <VisualStateGroup x:Name="FocusStates">
       <VisualState x:Name="Focused"/>
       <VisualState x:Name="Unfocused"/>
      </VisualStateGroup>
      <VisualStateGroup x:Name="CommonStates">
       <VisualState x:Name="Normal"/>
       <VisualState x:Name="MouseOver"/>
       <VisualState x:Name="Pressed"/>
       <VisualState x:Name="Disabled"/>
      </VisualStateGroup>
     </VisualStateManager.VisualStateGroups>
      <Ellipse Stroke="Black" Margin="4,6,4,2" StrokeThickness="0"
Height="100" Width="100" Fill="#FFA7A1A1"/>
      <Ellipse Stroke="Black" StrokeThickness="0" Width="100" Height=
"100" VerticalAlignment="Top" Margin="2,0,6,0">
       <Ellipse.Fill>
   <LinearGradientBrush EndPoint="0.795,0.998" StartPoint="0.227,-0.092">
    <GradientStop Color="#FF2CC017" Offset="0.032"/>
    <GradientStop Color="#FFC6E2C3" Offset="1"/>
       </LinearGradientBrush>
       </Ellipse.Fill>
      </Ellipse>
      <ContentPresenter Margin="22,14,28,14"/>
     </Grid>
    </ControlTemplate>
   </Setter.Value>
  </Setter>
  <Setter Property="FontFamily" Value="Arial"/>
```

<Setter Property="FontWeight" Value="Bold"/>

<Setter Property="FontSize" Value="66.667"/>

<Setter Property="Foreground" Value="#FF17181C"/>

</Style>

</ResourceDictionary>

(6) 现已创建了一个模板,而且也创建了一个棋子按钮,并已经将模板应用于此棋子按钮了,打开 MainPage.xaml 文件,可见 XAML 文件内容如下:

<Grid x:Name="LayoutRoot" Background="White" Margin="56,0,0,37">

<Button Height="108" HorizontalAlignment="Left" Margin="126,96,0,0" Style="{StaticResource ButtonStyle1}" VerticalAlignment="Top" Width="108" Content="马"/>

</Grid>

</UserControl>

(7) 继续编辑模板,使其具备鼠标单击的外观变换效果,双击字典文件,进入到模板编辑状态,也可从所创建的棋子控件,从级联菜单中按照顺序选择"编辑控件"、"编辑模板"、"编辑当前模板"进入,如图 14.3-6。

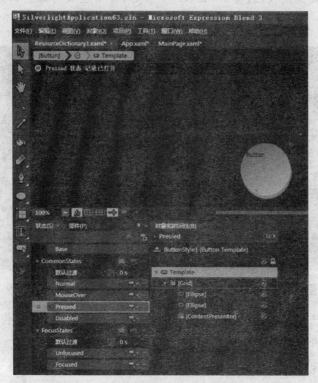

图 14.3-6

（8）定义鼠标单击的外观变换效果，在左侧"状态"面板的 CommonStates 区域中选择 Pressed 状态，接着选择 Ellipse 的标志（棋子最外层），如图 14.3-7。

图 14.3-7

（9）使用渐变工具，修改渐变的方向，转动约 180°。颜色变为从淡到深的渐变，与原来的相反，如图 14.3-8。

（10）继续编辑模板，选择 MouseOver 状态，背景色设为绿色到红色的渐变，如图 14.3-9。

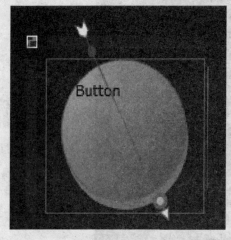
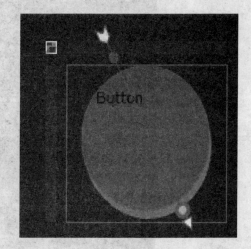

图 14.3-8   图 14.3-9

（11）模板已修改完成，保存，可按 F5 键运行试看点击的效果。打开对应资源文件，可看到对应的 XAML 代码：

```
<VisualState x:Name="MouseOver">
    <Storyboard>
```

<ColorAnimationUsingKeyFrames BeginTime="00:00:00" Duration="00:00:00.0010000" Storyboard.TargetName="ellipse" Storyboard.TargetProperty="(Shape.Fill).(GradientBrush.GradientStops)[1].(GradientStop.Color)">
  <EasingColorKeyFrame KeyTime="00:00:00" Value="#FFE85C26"/>
</ColorAnimationUsingKeyFrames>
 </Storyboard>
</VisualState>
<VisualState x:Name="Pressed">
<Storyboard>
 <PointAnimationUsingKeyFrames BeginTime="00:00:00" Duration="00:00:00.0010000" Storyboard.TargetName="ellipse" Storyboard.TargetProperty="(Shape.Fill).(LinearGradientBrush.StartPoint)">
  <EasingPointKeyFrame KeyTime="00:00:00" Value="0.88,0.944"/>
 </PointAnimationUsingKeyFrames>
  <PointAnimationUsingKeyFrames BeginTime="00:00:00" Duration="00:00:00.0010000" Storyboard.TargetName="ellipse" Storyboard.TargetProperty="(Shape.Fill).(LinearGradientBrush.EndPoint)">
  <EasingPointKeyFrame KeyTime="00:00:00" Value="0.142,-0.038"/>
 </PointAnimationUsingKeyFrames>
</Storyboard>
</VisualState>

（12）在设计画面中的 MainPage.xaml 中，拖放方式创建更多的 Button 控件，如图 14.3-10。

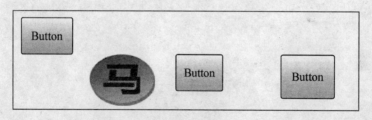

图 14.3-10

（13）要将模板应用于 Button 控件，单击画面右上角的"资源"选项卡，然后找到资源文件中的模板，将模板拖放至应用的 Button 控件上，并且选择 Style 选项。这样一个个方形按钮变成了统一样式的棋子，并调整修改文字、大小等，如图 14.3-11。

图 14.3 - 11

(14) 按 F5 键运行,鼠标移到"马"上,并点击"马"后可看到会有明显的变化效果,如图 14.3 - 12。

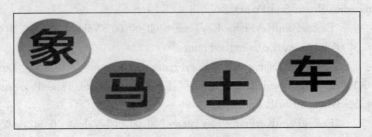

图 14.3 - 12

第 15 章 数据绑定

15.1 绑定简介

用户界面可对数据直观显示,但数据与界面之间还需进一步实现联动。Silverlight 提供了数据绑定方法,数据绑定为数据源与用户界面彼此之间提供一种交互机制,使二者能保持同步,为基于 Silverlight 的应用程序提供一种显示数据并与数据进行交互的简便方法。数据的显示方式独立于数据的管理。用户界面(UI)和数据对象之间的连接或绑定使数据得以在这二者之间流动。绑定建立后,如果数据更改,则绑定到该数据的 UI 元素可以自动反映更改。同样,用户对 UI 元素所做的更改也可以在数据对象中反映出来。

数据绑定的核心内容是设定一个数据与另一个数据的值保持相同,这种绑定是通过 System. Windows. Data. Binding 类实例来实现的。

Binding 类主要属性有:

◎Converter:获取或设置一个 IvalueConverter 接口的实现类,Binding 可以利用该类对源和目标之间传递的数据进行转换。

◎Mode:获取或设置绑定的数据流方向。属性值是 BindingMode 枚举,其成员有:OneTime 为在绑定创建时更新目标属性;OneWay 为在绑定创建和源发生变化时更新目标属性;TwoWay 为当目标或源发生变化时对两者进行更新。

◎Path:获取或设置绑定源属性的路径。

◎Source:获取或设置绑定源。

15.2 通过代码绑定

绑定对源数据的设定主要分三步进行,首先新建 Bind 类实例,其次将主动变化属性所在的类实例设置为 Binding 类的一属性,并设置 Binding 对象其他属性,最后目标数据类实例的 SetBinding 函数完成,绑定格式为:

```
Binding bind1 = new Binding("MyName");
bind1. Mode = BindingMode. OneWay;
txtMyName. SetBinding(TextBlock. TextProperty, bind1);
```

其中 MyName 为数据源字段名称,txtMyName 为一个页面文本块。

范例1 示范使用代码绑定

图 15.2-1 是项目 Ch15_Exam2_1 的运行画面。

图 15.2-1

◎定义界面,界面中无任何绑定,如下 XAML:

```
<Grid x:Name="LayoutRoot">
    <Grid. RowDefinitions>
        <RowDefinition Height="33"></RowDefinition>
        <RowDefinition Height="67"></RowDefinition>
    </Grid. RowDefinitions>
    <Grid. ColumnDefinitions>
        <ColumnDefinition Width="66"></ColumnDefinition>
        <ColumnDefinition Width="334"></ColumnDefinition>
    </Grid. ColumnDefinitions>

    <TextBlock Height="48" FontSize="20" Text="姓名:" Grid. Row="0" Grid. Col-
umn="0" Margin="7,1,-3,-16"/>
    <TextBlock x:Name="txtName" FontSize="20" Grid. Row="0" Grid. Column="1"
HorizontalAlignment="Left" Width="111" Margin="8,0,0,0"/>
    <TextBlock Grid. Row="1" Height="39" FontSize="20" Text="地址:" Vertical-
Alignment="Bottom" d:LayoutOverrides="Height" Margin="0,0,-3,20"/>
    <TextBlock x:Name="txtAddress" Grid. Row="1" Grid. Column="1" Height="39"
Width="225" FontSize="20" TextWrapping="Wrap" VerticalAlignment="Bottom" Hori-
zontalAlignment="Right" Margin="0,0,101,20" d:LayoutOverrides="GridBox"/>
    </Grid>
</UserControl>
```

◎代码文件,设置并绑定数据源,通过代码来使用数据填充 Student,再设置
DataContent 属性。

```
public partial class MainPage: UserControl
{
    public MainPage()
```

```
        {
                InitializeComponent();
                LoadBind();
LayoutRoot.DataContext = new Student { Name = "李勇", Address = "南京市汉口路" };
        }
        public void LoadBind()
        {
//创建 Binding 类的实例,并设定目标数据绑定
                Binding bind1 = new Binding("Name");
                txtName.SetBinding(TextBlock.TextProperty, bind1);
                Binding bind2 = new Binding("Address");
                txtAddress.SetBinding(TextBlock.TextProperty, bind2);
        }
}
//定义学生数据类
public class Student
{
                public string Name { set; get; }
                public string Address { set; get; }
}
```

◎Binding 类需加入命名空间的支持。

```
using System.Windows.Data;
```

15.3 通过标志绑定

标志绑定是通过扩展属性实现的,在 XAML 中的 Binding 对应 C♯ 的 System.Windows.Data.Binding 类,当需要使用数据绑定时,可以使用一对大括号包含一段扩展标记并用它对参与绑定的目标属性进行赋值,可以使用与普通 XAML 语法相同的格式来对绑定进行声明和赋值。也就是,XAML 代码在扩展标记中使用 Binding 标记声明一个绑定类,绑定格式为:

```
Text="{Binding Mode=TwoWay, Path=MyName}"
```

其中大括号中的内容即是对绑定的扩展标记声明,"MyName"可以为数据源字段名称,"Binding"对应的是 C♯ 语句"Binding bind=new Binding();",即创建一个 Binding 类。

Binding 类还可以以一个字符串为参数构造函数。如:

```
<TextBox Name="txt1" Text="{Binding Text,ElementName=txt2}" />
```

txt1 输入框中显示的文字将会随 text2 中的 Text 属性值更改。

如用代码绑定,则对应的表示为:

```
Binding bind=new Binding("Text")
bind. ElementName="txt2";
txt1. SetBinding(TextBox. TextProperty,bind);
```

除了 ElementName 外,还可以用 Source 属性完成对目标数据的设置,Source 属性使得 XAML 可以在绑定中对这些数据进行引用,赋值采用资源访问的方式,即目标资源必须在资源文件中定义。此时绑定的格式变为:

```
<Grid x:Name="LayoutRoot" Background="White"
DataContext="{StaticResource Student}">
<TextBlock Text="{Binding MyName}"/>
</Grid>
```

如果相应用户界面的元素的数据需要来自于不同的数据源,则可以单独定义数据源,格式为:

```
<TextBlock Text="{Binding MyName,Source={StaticResource Student }}"/>
```

范例2 示范使用标志绑定

Ch15_Exam3_1 项目建立一个简单的同学录,有姓名、电话、地址,并能上下翻滚,运行后画面如图 15.3-1:

图 15.3-1

(1) 界面设计,XAML 主要如下:

```
<Border Margin="21,9,319,98" BorderBrush="#FFDA1919" BorderThickness="2"
CornerRadius="5" Width="300" Height="370">
      <Grid x:Name="LayoutRoot" Margin="0,0,-2,-2">
      <TextBlock Height="71" Margin="43,44,0,0" VerticalAlignment="Top" Text="我
的同学录" TextWrapping="Wrap" FontSize="40" HorizontalAlignment="Center" Width
="210" Foreground="Black"/>
      <TextBlock Height="34" HorizontalAlignment="Left" Margin="45,142,0,0" Verti-
calAlignment="Top" Width="88" Text="姓名:" TextWrapping="Wrap" FontSize=
"18.667" Foreground="#FF131314"/>
      <TextBlock HorizontalAlignment="Left" Margin="45,252,0,0" Width="88" Font-
Size="18.667" Text="地址:" TextWrapping="Wrap" Height="33" VerticalAlignment=
"Top"/>
      <TextBox x:Name="txtName" Text="{Binding Name}" Height="37" Margin=
"137,142,0,0" VerticalAlignment="Top" TextWrapping="Wrap" HorizontalAlignment=
"Left" Width="121" FontSize="16" Foreground="#FFDA2525"/>
      <TextBox x:Name="txtMyAddress" Text="{Binding Address}" Margin="137,195,
0,0" TextWrapping="Wrap" HorizontalAlignment="Left" Width="121" Height="37"
VerticalAlignment="Top" FontSize="16" Foreground="#FFD81616"/>
      <TextBox x:Name="txtPhone" Text="{Binding Phone}" Height="37" Margin=
"137,252,0,0" VerticalAlignment="Top" TextWrapping="Wrap" HorizontalAlignment=
"Left" Width="121" FontSize="16" Foreground="#FFE91B1B"/>
      <TextBlock Height="34" HorizontalAlignment="Left" Margin="45,195,0,0" Verti-
calAlignment="Top" Width="88" Text="电话:" TextWrapping="Wrap" FontSize=
"18.667" Foreground="#FF131314"/>
      <Button x:Name="butLeft" Click="butLeft_Click" Height="25" HorizontalAlign-
ment="Left" Margin="53,0,0,20" VerticalAlignment="Bottom" Width="74" Content=
"上一个"/>
      <Button x:Name="butRight" Click="butRight_Click" Height="25" HorizontalAlign-
ment="Right" Margin="0,0,59,20" VerticalAlignment="Bottom" Width="74" Content
="下一个"/>
      </Grid>
   </Border>
   </UserControl>
```

(2) 建立 Student 结构:

```
public class Student
{
      public string Name {
        set; get;
```

```
                    public string Phone {
                        set;  get;
                    }
                    public string Address {
                        set; get;
                    }
                }
```

（3）放入临时数据：

```
    public void LoadData()
        {
        students = new Student[] {
        new Student{Name="李红",Phone ="86338365",Address="上海路 5 号"},
        new Student{Name="张小丰",Phone ="86338365",Address="南京路 18 号"},
        new Student{Name="许刚",Phone ="86338365",Address="中山北路 13 号"}
            };
        }
```

（4）绑定数据：

```
                public void SetBinding()
                    {
                    LayoutRoot. DataContext = students[pos];
                    }
```

（5）进行分页,绑定同学中的上一个和下一个：

```
    private void butRight_Click(object sender, RoutedEventArgs e)
    {
                if (pos < students. Length -1)
                {
                pos++;
                SetBinding();
                }
    }
```

范例3 示范使用数据模板绑定

数据模板也是一个 XAML 块,定义如何显示绑定到元素上的数据对象,图15.3-2 是项目 Ch15_Exam3_2 的运行画面,使用标志绑定,读取同学录数据。

```
迎新路80扬州大学 水文891班
刘小银 桂林 13814098986
黄小安 南宁 13587698780
万好山 上海 15678965666
陈大龙 兴化 13567890000
万正北 上海 13566698760
万中山 北京 13245678900
万大山 兴化 13678890222
```

图 15.3-2

◎XAML 标志主要如下：

//定义数据资源

<UserControl. Resources>

    <local:ClassMate x:Key="MyClassMate" />

</UserControl. Resources>

<Grid x:Name="LayoutRoot" Background="White" DataContext="{StaticResource MyClassMate}" Margin="8,8,8,8">

    <Grid. ColumnDefinitions>

    <ColumnDefinition/>

    </Grid. ColumnDefinitions>

    <Grid. RowDefinitions>

        <RowDefinition Height="0. 159 * "/>

        <RowDefinition Height="0. 841 * "/>

    </Grid. RowDefinitions>

<! —直接绑定数据对象—>

<TextBlock Text="{Binding Street}" Grid. ColumnSpan="1" HorizontalAlignment="Left" Width="125" Margin="8,49,0,−1" FontSize="18. 667" />

    <TextBlock Text="{Binding School}" Grid. ColumnSpan="1" Margin="92,49,0,−1" HorizontalAlignment="Left" Width="85" FontSize="18. 667" />

    <TextBlock Text="{Binding ClassName}" Grid. ColumnSpan="1" Margin="186,49,0,−1" HorizontalAlignment="Left" Width="102" FontSize="18. 667" />

    <Border BorderThickness="2" CornerRadius="5" Grid. RowSpan="1" Grid. Row="1" BorderBrush="Red" Width="300" HorizontalAlignment="Left" Margin="8,5,0,

```
133" d:LayoutOverrides="Width">
        <ListBox x:Name="lbxStudents" ItemsSource="{Binding Students}" Font-
Size="18.667" Margin="0,0,0,0" HorizontalAlignment="Left" Width="299">
    <!—使用数据模板绑定—>
<ListBox.ItemTemplate>
    <DataTemplate>
        <Grid>
            <Grid.ColumnDefinitions>
                <ColumnDefinition Width="Auto"/>
                <ColumnDefinition Width="Auto"/>
                <ColumnDefinition Width="Auto"/>
            </Grid.ColumnDefinitions>
<TextBlock Grid.Column="0" Text="{Binding Name}"
                Margin="0,0,15,0" />
        <TextBlock Grid.Column="1" Text="{Binding Address}"
                Margin="0,0,15,0"/>
            <TextBlock Grid.Column="2" Text="{Binding Phone}"/>
        </Grid>
    </DataTemplate>
</ListBox.ItemTemplate>
        </ListBox>
        </Border>
    </Grid>
</UserControl>
```

◎定义学生和班级数据：

```
public class Student
    {
        public string Name { get; set; }
        public string Address { get; set; }
        public long Phone { get; set; }
    }
    public class ClassMate
    {
        public string ClassName { get; set; }
        public string Street { get; set; }
        public string School { get; set; }
        public List<Student> Students { get; set; }
    }
```

```
        public ClassMate()
    {
        this. ClassName = "水文 891 班";
        this. Street = "迎新路 80";
        this. School = "扬州大学";
        this. Students = new List<Student>();

this. Students. Add(
        new Student
    {
        Name = "刘小银",
        Address = "桂林",
        Phone =13814098986
});
        this. Students. Add(
new Student
    {
        Name = "黄小安",
        Address = "南宁",
        Phone =13587698780
});
        this. Students. Add(new Student
    {
        Name = "万好山",
        Address = "上海",
        Phone = 15678965666
});
        this. Students. Add(new Student
    {
        Name = "陈大龙",
        Address = "兴化",
        Phone = 13567890000
});
        this. Students. Add(new Student
    {
        Name = "万正北",
        Address = "上海",
        Phone = 13566698760
});
```

```
    this. Students. Add(new Student
    {
        Name = "万大朋",
        Address = "北京",
        Phone = 13245678900
    });
    this. Students. Add(new Student
    {
        Name = "万大山",
        Address = "兴化",
        Phone = 13678890222
    });
}
```

◎实际开发中,常常结合代码绑定和标志绑定两种方法,使用编程方法来创建数据对象并将它赋给容器对象的 DataContent 属性,再在 XAML 标记中以声明方式绑定具体属性。

15.4　数据验证

数据验证提供了基本的数据验证支持,可以在数据对象的属性设置器中定义数据验证规则,对于不合法数据将会抛出异常,并可通过事件捕获错误事件来实现数据的验证。

XAML 文件中,需要将元素的 NotifyOnValidationError、ValidatesOnExceptions 两个属性设置为 True。

范例4　示范使用数据验证

图 15.4-1 是项目 Ch15_Exam4_1 的运行画面,对姓名进行验证,当姓名栏中不输入时,出现"出错啦!"。

◎XAML 标志主要如下:

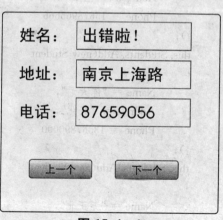

图 15.4-1

```
<Border HorizontalAlignment="Left" Margin="25" Width="250" Height="300"
BorderBrush="#FFE62A2A" BorderThickness="1" CornerRadius="5">
        <Grid x:Name="LayoutRoot" Background="White" Margin="10">
    <StackPanel Height="72" VerticalAlignment="Top" Orientation="Horizontal">
            <TextBlock HorizontalAlignment="Left" Margin="5" Width="60"
TextWrapping="Wrap" FontSize="18.667"><Run Text="姓名"/><Run Text="："/>
</TextBlock>
        <!-- 加入数据验证标记-->
        <TextBox x:Name="txtName" Margin="0,1,5,0" Text="{Binding Name, Mode=
Twoway, NotifyOnValidationError=True, ValidatesOnExceptions=True}" TextWrapping
="Wrap" FontSize="18.667" Width="130" VerticalAlignment="Top" />
        </StackPanel>
        <StackPanel Margin="0,50,0,0" Height="72" VerticalAlignment=
"Top" Orientation="Horizontal">
                <TextBlock HorizontalAlignment="Left" Margin="5" Width="60"
TextWrapping="Wrap" FontSize="18.667"><Run Text="地址"/><Run Text="："/>
</TextBlock>
        <TextBox Margin="0,1,5,0" Text="{Binding Address, Mode=Twoway}"
TextWrapping="Wrap" FontSize="18.667" Width="130" VerticalAlignment="Top" />
        </StackPanel>
        <StackPanel Margin="0,100,0,0" Orientation="Horizontal">
<TextBlock HorizontalAlignment="Left" Margin="5" Width="60" TextWrapping=
"Wrap" FontSize="18.667"><Run Text="电话"/><Run Text="："/></TextBlock>
        <TextBox Margin="0,1,5,0" Text="{Binding Phone, Mode=Twoway}"
TextWrapping="Wrap" FontSize="18.667" Width="130" VerticalAlignment="Top" />
        </StackPanel>
        <StackPanel Height="46" Margin="8,0,-8,62" VerticalAlignment="Bottom" Ori-
entation="Horizontal" d:LayoutOverrides="VerticalAlignment">
            <Button Margin="10,8,10,7" HorizontalAlignment="Left" Width=
"71" FontSize="16" Content="上一个" Click="butPrev"/>
            <Button Margin="10,8,10,7" HorizontalAlignment="Left" Width=
"82" FontSize="16" Content="下一个" Click="butNext"/>
        </StackPanel>
    </Grid>
    </Border>
</UserControl>
```

◎程序代码如下,已添加注解。

```
public partial class MainPage：UserControl
```

```
            {
                private int NowPos=0;
                private Friend[] friends;
                public MainPage()
                {
                    InitializeComponent();
                    this.txtName.BindingValidationError+=new System.EventHandler<System.
Windows.Controls.ValidationErrorEventArgs>(txtName_BindingValidationError);
                    LoadData();
                    BindData();
                }
                public void LoadData()
                {
                    friends=new Friend[]{
                        new Friend{
                        Name="方小东",Address="南京上海路",Phone="87659056"
                        },
                        new Friend{
                        Name="刘冬暗",Address="桂林河边路",Phone="87669087"
                        },
                        new Friend{
                            Name="王小红",Address="江西余江",Phone="78900456"
                        }
                    };
                }
                private void butPrev(object sender, RoutedEventArgs e)
                {
                    if(NowPos>0)
                        NowPos-;
                    BindData();
                }
                private void butNext(object sender, RoutedEventArgs e)
                {
                    if(NowPos<friends.Length -1)
                        NowPos++;
                    BindData();
                }
                private void BindData()
                {
```

```
            LayoutRoot. DataContext =friends[NowPos];
        }
```

// 显示出错信息提示

```
        private void txtName_BindingValidationError(object sender, System. Windows. Con-
trols. ValidationErrorEventArgs e)
        {
            if(e. Action ==ValidationErrorEventAction. Added )
            {
            (e. OriginalSource as TextBox). Text="出错啦!";
            }
            e. Handled =true;
        }
```

◎ 定义朋友类:

```
    public class Friend: System. ComponentModel. INotifyPropertyChanged
        {
            private string m_Name;
            private string m_Address;
            private string m_Phone;
            public string Name
            {
                get { return this. m_Name; }
                set
                {
```

//"姓名"验证,如为空时,抛出异常

```
                if(String. IsNullOrEmpty (value))
                {
                throw new ArgumentException ();
                }

                if (value ! = this. m_Name)
                {
                    this. m_Name = value;
                    NotifyPropertyChanged("Name");
                }
                }
            }
        public string Address
```

```
        {
            get { return this. m_Address; }
            set
            {
                if (value ! = this. m_Address)
                {
                    this. m_Address = value;
                    NotifyPropertyChanged("Address");
                }
            }
        }
        public string Phone
        {
            get { return this. m_Phone; }
            set
            {
                if (value ! = this. m_Phone)
                {
                    this. m_Phone = value;
                    NotifyPropertyChanged("Phone");
                }
            }
        }

        public event PropertyChangedEventHandler PropertyChanged;
        private void NotifyPropertyChanged(string propertyName)
        {
            if (PropertyChanged ! = null)
            {
                PropertyChanged(this, new PropertyChangedEventArgs(propertyName));
            }
        }
```

15.5 数据转换

数据转换就是在数据绑定时将数据显示转换为与数据存储不相同的特定的形式,在进行转换时,须提供一个实现了接口 IValueConverter 的类作为转换器,该接口的声明如下:

```
Public interface IValueConverter
    {
    Object Convert(object value,Type targetType,object parameter,CultureInfo culture);
    Object ConvertBack(object value,Type targetType,object parameter,CultureInfo culture);
    }
```

其中,value 代表源对象的数据,targetType 代表目标控件的属性值的类型,parameter 是一个选择参数,使用 ConverterParameter 属性来指定参数值,culture 代表文特性,其类型是 System. Globalization. CultureInfo。

该接口定义了两个方法:数据绑定时将值从绑定源递给绑定目标时,将调用 Convert()方法;从绑定目标传递给绑定源时,调用 ConvertBack()方法。

在进行数据绑定时,转换器作为静态资源提供,代码如下所示:

```
<Grid. Resources>
    <local:MyConvert x:Key="resConvert">
</Grid. Resource>
<Line Fill="{Binding Status,Converter={StaticResource resConvert}}"/>
```

简单的转换是值转换,对于格式化需要显示为文本的数字,使用值转换器是合适的,如:

```
double price=2129;
string txtPrice=price. ToString("C");
```

则 txtPrice 值为"￥2,129.00",如希望显示美元,则使用重载的 ToString()方法加上文化属性,如下所示:

```
CultureInfo culture=new cultureInfo("en-US");
txtMy. Text =aa. ToString ("C",culture);
```

表 15-1 为常用的格式字符串转换。

表 15-1 常用的格式字符串

类型	格式字符串	举 例
货币	C	￥2,129.00
百分数	P	66.8%
固定小数	F?	设置小数位数 F3,45.800;F0,345
短日期	d	M/d/yyyy,如 05/26/1970
长日期	D	dddd,MMMM,dd,yyyy
		如:星期四,三月 25,2005

（续表 15-1）

类型	格式字符串	举 例
长日期和短时间	f	dddd,MMMM,dd,yyyy HH:mm aa 如:星期四,三月 25,2005 10:00 AM
长日期和长时间	F	dddd,MMMM,dd,yyyy HH:mm:ss aa 如:星期四,三月 25,2005 10:00:23 AM
月和日	M	MMMM dd 如:三月 28

范例5 示范使用数据转换

图 15.5-1 是项目 Ch15_Exam5_1 的运行画面,示范如何使用数据转换。使用了两种转换,一是价格格式的转换,另外当销量超过 10 000 辆时,改变显示的颜色,以突出显示,另演示了代码和标志相结合的绑定方法。

图 15.5-1

◎如下是 XAML 标志内容,已添加注解,请自行参考。

```
<!—在 Resources 中加入自定义 Converter 类—>
<UserControl. Resources>
    <local:PriceConverter x:Key="PriceConverter"/>
    <local:SalesToBackgroundConverter
x:Key="SalesToBackgroundConverter"
    DefaultBrush=" Black " HighlightBrush=" Orange " MinimumSalesToHighlight=
"10000"/>
    </UserControl. Resources>
```

```
<Grid Background="White">
  <Grid.RowDefinitions>
    <RowDefinition Height="*"/>
    <RowDefinition Height="Auto"/>
    <RowDefinition Height="*"/>
  </Grid.RowDefinitions>
  <Grid>
    <Grid.RowDefinitions>
      <RowDefinition Height="*"/>
      <RowDefinition Height="Auto"/>
    </Grid.RowDefinitions>
    <ListBox x:Name="lstMyCar"
             ItemsSource="{Binding Mode=OneWay}"
             FontSize="20"
             Margin="10,10,10,0"
             VerticalAlignment="Top" Height="242"
             ScrollViewer.VerticalScrollBarVisibility="Visible"
             ScrollViewer.HorizontalScrollBarVisibility="Visible">
      <ListBox.ItemTemplate>
        <DataTemplate>
          <StackPanel Orientation="Horizontal">
            <!-- 在 Binding 中,加上 Converter 属性-->
            <TextBlock Text="{Binding Mode=TwoWay, Path=CarName}"
                       Foreground="{Binding Sales, Converter={StaticResource SalesToBackgroundConverter}}"
                       Margin="5" />
          </StackPanel>
        </DataTemplate>
      </ListBox.ItemTemplate>
    </ListBox>
  </Grid><Border Grid.Row="1" Padding="7" Margin="7,-26,7,7" x:Name="borderCarDetails" Grid.RowSpan="2">
    <Grid x:Name="LayoutRoot">
      <Grid.ColumnDefinitions>
        <ColumnDefinition Width="Auto" MinWidth="55"/>
        <ColumnDefinition/>
      </Grid.ColumnDefinitions>
      <Grid.RowDefinitions>
        <RowDefinition Height="Auto"/>
        <RowDefinition Height="Auto"/>
```

```
            <RowDefinition Height="Auto"/>
            <RowDefinition Height="Auto"/>
            <RowDefinition Height="Auto" MinHeight="99"/>
            <RowDefinition/>
        </Grid.RowDefinitions>
        <TextBlock Margin="7" FontSize="18.667" Text="销量"/>
        <TextBox Margin="5,5,0,5" Grid.Column="1" HorizontalAlignment=
"Left" Width="168" Text="{Binding Mode=TwoWay,Path=Sales}" FontSize="16"/>
        <TextBlock Margin="7" Grid.Row="1" FontSize="18.667"><Run Text
="价格"/><Run Text=":"/></TextBlock>
        <!-- 在 Binding 中,加上 Converter 属性-->
        <TextBox Margin="5,5,0,5" Grid.Row="1" Grid.Column="1"
HorizontalAlignment="Left" Width="168" Text="{Binding Mode=TwoWay, Path=
Price,Converter={StaticResource PriceConverter}}" FontSize="16"/>
        <TextBlock Margin="7" Grid.Row="2" FontSize="18.667"><Run Text=
"说明"/><Run Text=":"/></TextBlock>
        <TextBox Margin="5" Grid.Row="2" Grid.Column="1"  Text="{Binding
Mode=TwoWay, Path=Note}" FontSize="16"/>
        </Grid>
    </Border>
  </Grid>
</UserControl>
```

◎自定义转换类主要代码。

```
// 从 Double 类型的数据转换货币格式
public class PriceConverter: IValueConverter
    {
        public object Convert(object value, Type targetType, object parameter,
        CultureInfo culture)
        {
            double price = (double)value;
            return price.ToString("C", culture);
        }
    }
// 单向绑定的数据,可不需要实现 ConvertBack
    public object ConvertBack(object value, Type targetType, object parameter,
        CultureInfo culture)
    {
        string price = value.ToString();
```

```
        double result;
        if (Double. TryParse(price, NumberStyles. Any, culture, out result))
        {
         return result;
        }
        return value;
    }
//根据销量的多少,转换显示方式
public class SalesToBackgroundConverter: IValueConverter
    {
        public int MinimumSalesToHighlight
        { get;
          set;
        }
        public Brush HighlightBrush
        { get;
            set;
        }
        public Brush DefaultBrush
        { get;
            set;
        }
public object Convert(object value, Type targetType, object parameter,
        System. Globalization. CultureInfo culture)
        {
            int Sales = (int)value;
            if (Sales >= MinimumSalesToHighlight)
              return HighlightBrush;
            else
              return DefaultBrush;
        }
public object ConvertBack(object value, Type targetType, object parameter,
        System. Globalization. CultureInfo culture)
        {
            throw new NotSupportedException();
        }
    }
```

◎读取数据文件。

```
public class GetData
    {
              public static ObservableCollection<MyCar> GetMyCarData()
              {
                //使用集合初始设定式写法来初始化一个内含 MyCar 对象的 ObservableCol-
lection 集合对象
ObservableCollection<MyCar> MyCars = new ObservableCollection<MyCar>
                    {
                         new MyCar
                         {
                         CarName="新明锐",
                         Sales=6900,
                         Price=13450,
        Note="斯柯达品牌秉承德国大众集团的先进技术,其产品特点是智慧和品质"
                         },
                         new MyCar {
                         CarName="高尔夫 6",
                         Sales=5100,
                         Price=14500,
                         Note="高尔夫不仅追求外观和实用性完美结合,而且在产品品质、内
饰及舒适性装备上也毫不妥协地追求完美"
                         },
                         new MyCar {
                         CarName="科鲁兹",
                         Sales=9800,
                         Price=12100,
        Note="科鲁兹的外形给人一种锋利运动的感觉,尤其是锐角的前大灯更强化了"
                         },
                         new MyCar {
                         CarName="福克斯两厢",
                         Sales=11200,
                         Price=131000,
        Note="福克斯两厢车头采用的 X 焦点设计,正是福特汽车车头设计的进化成果"
                         },
                         new MyCar {
                         CarName="速腾 1.4T",
                         Sales=5600,
```

```
                              Price=153000，
        Note="速腾是一汽大众于2006年4月9日投放中国市场的一款新车型"
                    }
                };
                return MyCars；
        }
    }
```

◎定义数据类。

```
    //作为 INotifyPropertyChanged 接口
    public class MyCar：System. ComponentModel. INotifyPropertyChanged
    {
            private string m_CarName；
            private int m_Sales；
            private double m_Price；
            private string m_Note；
            public string CarName
            {
              get { return this. m_CarName; }
              set {
              if (value ! = this. m_CarName)
                {
                  this. m_CarName = value；
                  NotifyPropertyChanged("CarName")；
                }
              }
            }
            public int Sales {
              get { return this. m_Sales; }
              set {
                  if (value ! = this. m_Sales)
                  {
                      this. m_Sales = value；
                      NotifyPropertyChanged("Sales")；
                  }
              }
            }
            public double Price{
              get { return this. m_Price; }
              set {
```

```
            if (value ! = this. m_Price)
            {
              this. m_Price = value;
              NotifyPropertyChanged("Price");
            }
          }
        }
        public string Note {
          get { return this. m_Note; }
          set {
            if (value ! = this. m_Note)
            {
              this. m_Note = value;
              NotifyPropertyChanged("Note");
            }
          }
        }
        // PropertyChanged 事件
        public event PropertyChangedEventHandler PropertyChanged;
        // NotifyPropertyChanged 引发的 PropertyChanged 事件
        private void NotifyPropertyChanged(string propertyName)
        {
          if (PropertyChanged ! = null)
          {
            PropertyChanged(this, new PropertyChangedEventArgs(propertyName));
          }
        }
        public MyCar() { }
        public MyCar(string _CarName, int _Sales, double _Price,
          string _Note)
        {
          this. CarName = _CarName;
          this. Sales = _Sales;
          this. Price = _Price;
          this. Note = _Note;
        }
      }
```

第 16 章 网络与通信

16.1 HTTP 通信

Silverlight 提供了 WebClient 和 WebRequest 类，用来对一网址（URI）的简单访问，并可以把访问结果返回给 Silverlight，与服务器交互是 Web 应用程序的一项重要功能。通过这项功能可以实现与服务器相互发送数据、调用服务器处理程序，以及上传和下载文件等操作。

通常为其指定客户端 HTTP 处理的方案的列表：

（1）使用 HTTP 方法，而不是 GET 和 POST。

（2）在应用程序中或出于调试目的使用响应状态代码标题和响应正文。

（3）发送 XML HTTP 请求，如 REST 和 SOAP 消息。

（4）手动管理 cookie。

除了指定是使用浏览器还是客户端 HTTP 处理之外，还可以指定处理的作用域。例如，您可以为所有消息、方案（HTTP 或 HTTPS）、特定域或单个请求对象指定 HTTP 处理。在为方案或域指定 HTTP 处理之后，您无法针对该域或方案更改HTTP 处理。

如何指定浏览器或客户端 HTTP 处理，如何设置处理的作用域，以及如何确定是浏览器还是客户端正在为某个请求对象执行处理。

WebClient 使用的是基于事件的异步编程模型，其调用都在 UI 线程中进行，所以使用起来更简单，而 WebRequest 是 .NET 框架用于访问 Internet 数据的请求/响应模型抽象基类，其请求和响应需要编写回调代码才能与 UI 交互。

WebRequest 类没有限定具体的通信协议类型，所以当使用该请求/响应模型时，需要用协议对应的派生类来执行请求的细节。Silverlight 的微型 .NET 框架只有 HttpWebRequest 一个派生类，因此只能与 HTTP 服务器交互。

Silverlight 的微型 .NET 框架集成了具有通信功能的类，封装在 System.Net 命名空间中，允许的通信协议只有 HTTP/HTTPS 一种。

WebRequest 与 WebClient 相比最大的区别在于 WebRequest 使用的是基于委托的异步编程模型，它的行为在后台线程中进行，其请求和响应需要编写回调代码才能与 UI 交互；WebClient 使用的是基于异步编程模型，其调用都在 UI 线程中进行，所以使用起来更简单，下面的案例介绍如何使用 WebClient 类实现 HTTP 通信。

WebClient 执行 GET 请求来检索字符串或其他资源文件时,使用 WebClient. OpenReadAsync 或 WebClient. DownloadStringAsync 方法。

范例1 使用WebClient类实现通信

图 16.1-1 是项目 Ch16_Exam1_1 的运行画面,读取 XML 文件内容和图片。

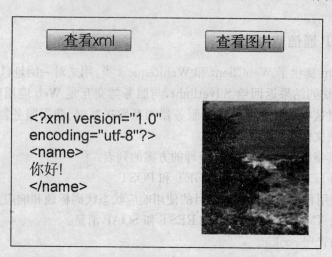

图 16.1-1

◎界面设计了两个按钮控件、一个文本块和一个图片控件,XAML 标记主要如下:

```
<UserControl x:Class="SilverlightApplication62. MainPage"
    xmlns="http://schemas.microsoft.com/winfx/2006/xaml/presentation"
    xmlns:x="http://schemas.microsoft.com/winfx/2006/xaml"
    xmlns:d="http://schemas.microsoft.com/expression/blend/2008"
xmlns:mc="http://schemas.openxmlformats.org/markup-compatibility/2006"
    mc:Ignorable="d" d:DesignWidth="640" d:DesignHeight="480">
    <Grid x:Name="LayoutRoot" Width="640" Height="450">
        <Button x:Name="butRead" Click="butRead_Click" Height="37" Horizon-
talAlignment="Left" Margin="93,94,0,0" VerticalAlignment="Top" Width="143" Con-
tent="查看 xml" FontSize="18.667"/>
        <Image x:Name="MyImg" Margin="280,186,160,99"/>
        <TextBlock x:Name="txtContent" Margin="93,196,0,112" TextWrapping="Wrap"
HorizontalAlignment="Left" Width="175" FontSize="16" Foreground="#
FFE41B1B"/>
        <Button x:Name="butXml" Click="butXml_Click" Height="37" Margin="277,94,
227,0" VerticalAlignment="Top" Content="查看图片" FontSize="16" Width="130"/>
    </Grid>
```

```
        </UserControl>
```

◎定义 XML 文件读操作,并写进文本块。

```
    private void butRead_Click(object sender, RoutedEventArgs e)
        {
            WebClient client＝new WebClient();
            client. DownloadStringCompleted ＋= new DownloadStringCompletedEvent-
Handler(client_DownloadStringCompleted);
            client. DownloadStringAsync(new Uri(GetAbsoluteUrl ("Content. xml")), Uri-
Kind. Absolute);
        }
    void client _ DownloadStringCompleted (object sender, DownloadStringCompletedEvent-
Args e)
        {
            txtContent. Text＝e. Result;
        }
//文件路径换算为绝对路径
    string GetAbsoluteUrl(string FileName)
        {
            if (FileName. StartsWith("http", StringComparison. OrdinalIgnoreCase))
                return FileName;
            else
            {
    string strUrl＝System. Windows. Application. Current. Host. Source. AbsoluteUri;
                if (strUrl. IndexOf("ClientBin") ＞ 0)
            strUrl＝strUrl. Substring(0, strUrl. IndexOf("ClientBin")) ＋ FileName;
                else
            strUrl＝strUrl. Substring(0, strUrl. LastIndexOf("/") ＋ 1) ＋ FileName;
                return strUrl;
            }
        }
```

◎读出图片文件,这里是数据流,注意与文本的不同。

```
    private void butImg_Click(object sender, RoutedEventArgs e)
        {
            WebClient clientImg＝new WebClient();
            clientImg. OpenReadCompleted＋=new OpenReadCompletedEventHandler(cli-
entImg_OpenReadCompleted);
            clientImg. OpenReadAsync(new Uri(GetAbsoluteUrl("tree. jpg")), UriKind.
```

Relative);
}

◎写进图片控件中。

```
void clientImg_OpenReadCompleted(object sender, OpenReadCompletedEventArgs e)
{
    BitmapImage bit=new BitmapImage();
    bit. SetSource(e. Result as Stream);
    MyImg. Source=bit;
}
```

16.2　Web 服务

Web 服务是基于 SOAP 协议,在服务端可以用任何语言创建服务,如下面的调用方式:

```
SimpleWebServiceSoapClient web=new SimpleWebServiceSoapClient();
string mystr=web. GetDataString();
```

调用自定义的 Web Service 分为以下几个步骤:
◎创建自定义 Web Service。
◎实现 Web Service。
◎添加服务引用。
◎使用异步方式调用 Web Service。

范例2 示范使用Web Service案例

图 16.2-1 是项目 Ch16_Exam2_1 的运行效果,单击"读取数据"按钮,将通过 Web Service 读取相应的数据。

◎新建项目后,在 Web 项目中添加 Friend 类,定义三个变量:姓名 Name、地址 Address、电话 Phone。

```
public class Friend
{
    public string Name { set; get; }
    public string Address { set; get; }
    public string Phone { set; get; }
```

图 16.2-1

```
    }
```

◎在 Web 项目中添加"Web Service"项目,命名为:FriendService. asmx,并打开文件,添加代码如下:

```
public Friend[] MyFriend()
    {
        List<Friend> friend = new List<Friend>()
        {
new Friend{Name="王小丫",Address="北京西路",Phone="13623458381"},
new Friend { Name = " 刘 涛 涛 ", Address = " 上 海 路 15 号 ", Phone = "
13988458666"},
new Friend{Name="王武龙",Address="模范马路",Phone="13323458323"}
        };
        return friend. ToArray();
    }
```

下面准备在客户端调用。

◎在 MainPage. xaml 中添加 Butom 命令控件和 ListBox 控件,xaml 代码如下:

```
<Grid x:Name="LayoutRoot" Background="White" Height="356" Width="
416">
    <Button Content="读取数据" Height="43" FontSize="16" Horizonta-
lAlignment="Left" Margin="137,257,0,0" Name="btRead" VerticalAlignment="
Top" Width="142" Click="btRead_Click" />
    <ListBox x:Name="lstFriend" FontSize="18. 667" Margin="47,-1,0,
137" HorizontalAlignment="Left" Width="299">
        <ListBox. ItemTemplate>
            <DataTemplate>
                <Grid>
                    <Grid. ColumnDefinitions>
                        <ColumnDefinition Width="Auto"/>
                        <ColumnDefinition Width="Auto"/>
                        <ColumnDefinition Width="Auto"/>
                    </Grid. ColumnDefinitions>
                    <TextBlock Grid. Column="0" Text="{Binding Name}"
                        Margin="0,0,15,0" />
                    <TextBlock Grid. Column = "1" Text = "{Binding Ad-
dress}"
                        Margin="0,0,15,0"/>
                    < TextBlock  Grid. Column = " 2 "  Text = " { Binding
```

Phone}"/>

```
                        </Grid>
                    </DataTemplate>
                </ListBox. ItemTemplate>
            </ListBox>
        </Grid>
```

◎在 Silverlight 项目中右击"References"添加服务引用,并命名为:MyService,
如图 16.2－2：

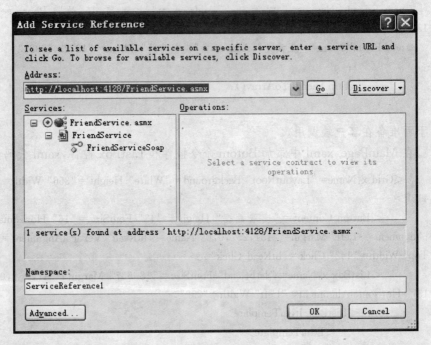

图 16.2－2

◎在客户端添加代码,通过 Web Service 调用相应的数据。

```
using Ch16_Exam2_1. ServiceReference1;//添加的命名空间
namespace Ch16_Exam2_1
{
    public partial class MainPage：UserControl
    {
        public MainPage()
        {
            InitializeComponent();
        }
```

```
        private void btRead_Click(object sender, RoutedEventArgs e)
        {
    ServiceReference1. FriendServiceSoapClient client = new FriendServiceSoapClient
();
            client. MyFriendCompleted += new EventHandler<MyFriend-
CompletedEventArgs>(client_MyFriendCompleted);
            client. MyFriendAsync();
        }
    void client_MyFriendCompleted(object sender, MyFriendCompletedEventArgs e)
        {
            if (e. Error == null)
            {
                lstFriend. ItemsSource = e. Result;
            }
        }
    }
}
```

▷ 16.3 WCF 服务

Windows 通信基础（WCF, Windows Communication Foundation)是应用程序互相通信的框架,是实现简单对象访问协议（SOAP）Web 服务的常见方式,使用该框架,开发人员可以构建跨平台、安全、可靠和支持事务处理的企业级互联应用解决方案,提供了动态、低耦合、互联的应用程序通信功能,并大大降低了系统的复杂性,使开发人员能够关注业务逻辑的实现。

概括地说,WCF 具有如下的优势:

16.3.1 统一性

WCF 是对于 ASMX、Net Remoting、Enterprise Service、WSE、MSMQ 等技术的整合。由于 WCF 完全是由托管代码编写,因此开发 WCF 的应用程序与开发其他的.NET 应用程序没有太大的区别,我们仍然可以像创建面向对象的应用程序那样,利用 WCF 来创建面向服务的应用程序。

16.3.2 互操作性

由于 WCF 最基本的通信机制是 SOAP,这就保证了系统之间的互操作性,即使是运行不同的上下文中。这种通信可以是基于.NET 到.NET 间的通信,也可以是跨进程、跨机器甚至跨平台的通信,只要支持标准的 Web Service,例如 J2EE 应用服务器(如 WebSphere,WebLogic)。应用程序可以运行在 Windows 操作系统下,也可以运行在其他的操作系统,如 Sun Solaris、HP Unix、Linux 等等。

16.3.3 安全与可信赖

WS-Security、WS-Trust 和 WS-SecureConversation 均被添加到 SOAP 消息中，以用于用户认证、数据完整性验证、数据隐私等多种安全因素。

在 SOAP 的 header 中增加了 WS-ReliableMessaging 允许可信赖的端对端通信。而建立在 WS-Coordination 和 WS-AtomicTransaction 之上的基于 SOAP 格式交换的信息，则支持两阶段的事务提交（two-phase commit transactions）。SOAP 是 Web Service 的基本协议，它包含了消息头（header）和消息体（body）。在消息头中，定义了 WS-Addressing 用于定位 SOAP 消息的地址信息，同时还包含了 MTOM（消息传输优化机制，Message Transmission Optimization Mechanism）。

16.3.4 兼容性

WCF 充分地考虑到了与旧有系统的兼容性。安装 WCF 并不会影响原有的技术如 ASMX 和 .Net Remoting。即使对于 WCF 和 ASMX 而言，虽然两者都使用了 SOAP，但基于 WCF 开发的应用程序，仍然可以直接与 ASMX 进行交互。

WCF 调用，主要分为 5 个步骤：

（1）创建服务契约；

（2）实现服务；

（3）配置 WCF 服务；

（4）添加服务引用；

（5）异步方式调用 WCF 服务。

范例3 示范WCF调用案例

◎新建项目，WCF 应用程序，用于生成 WCF 所需的类/接口文件。

◎接口文件如下，可看出，类前面加了［ServiceContract］，以及方法签名前加了［OperationContract］，其他跟普通的接口文件完全一样。这部分也称为 WCF 的契约。

```
namespace WcfService2
{
    //注意：如果更改此处的接口名称"IService1"，也必须更新 Web. config 中对"IService1"的引用。
    [ServiceContract]
    public interface IService1
    {
        [OperationContract]
        string GetData(int value);
        [OperationContract]
```

```
        CompositeType GetDataUsingDataContract(CompositeType composite);
        //任务:在此处添加服务操作
}
//使用下面示例中说明的数据约定将复合类型添加到服务操作。
[DataContract]
public class CompositeType
{
        bool boolValue=true;
        string stringValue="Hello";
        [DataMember]
        public bool BoolValue
        {
            get{return boolValue;}
            set{boolValue=value;}
        }
        [DataMember]
        public string StringValue
        {
            get{return stringValue;}
            set{stringValue=value;}
        }
}
}
```

◎实现接口的类文件,即实现契约的部分。

```
namespace WcfService2
{
//注意:如果更改此处的类名"Service1",也必须更新 Web. config 和关联的. svc 文
件中对"Service1"的引用。
public class Service1:IService1
{
        public string GetData(int value)
        {
            return string. Format("You entered:{0}",value);
        }
        public CompositeType GetDataUsingDataContract(CompositeType composite)
        {
            if (composite. BoolValue)
            {
```

```
            composite. StringValue+="Suffix";
        }
        return composite;
    }
}
```

◎右击解决方案,添加 Asp. Net Web Applicatin:

在引用上右击→添加引用→项目→选中上面的 WCF,调用代码如下。

```
protected void Button1_Click(object sender, EventArgs e)
{
    ClassLibrary2. Service1 aa=new ClassLibrary2. Service1();
    Label1. Text =aa. DoWork (5, 9). ToString();
}
```

范例4 示范使用WCF RIA Service调用数据库

Silverlight 是一种客户端执行的环境,它无法如同 ASP. NET 一样,直接与后端数据源进行沟通,数据存读取和保存全都必须跨越网络,我们就必须使用 N-tier 架构才能让 Silverlight 顺利地存取远程数据,WCF RIA Service 让开发多层式架构的过程就如同传统2层式架构应用程序一般自然。支持 TCP 通讯,比较 HTTP 提升3~5倍,限于 4502~4534 端口。简化 WCF RIA Services 应用开发过程,通过 RIA Services 轻松存取数据源。

图 16.3-1 是项目 Ch16_Exam3_2 的运行画面。

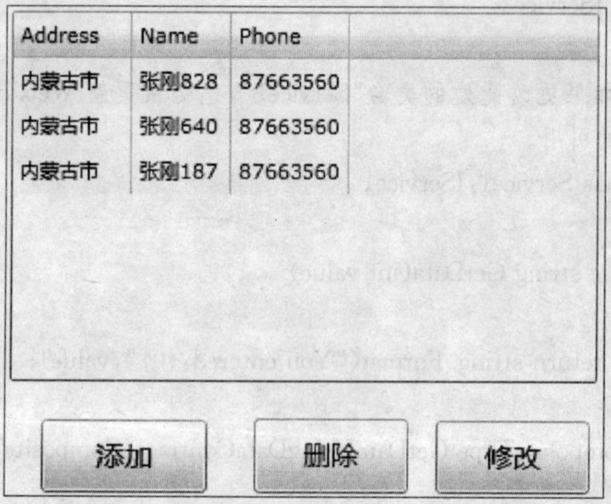

Address	Name	Phone	
内蒙古市	张刚828	87663560	
内蒙古市	张刚640	87663560	
内蒙古市	张刚187	87663560	

| 添加 | 删除 | 修改 |

图 16.3-1

◎新建项目,注意选中"Enable WCF RIA Services",如图 16.3 - 2。

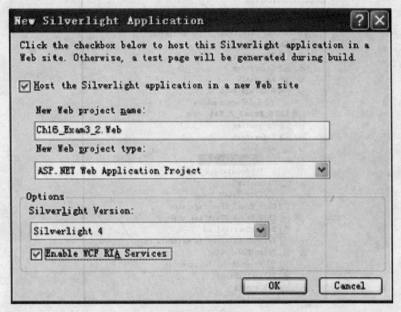

图 16.3 - 2

◎如 SQLEXPRESS 服务未开启,则需开启。为了便于管理,需要安装一个
　SQL Server 配置管理器,打开"Microsoft SQL Server 2008"→"配置工具"→
　"SQL Server 配置管理器",双击"SQL Server(SQLEXPRESS)"后点击启动
　即可。如图 16.3 - 3。

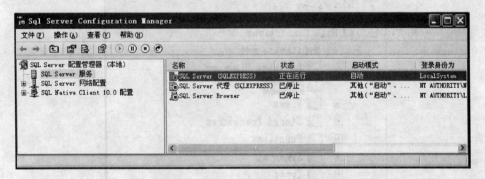

图 16.3 - 3

◎数据库启动后,添加数据库新项,如图 16.3 - 4。

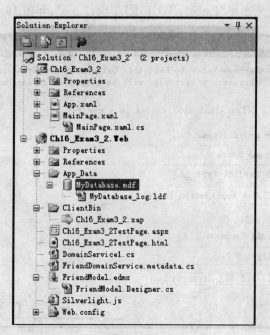

图 16.3 - 4

◎在服务管理器中,右键打开数据库,并选中 Tables→右键→新建表(Add New Table),如图 16.3 - 5。

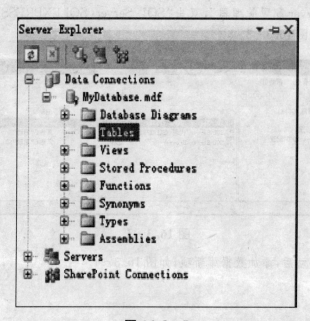

图 16.3 - 5

◎定义三个字段：姓名 Name、地址 Address、电话 Phone，定义 Name 为主键，并保存为表名 Friend，如图 16.3-6。

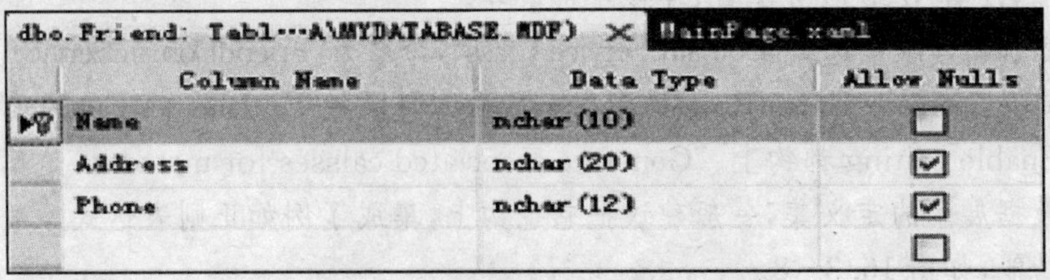

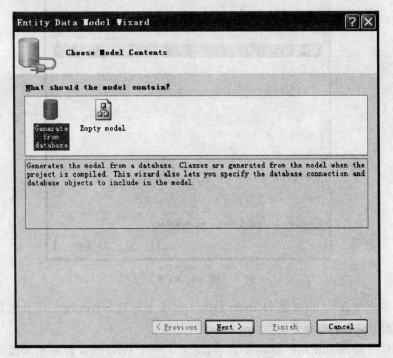

图 16.3-6

◎现在我们需要一个数据访问层，RIA 的服务支持和 LINQ 到 SQL 的框架。增加一个新项目"ADO. NET Entity Data Model."到 Web 项目中。名称为 FriendModel. edmx。

◎选择从数据库中建立模型，如图 16.3-7。

图 16.3-7

◎定义数据库连接，选中我们的 MyDatabase. mdf 数据库进行连接。

◎选择数据库内的数据表、示图、存储过程等。这里我们只要选取 Friend 表即可，点击"Finish"完成。

　　此时需编译一下 Shift＋F6。下面创建域名服务,域名服务是 RIA 的关键。通过创建一个在网络域名服务项目,生成相应的在客户端访问的代码,现是一个本地数据存储,没有 Web 服务配置、连接字符串等。

　　◎添加新建项中选择"Domain Service Class",命名为:FriendDomainService. cs。

　　◎定义 Domain Data Class 的参数,这里我们要把 Entities 的 FunSLUsers 和 Enable editing 都钩上。Generate associated calsses for metadata 是集成强大数据展示的定义集,一般建议把它也钩上,集成了例如正则表达式等数据校验功能,如图 16.3－8。

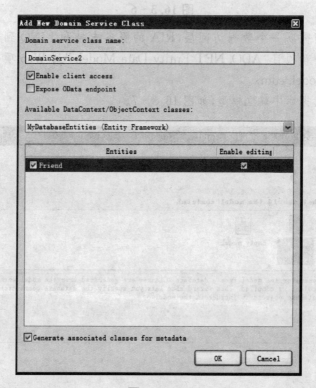

图 16.3－8

　　需再次编译一下,以使 Domain Data Class 生效到 Silverlight 项目中,下面进行 Silverlight 端的数据操作。

　　◎以下是 MainPage. xaml 的内容,定义了一个 Gridview 控件用来显示数据,三个按钮控件分别是添加、修改、删除。＜UserControl x:Class＝"Ch16_Exam3_2. MainPage"

```
xmlns="http://schemas.microsoft.com/winfx/2006/xaml/presentation"
xmlns:x="http://schemas.microsoft.com/winfx/2006/xaml"
xmlns:d="http://schemas.microsoft.com/expression/blend/2008"
```

xmlns:mc="http://schemas.openxmlformats.org/markup-compatibility/2006"

mc:Ignorable="d"

d:DesignHeight="300" d:DesignWidth="400"

<!--增加 SDK 客户端库程序集命名空间支持-->

xmlns:sdk="http://schemas.microsoft.com/winfx/2006/xaml/presentation/sdk"

xmlns:riaControls = " clr－namespace:System.Windows.Controls;assembly = System.Windows.Controls.DomainServices" xmlns:my="clr－namespace:Ch16_Exam3_2.Web">

    <Grid x:Name="LayoutRoot">

      < sdk:DataGrid AutoGenerateColumns = "True" Height = "197" Horizontal-Alignment="Left" Margin="37,33,0,0" Name="dataGrid1" VerticalAlignment="Top" Width="322"/>

      <Button Content="添加" Height="39" HorizontalAlignment="Left" Margin="55,250,0,0" Name="btAdd" VerticalAlignment="Top" Width="90" FontSize="15" Click="btAdd_Click" />

      <Button Content="删除" Height="40" HorizontalAlignment="Left" Margin="170,249,0,0" Name="btDele" VerticalAlignment="Top" Width="86" FontSize="15" />

      <Button Content="修改" Height="39" HorizontalAlignment="Left" Margin="271,250,0,0" Name="btAdapt" VerticalAlignment="Top" Width="84" FontSize="15" />

    </Grid>

</UserControl>

◎菜单"Data"下"Show Data Sources"项,单击后可看到数据源 FriendContext, 在代码中可直接使用了,如图 16.3-9。

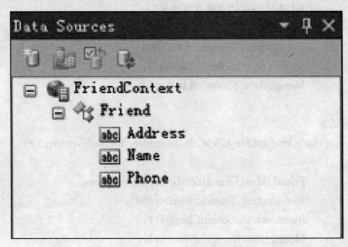

图 16.3-9

◎以下是 MainPage. xaml. cs 文件代码部分，也就是我们开始通过. Net RIA Service 操作数据库了。

```
using Ch16_Exam3_2. Web；//用手动直接添加的命名空间
namespace Ch16_Exam3_2
{
    public partial class MainPage：UserControl
    {
        FriendContext friendcontext；
        public MainPage()
        {
            InitializeComponent()；
            friendcontext＝new FriendContext()；
            LoadData()；
        }
        void LoadData()
        {
            dataGrid1. ItemsSource＝friendcontext. Friends；
            friendcontext. Load(FriendContext. GetFriendQuery())；
        }
        //增加记录
        private void btAdd_Click(object sender，RoutedEventArgs e)
        {
            Friend fid＝new Friend()；
            fid. Name＝"张刚"＋System. DateTime. Now. Millisecond. ToString ()；
            fid. Address＝"内蒙古自治区"；
            fid. Phone＝"87663560"；
            friendcontext. Friends. Add(fid)；
            friendcontext. SubmitChanges()；
            MessageBox. Show("增加成功")；
        }
        //删除记录
        private void btDele_Click(object sender，RoutedEventArgs e)
        {
            Friend fid＝(Friend)dataGrid1. SelectedItem；
            friendcontext. Friends. Remove(fid)；
            friendcontext. SubmitChanges()；
            MessageBox. Show("删除成功")；
        }
```

```
//修改记录
        private void btAdapt_Click(object sender, RoutedEventArgs e)
        {
                Friend fid=(Friend)dataGrid1.SelectedItem;
                fid.Address="北京市南京路";
                friendcontext.SubmitChanges();
                MessageBox.Show("修改成功");
        }
    }
}
```

可增加、删除、修改等,如图,如图 16.3 - 10。

图 16. 3 - 10

第 17 章　多媒体

17.1　功能概览

Silverlight 使用内建的影音功能来播放,不需要太多影音方面的知识,也不需要考虑客户端是否安装 Media Player、Quick Time 等软件。由于 Silverlight 的影音功能完全是内置的,支持声音和视频的播放,目前支持的格式如下:

◎WMA：Windows Media Audio

◎MP3

◎WMV1：Windows Media Video 7

◎WMV2：Windows Media Video 8

◎WMV3：Windows Media Video 9

◎WMVA

◎WMVC1

◎MPEG - 4

Silverlight 在多媒体影音播放方面具备强大的功能,客户端的计算机安装 Silverlight Runtime Component 软件,这是最基本的必要条件。

音频和视频功能是集成一个类 MediaElement 中,媒体元素（MediaElement）继承自 UIElent 类,继承了 UI 的通用属性,开发人员可在视频播放的基础上再叠加额外的效果,主要关键属性如下:

◎AutoPlay：获取或设置是否自动播放 Source 属性指定的媒体源,默认值为 true,表示自动播放。

◎Balance：获取或设置左右音量平衡比例,属性值为-1 到 1 之间的 Double 值,默认为 0,表示音量相等。

◎BufferingTime：获取或设置缓冲时间,默认值为 5 秒。

◎BufferingProgress：获取当前的缓冲进度。

◎IsMuted：获取或设置媒体源。

◎Stretch：获取或设置媒体的伸展模式。

◎Volume：获取或设置播放音量。

下面的文档用于自动下载并播放 MP3 音频:

<MediaElement x：Name="MyAudio" AutoPlay="True" Volume="1" Source="tt.

mp3" Canvas. Left="59" Canvas. Top="102"/>

17.2 播放控制

为了精确地控制媒体播放,如:特定时间播放、重复播放等,那就要调用Media-Element 类的方法。这时它的自动播放属性 AutoPlay 需设为 False,如:

<MediaElement x:Name="MyMedia" Source="air. mp3" AutoPlay="False"></MediaElement>

控制播放包括简单的 Play()方法、Pause()方法以及 Stop()方法,还可以设置 Position 属性播放的位置,如下面是一个简单的处理程序,它从开始位置播放:

```
private void cmdPlay (object sender, RoutedEventArgs e)
{
    MyMedia. Position=TimeSpan. Zero;
    MyMedia. Play();
}
```

如果加载文件失败,可以加上处理 MediaFailed 的事件,如:

<MediaElement x:Name="MyMedia" Source="air. mp3" AutoPlay="False" Media-Failed="mmMediaFailed"></MediaElement>

```
private void mmMediaFailed (object sender, ExceptionRoutedEventArgs e)
{
    lblErrorText. Text=e. ErrorException. Message;
}
```

MediaElement 可以播放多个文件,如下面的例子 MediaElement 可适时被加入或去除。

```
private void mmPlay_Click(object sender, RoutedEventArgs e)
{
    MediaElement MyMedia=new MediaElement();
    MyMedia. Source=new Uri("test. mp3", UriKind. Relative);
    MyMedia. MediaEnded+=new RoutedEventHandler(media_MediaEnded);
    LayoutRoot. Children. Add(MyMedia);
}
private void MyMedia _MediaEnded(object sender, RoutedEventArgs e)
{
    LayoutRoot. Children. Remove((MediaElement)sender);
}
```

如视频文件不是音频文件，上述的 MediaElement 类的所有内容同样适用，MediaElement 类中与可视化和布局相关的属性可起作用，如：Stretch、Clipping、Opacity等。

范例1 示范使用媒体播放器

图 17.2-1 是项目 Ch17_Exam2_1 运行画面，本示例创建一个 MediaElement 控件和几个控制媒体播放的 Button 控件，实现常用的操作及显示状态、进度条等功能。

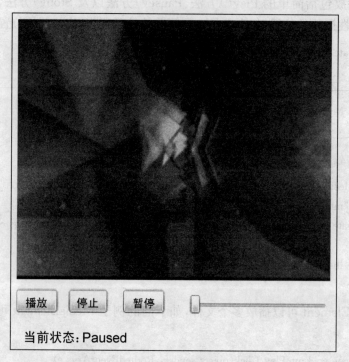

图 17.2-1

◎XAML 标记如下所示：

```
<Canvas x:Name="LayoutRoot">
        <MediaElement x:Name="MyMedia" Width="372" CurrentStateChanged=
"MyMedia_CurrentStateChanged"
                AutoPlay="False" Cursor="Hand"
        Source="larryliu. wmv" Height="260" Canvas. Left="8" Canvas. Top="14" />
        <! 一播放按钮—>
<Button x:Name="btPlay" Click="btPlay_Click"        Width="46" Height="23"
        Canvas. Top="276" Canvas. Left="23" Content="播放">
```

</Button>

<!—停止按钮—>
<Button x：Name＝"btStop" Click＝"btStop_Click"
        Width＝"42" Height＝"23"
        Canvas．Top＝"276" Canvas．Left＝"82" Content＝"停止">
</Button>
<!—暂停按钮—>
<Button x：Name＝"btPause" Click＝"btPause_Click"
    Width＝"45" Height＝"23"
    Canvas．Top＝"276" Canvas．Left＝"141" Content＝"暂停">
</Button>
<!—播放进度条—>
<Slider x：Name＝"MySlider"
    Maximum＝"1" Minimum＝"0" Width＝"153"
    Canvas．Top＝"281" Canvas．Left＝"215" />
<!—播放状态提示—>
<TextBlock x：Name＝"txtState" Height＝"28" Width＝"190" Canvas．Left＝"32" Canvas．Top＝"310" Text＝" " TextWrapping＝"Wrap" Foreground＝"＃FFD81D1D" FontSize＝"13．333"/>
        </Canvas>
</UserControl>

◎主要代码如下，已添加注解。

public partial class MainPage：UserControl
{
    private DispatcherTimer PlayerTimer；
        public MainPage()
        {
            InitializeComponent()；
Duration duration＝new Duration(MyMedia．NaturalDuration．TimeSpan)；
//点击时引发播放器播放状态改变事件
            MyMedia．MouseLeftButtonDown＋＝new MouseButtonEventHandler(My-
Media_MouseLeftButtonDown)；
            //计时器
            PlayerTimer＝new DispatcherTimer()；
            PlayerTimer．Interval＝TimeSpan．FromMilliseconds(50)；
            PlayerTimer．Tick＋＝new EventHandler(PlayerTimer_Tick)；
    }

```
//进度发生变化时计时器开始记录并随时记录状态
    void MyMedia_CurrentStateChanged(object sender，RoutedEventArgs e)
    {
        if (MyMedia. CurrentState ==MediaElementState. Playing)
            PlayerTimer. Start();
        else
            PlayerTimer. Stop();
txtState. Text =String. Format ("当前状态:{0}",MyMedia. CurrentState. ToString ());
    }
    void PlayerTimer_Tick(object sender，EventArgs e)
    {
        if (MyMedia. NaturalDuration. TimeSpan. TotalSeconds > 0)
        {
//计算并显示播放进度条
            MySlider. Value=MyMedia. Position. TotalSeconds /
            MyMedia. NaturalDuration. TimeSpan. TotalSeconds;
        }
    }
    private void btPlay_Click(object sender，RoutedEventArgs e)
    {
        MyMedia. Play();
    }
    private void btStop_Click(object sender，RoutedEventArgs e)
    {
        MyMedia. Stop();
    }
    private void btPause_Click(object sender，RoutedEventArgs e)
    {
        MyMedia. Pause();
    }
//单击播放器引发的事件
void MyMedia_MouseLeftButtonDown(object sender，MouseButtonEventArgs e)
    {
        if (MyMedia. CurrentState ==MediaElementState. Playing)
            MyMedia. Pause();
        else
            MyMedia. Play();
    }
```

17.3　视频捕获

摄像头与麦克风硬件支持:可以用极少量的代码实现启用用户本机的摄像头与麦克风,并可进行本地录制。打开浏览器在 Silverlight 应用程序点击鼠标右键可以看到 Silverlight 插件的配置属性,其中加入了网络摄像头和麦克风支持的选项,如图17.3-1。

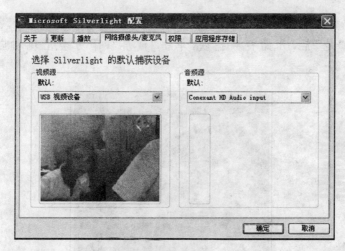

图 17.3-1

实现视频捕获主要通过视频捕获源对象 CaptureSource,CaptureSource 可作为摄像头/麦克风源,它可以用作 VideoBrush 的 Source。CaptureSource 主要属性有:

◎VideoCaptureDevice:视频设备。

◎Start:启动视频。

◎Stop:停止视频。

范例2　示范使用摄像头

图 17.3-2 是项目 Ch17_Exam3_1 启动时的画面。

◎单击"启动"时,会提示是否允许应用程序访问你的本机视频设备,如图17.3-3。

图 17.3-2

图 17.3-3

◎选择"是"后,开始视频捕获,单击"截屏",下方会出现相应的截图,如
图17.3-4。

图 17.3-4

◎主要 XAML 标记如下:

```
<Grid x:Name="LayoutRoot" Background="White">
    <Grid.RowDefinitions>
        <RowDefinition Height="189*" />
        <RowDefinition Height="36*" />
        <RowDefinition Height="75*" />
    </Grid.RowDefinitions>
    <Border x:Name="bordVider" Margin="3" CornerRadius="3" Width="400" Border-
Brush="Gray" HorizontalAlignment="Left" BorderThickness="1" >
        <Border.Background>
            <VideoBrush x:Name="brushMyVideo"/>
```

```
            </Border. Background>
                </Border>
                <Button Name="btStart" HorizontalAlignment="Left" VerticalAlign-
ment="Top"    Grid. Row="1"
                    Width="78" Height="33"
            Content="启动" FontSize="14" Click="btStart_Click" Margin="12,0,0,0" />
                <Button Content="关闭" Height="33" HorizontalAlignment="Left" Mar-
gin="107,0,0,0" Name="btStop" VerticalAlignment="Top" Width="78" Grid. Row="1"
FontSize="14" Click="btStop_Click" />
                <Button Content="截屏" Height="33" HorizontalAlignment="Left" Mar-
gin="196,0,0,0" Name="btPing" VerticalAlignment="Top" Width="78" Grid. Row="1"
FontSize="14" Click="btPing_Click" />
                <Image Grid. Row="2" Height="70" HorizontalAlignment="Left" Mar-
gin="20,5,0,0" Name="imgMy" Stretch="UniformToFill" VerticalAlignment="Top"
Width="99" />
        </Grid>
    </UserControl>
```

◎主要代码如下：

```
    void btStart_Click(object sender, RoutedEventArgs e)
            {
    //取得默认视频设备
VideoCaptureDevice video=CaptureDeviceConfiguration. GetDefaultVideoCaptureDevice();
    //创建视频捕获源
    capSource=new CaptureSource();
                if (CaptureDeviceConfiguration. RequestDeviceAccess())
                {
    //设置视频设备
                    capSource. VideoCaptureDevice=video;
                    brushMyVideo. SetSource(capSource);
                    brushMyVideo. Stretch=Stretch. Fill;
    //启动摄像头
                    capSource. Start();
                }
            }
    private void btStop_Click(object sender, RoutedEventArgs e)
            {
    //关闭摄像头
                capSource. Stop();
```

```
                    }
            private void btPing_Click(object sender, RoutedEventArgs e)
            {
            if (capSource. State ==CaptureState. Started)
            {
      WriteableBitmap wBitmap=new WriteableBitmap(bordVider, new MatrixTransform());
                    imgMy. Source=wBitmap;
            }
            }
```

第 18 章　3D 变换

18.1　基础知识

　　所有 3D 对象都可以被分解为一组组的三角形,所有的显示都是通过 3D 管道来实现的。所有的文本、形状、控件、绘制图画都能被呈现为 3D 三角形。对于 3D 而言,模型的创作者负责创建这些三角形。由一组组三角形组成的 3D 模型被称为网状结构。

　　我们来创建一个常见的立方体,我们看到三个可见的面,立方体有八个点,只需要 7 个点坐标如下:

　　　　Point 0:(0,0,0);Point 1:(1,0,0);
　　　　Point 2:(0,1,0);Point 3:(1,1,0);
　　　　Point 4:(0,1,-1);Point 5:(1,1,-1)
　　　　Point 6:(1,0,-1)

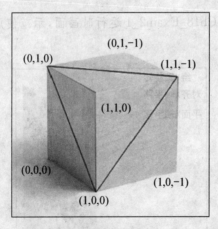

图 18.1-1

　　这些点没有定义任何三角形,直到设定网状结构按顺序来串联这些点,形成 6 个三角形。

18.2　透视转换

　　使用"透视转换"来模拟三维效果。例如,您可以制造这样一个假象,即对象朝向您或远离您进行旋转。透视转换与三维引擎不等效；但是，它们都可使二维 Silverlight 内容就像是在三维平面上绘制的一样，PlaneProjection 类实现对象的透视转换，主要属性有：

◎RotationX、RotationY 和 RotationZ：指定围绕一个轴旋转，如：RotationX 属性围绕 x 轴旋转。

◎CenterOfRotationX、CenterOfRotationY 和 CenterOfRotationZ：移动旋转中心。默认情况下，旋转轴直接穿过对象的中心，这导致对象围绕其中心旋转。

◎LocalOffsetX、LocalOffsetY 和 LocalOffsetZ：沿对象平面的相应轴平移对象。

LocalOffsetX 沿旋转对象平面的 x 轴平移对象。

LocalOffsetY 沿旋转对象平面的 y 轴平移对象。

LocalOffsetZ 沿旋转对象平面的 z 轴平移对象。

◎相对于屏幕沿轴平移对象。也就是说，与本地偏移量属性不同，对象沿其移动的轴与应用于该对象的任何旋转无关。

GlobalOffsetX 沿屏幕对齐的 x 轴平移对象。

GlobalOffsetY 沿屏幕对齐的 y 轴平移对象。

GlobalOffsetZ 沿屏幕对齐的 z 轴平移对象。

范例1 示范使用透视转换达到三维效果

图 18.2 - 1 是项目 Ch18_Exam2_1 运行时画面，示范使用透视转换达到三维效果，说明如下：

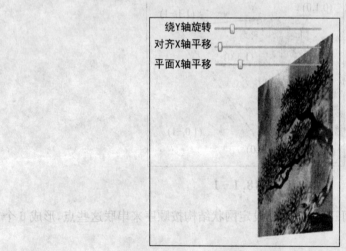

图 18.2 - 1

◎在 StackPanel 面板中定义 Image 控件，并添加 PlaneProjection 转换。

<StackPanel>

```xml
<StackPanel. Projection>
    <PlaneProjection x: Name="ppTree" RotationX="0" RotationY="0"
RotationZ="0" LocalOffsetX="0" GlobalOffsetX="0" />
</StackPanel. Projection>
<Image Name="imgMyTree" Stretch="None" Source="Img/tree. jpg" Margin
="1"></Image>
</StackPanel>
```

◎定义三个 Slider 滑块控件,并设置 ValueChanged 事件,分别用来引发三种转换。

```xml
<!-- 控制图片的 RotationY 转换-->
    <Slider Height="29" HorizontalAlignment="Left" Margin="24,-108,0,0"
Name="sldRotationY" VerticalAlignment="Top" Width="276" Minimum="0" Maximum
="360" ValueChanged="sldRotationY_ValueChanged" />
<!-- 控制图片的 GlobalOffsetX 转换-->
    <Slider Height="28" HorizontalAlignment="Left" Margin="24,-73,0,
0" Name="sldGlobalOffsetX" VerticalAlignment="Top" Width="275" Minimum="0"
Maximum="360" ValueChanged="sldGlobalOffsetX_ValueChanged" />
<!-- 控制图片的 LocalOffsetX 转换-->
    <Slider Height="26" HorizontalAlignment="Left" Margin="26,-39,
0,0" Name="sldLocalOffsetX" VerticalAlignment="Top" Width="274" Minimum="0"
Maximum="360" ValueChanged="sldLocalOffsetX_ValueChanged"/>
```

◎在代码文件中编写如下事件处理程序代码:

```csharp
private void sldRotationY_ValueChanged(object sender, RoutedPropertyChangedEvent-
Args<double> e)
    {
        ppTree. RotationY = e. NewValue;
    }
private void sldGlobalOffsetX_ValueChanged(object sender, RoutedPropertyChanged-
EventArgs<double> e)
    {
        ppTree. GlobalOffsetX = e. NewValue;
    }
private void sldLocalOffsetX_ValueChanged(object sender, RoutedPropertyChanged-
EventArgs<double> e)
    {
        ppTree. LocalOffsetX = e. NewValue;
    }
```

范例2 示范使用故事板进行透视转换

图18.2-2、图18.2-3是项目Ch18_Exam2_2运行时的画面,示范使用故事板进行透视转换达到三维效果。

图 18.2-2

图 18.2-3

◎主要 XAML 标记如下:

```
<Grid Background="Gray" x:Name="LayoutRoot">
    <Grid.Resources>
<!—对象平面的 x 轴平移对象—>
        <Storyboard x:Name="myStoryboard">
            <DoubleAnimation Duration="0:0:4"
            Storyboard.TargetName="planeBrid"
            Storyboard.TargetProperty="LocalOffsetZ"
            To="40" />
<!— 围绕 x 轴旋转—>
```

```
        <DoubleAnimation Duration="0:0:4"
            Storyboard.TargetName="planeBrid"
            Storyboard.TargetProperty="RotationX"
            To="40" />
    <!—围绕 y 轴旋转—>
        <DoubleAnimation Duration="0:0:4"
            Storyboard.TargetName="planeBrid"
            Storyboard.TargetProperty="RotationY"
            To="40" />
    <!—沿屏幕对齐的 z 轴平移对象—>
        <DoubleAnimation Duration="0:0:4"
            Storyboard.TargetName="planeBrid"
            Storyboard.TargetProperty="GlobalOffsetZ"
            To="300" />
    </Storyboard>
</Grid.Resources>
<Canvas Grid.Row="1" Margin="20" Width="300" Height="200" Background=
"White">
    <Canvas.Effect>

    <!— 应用投影特效—>
        <DropShadowEffect />
    </Canvas.Effect>
<Image Width="250" Height="100" Source="img/brid.jpg" Stretch="Uniform"
MouseLeftButtonDown="Image_MouseLeftButtonDown" Canvas.Left="30" Canvas.Top=
"46">
        <Image.Projection>
        <PlaneProjection x:Name="planeBrid" />
        </Image.Projection>
    </Image>
    </Canvas>
</Grid>
</UserControl>
```

◎在代码文件中编写单击事件处理程序代码,启动故事板。

```
private void Image_MouseLeftButtonDown(object sender, MouseButtonEventArgs e)
    {
        myStoryboard.Begin();
    }
```

18.3 矩阵变换

透视转换用于在三维空间中旋转和移动对象的属性,可以将 Matrix3DProjection 和 Matrix3D 类型用于比使用 PlaneProjection 可能更复杂的准三维方案。Matrix3DProjection 提供一个完整的三维转换矩阵以应用于任何 UIElement,这样能够将任意模型转换矩阵和透视矩阵应用于 Silverlight 元素,这些 API 是最简化的形式,使用时需要编写正确创建三维转换矩阵的代码。因此,将 PlaneProjection 用于简单的三维方案更容易。

Matrix3D 表示 3D 空间变换的 4×4 矩阵,Matrix3DProjection 是 Matrix3D 周围的包装类。可以将 Matrix3DProjection 和 Matrix3D 类型用于更复杂的半 3D 方案(这种方案可能适用于 PlaneProjection)。Matrix3DProjection 提供了可应用于任何 UIElement 的完整 3D 变换矩阵,这样,就可以将任意模型变换矩阵和透视矩阵应用于 Silverlight 元素,这些 API 是最小限度的,但使用它们,需要编写代码,以便正确地创建 3D 变换矩阵。

Matrix3D 类使用一个 4×4 正方形矩阵,即一个由四行和四列数字构成的表,其中容纳了用于转换的数据。矩阵的前三行容纳每个 3D 轴 (x,y,z) 的数据。平移信息位于最后一列中。方向和缩放数据位于前三个列中。缩放因子是位于前三个列中的对角数字。以下是 Matrix3D 元素的表示形式,如图 18.3 - 1:

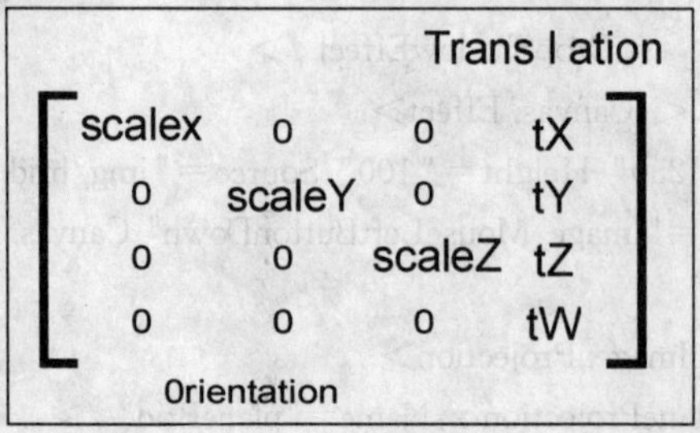

图 18.3 - 1

空间中的某个点 (x,y,z) 的任何移动、旋转、缩放的变换,都是用这个点乘以某个矩阵而得到。那么模型是由一个个 (x,y,z) 的点组成,模型整个要变换,就是让每个点乘以某个矩阵。

◎旋转:角度 Φ 表示的是沿某轴旋转的角度。图 18.3 - 2 三个矩阵分别表示了点绕 x 轴、y 轴、z 轴的旋转矩阵。

$$Rx=\begin{bmatrix}1 & 0 & 0 & 0\\ 0 & Cos\Phi & Sin\Phi & 0\\ 0 & -Sin\Phi & Cos\Phi & 0\\ 0 & 0 & 0 & 1\end{bmatrix}\quad Ry=\begin{bmatrix}Cos\Phi & 0 & -Sin\Phi & 0\\ 0 & 1 & 0 & 0\\ Sin\Phi & 0 & Cos\Phi & 0\\ 0 & 0 & 0 & 1\end{bmatrix}\quad Rz=\begin{bmatrix}Cos\Phi & Sin\Phi & 0 & 0\\ -Sin\Phi & Cos\Phi & 0 & 0\\ 0 & 0 & 1 & 0\\ 0 & 0 & 0 & 1\end{bmatrix}$$

图 18.3－2

◎移动：第 4 行 1、2、3 列的数，分别控制着点在 x、y、z 方向上的移动，如图 18.3－3。

◎缩放：对角线上的 n11、n22、n33，分别控制着点在 x、y、z 方向上的缩放，如图 18.3－4。

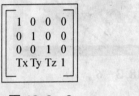

$$\begin{bmatrix}1 & 0 & 0 & 0\\ 0 & 1 & 0 & 0\\ 0 & 0 & 1 & 0\\ Tx & Ty & Tz & 1\end{bmatrix}$$

图 18.3－3

$$\begin{bmatrix}Sx & 0 & 0 & 0\\ 0 & Sy & 0 & 0\\ 0 & 0 & Sz & 0\\ 0 & 0 & 0 & 1\end{bmatrix}$$

图 18.3－4

范例3 示范使用矩阵变换

图 18.3－5、图 18.3－6 是项目 Ch18_Exam3_1 运行时的画面，示范使用矩阵变换达到变换效果。

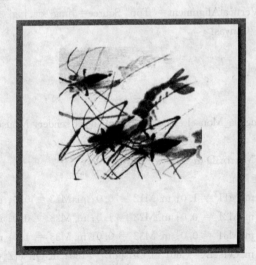

图 18.3－5

◎XAML 标记如下：

```
<Grid x:Name="LayoutRoot" Background="Gray" >
```

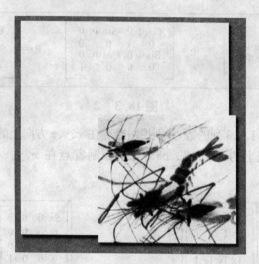

图 18.3 - 6

```
<Canvas Width="300" Height="300" Margin="30" Background="White">
    <Canvas. Effect>
        <DropShadowEffect></DropShadowEffect>
    </Canvas. Effect>
    <Image Height="200" Width ="200" Canvas. Left="50" Canvas. Top="20"
HorizontalAlignment=" Left" MouseLeftButtonDown=" imgXia _ MouseLeftButtonDown"
Name="imgXia" VerticalAlignment="Top" Source="img/xia. jpg" />
</Canvas>
</Grid>
</UserControl>
```

◎主要代码：

```
private void imgXia_MouseLeftButtonDown(object sender, MouseButtonEventArgs e)
{
    Matrix3D m = new Matrix3D();
//Matrix3D 矩阵值
    m. M11 = 1. 0; m. M12 = 0. 0; m. M13 = 0. 0; m. M14 = 0. 0;
    m. M21 = 0. 0; m. M22 = 1. 0; m. M23 = 0. 0; m. M24 = 0. 0;
    m. M31 = 0. 0; m. M32 = 0. 0; m. M33 = 1. 0; m. M34 = 0. 0;
    m. OffsetX = 60; m. OffsetY = 100; m. OffsetZ = 0; m. M44 = 1. 0;
    Matrix3DProjection MyProjection = new Matrix3DProjection();
    MyProjection. ProjectionMatrix = m;
    imgXia. Projection = MyProjection;
}
```

第 19 章　其他附加高级特性

19.1　打印功能

往往需要打印的内容有可能是整个网页的一部分，如果仅仅使用 JavaScript 的网页打印，是无法满足打印需求的。Silverlight 运行时引入了 System. Windows. Printing 命名空间，这个命名空间中包含一个打印文档类 PrintDocument，它可以完成 Silverlight 应用程序中特定的打印任务。PrintDocument 类的主要属性有：

◎PrintPage：打印事件。

◎DocumentName：打印文档名称。

◎Print：打印方法。

◎StartPrint：打印开始事件。

◎EndPrint：打印结束事件。

范例1 示范使用页面打印

图 19.1-1 是项目 Ch19_Exam1_1 运行时的画面，点击"打印"按钮将启动打印窗口，如图 19.1-2。

图 19.1-1

◎主要 XAML 如下：

```
<Grid x:Name="LayoutRoot" Background="White" Width="400" Height="400">
    <Grid. RowDefinitions>
        <RowDefinition Height="250"/>
```

图 19.1 - 2

```
        <RowDefinition />
    </Grid. RowDefinitions>
<Button Content="打印图画" Grid. Row="1" Height="34" HorizontalAlignment=
"Left" Margin="126,6,0,0" Name="btPrint" VerticalAlignment="Top" Width="105"
FontSize="15" Click="btPrint_Click" />
        <Border BorderBrush="Silver" BorderThickness="1" Height="235" Hor-
izontalAlignment="Left"  Name="bodWater" VerticalAlignment="Top" Width="381">
    <Image Height="230" Name="image1" Stretch="Fill" Width="365" Source="img/
zhu. jpg" />
        </Border>
    </Grid>
</UserControl>
```

◎定义打印文档对象并初始化。

```
private System. Windows. Printing. PrintDocument doc;
        public MainPage()
        {
            InitializeComponent();
            doc= new System. Windows. Printing. PrintDocument();
            doc. PrintPage += new EventHandler<System. Windows. Printing. Print-
PageEventArgs>(doc_PrintPage);
```

```
        }

◎设定特定的打印区域。

    void doc_PrintPage(object sender，System. Windows. Printing. PrintPageEventArgs e)
        {
            e. PageVisual = bodWater;
        }

◎执行打印命令。

    private void btPrint_Click(object sender，RoutedEventArgs e)
        {
            doc. Print("竹画");
        }
```

▶ 19.2　拖拽功能

　　Silverlight 拖拽功能的实现，提供了一个很好的用户体验，在 RIA 应用中经常会需要拖拽操作支持，下面示范拖拽功能的使用。

范例2　示范使用拖拽功能

　　图 19.2 - 1 是项目 Ch19_Exam2_1 运行时的画面，两边图画可实现相互拖放。

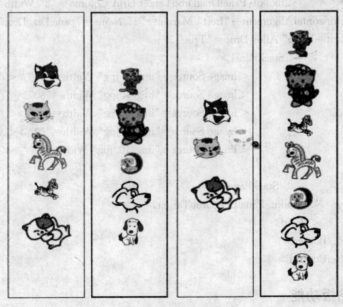

图 19.2 - 1

◎XAML 代码如下：

```
<Border Width="280" Height="500" >
    <Grid x:Name="LayoutRoot" Background="White" >
    <Grid. ColumnDefinitions>
        <ColumnDefinition Width="120" />
        <ColumnDefinition Width="10" />
        <ColumnDefinition Width="120" />
    </Grid. ColumnDefinitions>
    <Border BorderBrush="Red" BorderThickness="1" Grid. Column="0" />
    <Border BorderBrush="Red" BorderThickness="2" Grid. Column="2" />
    <toolkit:PanelDragDropTarget Width="120" Height="500" Horizontal-
Alignment="Left" Margin="2" Name="panlAllCar" VerticalAlignment="Top" AllowDrop
="True" >

        <StackPanel>
            <Image Source="img/1. jpg" Width="60"></Image>
<Image Source="img/2. jpg" Width="50" HorizontalAlignment="Left" ></Image>
            <Image Source="img/3. jpg" Width="70"></Image>
            <Image Source="img/4. jpg" Width="40"></Image>
            <Image Source="img/5. jpg" Width="80"></Image>
        </StackPanel>
    </toolkit:PanelDragDropTarget>
    <toolkit:PanelDragDropTarget Grid. Column="2" Width="120" Height
="500" HorizontalAlignment="Left" Margin="3" Name="panelDragDropTarget1" Verti-
calAlignment="Top" AllowDrop="True" >
        <StackPanel>
            <Image Source="img/6. jpg" Width="50"></Image>
            <Image Source="img/7. jpg" Width="80"></Image>
            <Image Source="img/8. jpg" Width="40"></Image>
            <Image Source="img/9. jpg" Width="60"></Image>
            <Image Source="img/10. jpg" Width="50"></Image>

        </StackPanel>
    </toolkit:PanelDragDropTarget>
    </Grid>
</Border>
</UserControl>
```

▶19.3 剪贴板功能

Silverlight 应用程序中的文本可以拷贝到剪贴板之中，同时也可以将其他来源剪贴板中的内容粘贴到 Silverlight 应用程序之中。剪贴板通过 Clipboard 类来实现,Clipboard 类主要属性有:

◎SetText:拷贝到剪贴板的方法。

◎GetText:从剪贴板粘贴出来的方法。

◎ContainsText:判断剪贴板是否具有文本。

范例3 示范使用剪贴板功能

图 19.3-1 是项目 Ch19_Exam3_1 运行时的画面,演示了剪贴板功能,第一次运行拷贝时,让用户确认是否允许应用程序访问剪贴板。

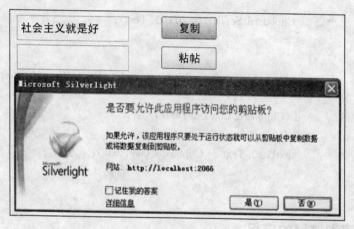

图 19.3-1

◎XAML 代码如下:

```
<Grid x:Name="LayoutRoot" Background="White">
    <Grid. RowDefinitions>
        <RowDefinition Height="50" />
        <RowDefinition Height="50" />
        <RowDefinition Height=" * " />
    </Grid. RowDefinitions>
    <TextBox Height="37" HorizontalAlignment="Left" Margin="39,6,0,0" Name=
"textBox2" VerticalAlignment="Top" Width="193" Grid. Row="1" FontSize="15" />
    <TextBox Height="38" HorizontalAlignment="Left" Margin="42,12,0,0"
Name="textBox1" VerticalAlignment="Top" Width="190" FontSize="15" />
    <Button Content="复制" Height="36" HorizontalAlignment="Left" Mar-
gin="286,10,0,0" Name="button1" VerticalAlignment="Top" Width="94" FontSize=
"15" Click="button1_Click" />
```

```
        <Button Content="粘贴" Grid. Row="1" Height="37" HorizontalAlign-
ment="Left" Margin="284,4,0,0" Name="button2" VerticalAlignment="Top" Width=
"96" FontSize="15" Click="button2_Click" />
        </Grid>
    </UserControl>
```

◎主要代码如下：

```
private void button1_Click(object sender，RoutedEventArgs e)
        {
            if(textBox1. Text ！ =String. Empty )
            {
            Clipboard. SetText(textBox1. Text)；
            }
        }
        private void button2_Click(object sender，RoutedEventArgs e)
        {
            if (Clipboard. ContainsText())
            {
            textBox2. Text = Clipboard. GetText()；
            }
        }
```

19.4 脱离浏览器的应用

支持程序在浏览器外面独立运行，用户可通过桌面快捷方式或开始菜单打开程序，不需运行浏览器，编写脱离浏览器的应用程序，可创建一个拥有自己的窗口而且可以被添加到开始菜单或者桌面上的应用程序。在项目属性中可直接设置。

◎项目属性选中 Enable running application out of the browser，如图 19.4-1。

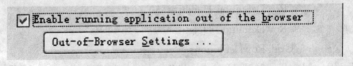

图 19.4-1

◎详细设置图标，设置应用程序的标题、宽度、高度、代表四个不同大小的图标的 PNG 文件来重写这些，需要提供一个 16×16、一个 32×32、一个 64×64 和一个 128×128 的 PNG 图片来代表图标，在应用程序清单中添加一个定义来定义这些大小和文件的路径，如图 19.4-2。

◎运行该应用程序，右键单击该应用程序，你会看见"将应用程序安装此计算机中……"，会显示一个如图 19.4 - 3 的对话框。

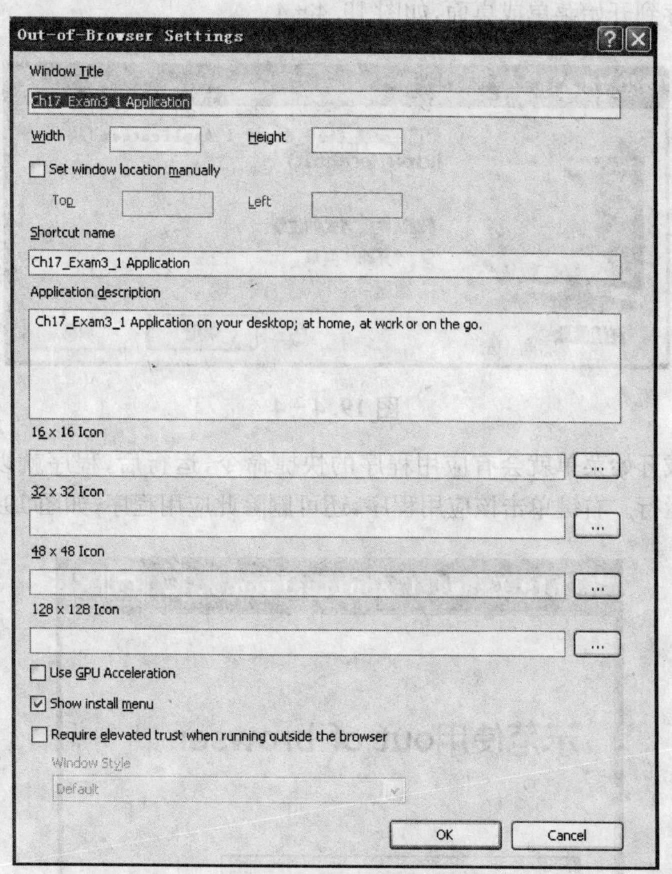

Out-of-Browser Settings ? X

Window Title

Ch17_Exam3_1 Application

Width _____   Height _____

☐ Set window location manually

Top _____   Left _____

Shortcut name

Ch17_Exam3_1 Application

Application description

Ch17_Exam3_1 Application on your desktop; at home, at work or on the go.

16 x 16 Icon

_____ ...

32 x 32 Icon

_____ ...

48 x 48 Icon

_____ ...

128 x 128 Icon

_____ ...

☐ Use GPU Acceleration

☑ Show install menu

☐ Require elevated trust when running outside the browser

Window Style

Default ▾

OK   Cancel

图 19.4 - 2

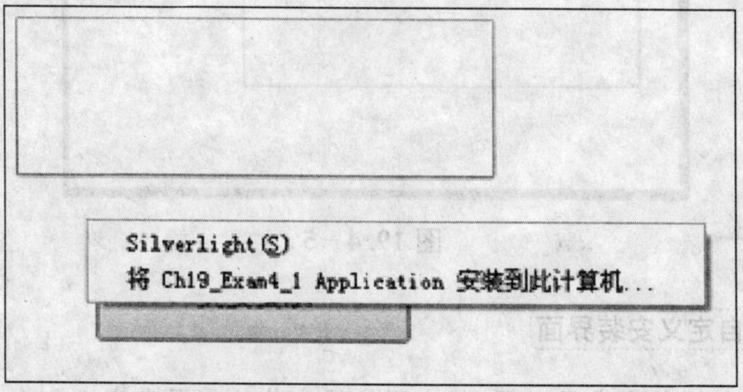

Silverlight (S)
将 Ch19_Exam4_1 Application 安装到此计算机…

图 19.4 - 3

◎单击安装后,会出现如图的对话框,对话框可以让你选择将你的脱机应用程序保存到开始菜单或桌面,如图 19.4-4。

图 19.4-4

◎桌面或开始菜单就会有应用程序的快捷命令,运行后,程序就以浏览器外的方式运行。右键单击该应用程序,还可删除此应用程序,如图 19.4-5。

图 19.4-5

范例4 示范自定义安装界面

浏览器外的运行方式很方便,但实际应用中往往需要自定义一个安装界面,以带来更好的安装体验,注意不需要设项目为浏览器外方式运行,项目 Ch19_Exam4_1 效果如图 19.4-6:

图 19.4 - 6

◎App. xaml. cs 中 Application_Startup 方法重新定义。

```
private void Application_Startup(object sender, StartupEventArgs e)
    {
        if (this. IsRunningOutOfBrowser)
        {
            this. RootVisual = new MainPage();
        }
        else
        {
            this. RootVisual = new Setup();
        }
    }
```

◎添加一个 Silverlight 控件 setup. xaml，并添加一命令按钮，标题为"我要安装"，定义 Setup. xaml 单击事件，如图 19.4 - 7。

```
private void button1_Click(object sender, RoutedEventArgs e)
    {
        Application. Current. Install();
    }
```

◎如该应用程序已安装，再安装就会出错，因此增加判断是否已安装，如已安装则命令按钮不显示。

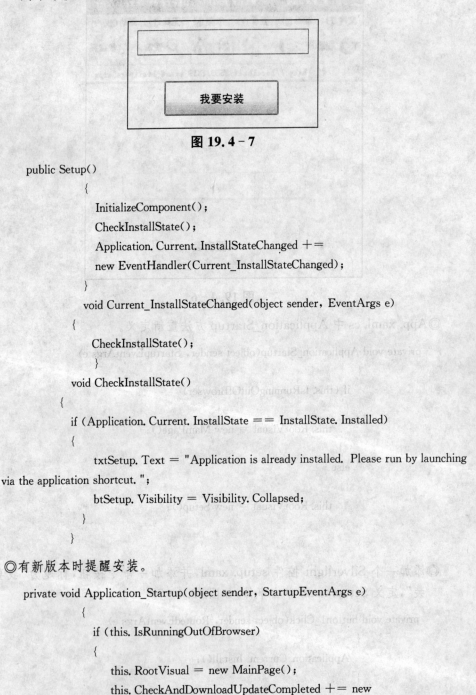

图 19.4－7

```
public Setup()
        {
            InitializeComponent();
            CheckInstallState();
            Application. Current. InstallStateChanged +=
            new EventHandler(Current_InstallStateChanged);
        }
        void Current_InstallStateChanged(object sender，EventArgs e)
        {
            CheckInstallState();
            }
        void CheckInstallState()
    {
        if (Application. Current. InstallState == InstallState. Installed)
        {
            txtSetup. Text = "Application is already installed. Please run by launching
via the application shortcut. ";
            btSetup. Visibility = Visibility. Collapsed;
        }
        }
```

◎有新版本时提醒安装。

```
    private void Application_Startup(object sender，StartupEventArgs e)
        {
            if (this. IsRunningOutOfBrowser)
            {
                this. RootVisual = new MainPage();
                this. CheckAndDownloadUpdateCompleted += new
CheckAndDownloadUpdateCompletedEventHandler( Application_CheckAndDownloadUp-
```

dateCompleted);
　　this.CheckAndDownloadUpdateAsync();
　　　　　　}
　　　　　else
　　　　　{
　　　　　　this.RootVisual = new Setup();
　　　　　}
　　　　}

　　　void Application_CheckAndDownloadUpdateCompleted(object sender,CheckAnd-
DownloadUpdateCompletedEventArgs e)
　　　{
　　if (e.UpdateAvailable)
　　{
　　　　MessageBox.Show("There is a new version of this application available.
Restart the application to run the latest version.");
　　　　}
　　}

◎当程序变动时,会提示有新的版本,运行结果如图 19.4 - 8:

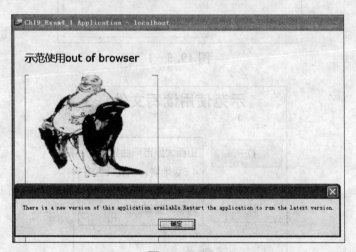

图 19.4 - 8

19.5　本地文件访问

　　Silverlight 可访问客户端用户的本地文件,不过本地文件并不是指用户所有的驱动器磁盘,而是用户的"我的文档"内的文件,其中包括:我的文档、我的音乐、我的图片、我的视频。主要类有:

◎System. IO. Directory 类：访问用户本地文件的目录类。

◎Environment. GetFolderPath：用来返回文件的完整路径。

◎Environment. SpecialFolder：包含我们需要获取的文件类型。

◎SaveFileDialog：保存文件对话框。

◎OpenFileDialog：打开文件对话框。

范例5 示范访问本地文件

图19.5-1、图19.5-2是项目Ch19_Exam5_1运行时的画面,演示了访问本地文件,点击"打开"后会出现打开文件对话框,可选择一图片文件显示,在文本框中输入文字,可点击"保存",会打开保存对话框,保存到文件中。

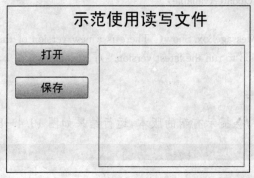

图 19.5-1

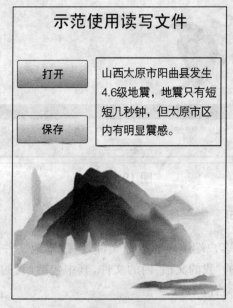

图 19.5-2

◎XAML 如下：

```xml
<UserControl x:Class="Ch19_Exam5_1.MainPage"
    xmlns="http://schemas.microsoft.com/winfx/2006/xaml/presentation"
    xmlns:x="http://schemas.microsoft.com/winfx/2006/xaml"
    xmlns:d="http://schemas.microsoft.com/expression/blend/2008"
    xmlns:mc="http://schemas.openxmlformats.org/markup-compatibility/2006"
    mc:Ignorable="d"
    d:DesignHeight="376" d:DesignWidth="397"
<! — 增加 SDK 客户端库程序集命名空间的支持—>
xmlns:sdk="http://schemas.microsoft.com/winfx/2006/xaml/presentation/sdk">
    <StackPanel Height="373" HorizontalAlignment="Left" Margin="3" Name="LayoutRoot" VerticalAlignment="Top" Width="384">
        <TextBlock Height="39" Name="textBlock1" Text="示范使用读写文件" Width="174" FontSize="22" />
        <StackPanel Height="153" Name="stackPanel1" Width="324" Orientation="Horizontal">
            <Grid Height="127" Name="grid1" Width="121">
            <Grid.RowDefinitions>
                <RowDefinition Height="50 * " />
                <RowDefinition Height="50 * " />
            </Grid.RowDefinitions>
                <Button Content="打开" Height="35" HorizontalAlignment="Left" Margin="15,12,0,0" Name="btOpen" VerticalAlignment="Top" Width="96" FontSize="15" Click="btOpen_Click" />
                <Button Content="保存" Grid.Row="1" Height="34" HorizontalAlignment="Left" Margin="15,16,0,0" Name="btSave" VerticalAlignment="Top" Width="96" FontSize="15" Click="btSave_Click" />
            </Grid>
            <TextBox Height="110" Name="txtInput" Width="173" TextWrapping="Wrap" FontSize="15" />
        </StackPanel>
    <Image Height="172" Name="imgMM" Stretch="UniformToFill" Width="305" />
    </StackPanel>
</UserControl>
```

◎主要代码如下：

```csharp
private void btOpen_Click(object sender, RoutedEventArgs e)
    {
```

```
                    OpenFileDialog filedg = new OpenFileDialog();
                    filedg. Multiselect = false;
                    filedg. Filter = "JPEG Files ( * . jpg)| * . jpg";
                    bool bResult = (bool)filedg. ShowDialog();
                    if (bResult)
                    {
                        System. IO. FileInfo info = filedg. File;
                        System. IO. Stream stream = info. OpenRead();
                        BitmapImage pics = new BitmapImage();
                        pics. SetSource(stream);
                        imgMM. Source = pics;
                        stream. Close();
                    }
                }
        private void btSave_Click(object sender, RoutedEventArgs e)
                {
                    SaveFileDialog filedg= new SaveFileDialog()
                    {
                        DefaultExt = "txt",
                        Filter = "Text files ( * . txt)| * . txt|All files ( * . * )| * . * ",
                        FilterIndex = 2
                    };
                if (filedg. ShowDialog() == true)
                    {
                        using (Stream stream = filedg. OpenFile())
                        {
Byte[] input = System. Text. UTF8Encoding. UTF8. GetBytes(txtInput. Text);
                            stream. Write(input, 0, input. Length);
                            stream. Close();
                        }
                    }
                }
```

第四部分
Silverlight实战篇

第 20 章　三层结构的电子商务案例

20.1　功能概述

　　这是一个关于汽车在线销售的电子商务系统,实现汽车在线展示、销售等,同样适用其他商品的电子商务,可实现最常用的基本功能,如分类导航、购物车、订购、会员登录、会员注册等,是基于 Silverlight 的开发平台,具有跨系统、跨平台等特性。结合 XAML 语言强大的媒体描述能力和界面信息描述能力,由服务器保存并传输界面描述文件。Silverlight 运行时在客户端实现媒体表现,减少了信息传输流量,充分利用客户端运算和处理能力,提高网络带宽的利用效率,主界面如图 20.1-1。

图 20.1-1

　　◎汽车商城:左侧为分类,右侧为汽车列表,列表项有名称、价格和相关介绍等,用户点击后,下方会出产品订购内容,可自定义产品数量,可直接购买产品,如图 20.1-2 所示。

图 20.1 - 2

◎购物车:点击右上角购物车可查看产品列表,会看到购物车页面,列出当前用户购物车中所有列表,如图 20.1 - 3 所示。

图 20.1 - 3

◎首页还提供了帮助、会员登录/注册等页的导航页面,可在此基础上进行扩展,完善一些功能。

20.2 总体构架

Silverlight 是一种客户端执行的环境,它无法如同 ASP.NET 一样,直接与后端数据源进行沟通,数据存读取和保存全都必须跨越网络,我们就必须使用三层架构才能让 Silverlight 顺利地存取远程数据,通过异步方式与服务器交互,解决页面因等待数据而造成的画面停滞。服务器通过服务的方式提供客户端所需的数据。客户端可实现像桌面应用程序一样的 RIA 效果,Silverlight 异步工作模式,结合 WCF RIA Service 读取数据创建三层体系结构,三层结构分为:表现层、中间层、数据层。

◎表现层以 Web 服务器为基础,负责信息的发布,提供内部到外部的数据格式转换,同时实现了客户端与数据业务的隔离,保证业务访问安全。

◎中间层提供业务逻辑处理和数据服务,较复杂的项目,一般再分为两层:业务逻辑层和数据服务层。业务逻辑层处理核心是业务逻辑,实现业务流程控制、业务实体定义等功能;数据服务的基础是数据库,实现数据库连接、数据库访问及数据插入、修改、删除等各类操作。

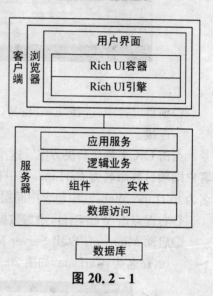

◎数据层指数据库及需要的存储过程、约束等。

三层体系结构的构架如图 20.2 - 1 所示。

三层之间通过接口实现数据交换,达到各逻辑结构之间的有效隔离,这样有利于系统维护、数据安全和系统升级,系统采用 Silverlight 和 WCF 构建服务驱动的应用程序。

图 20.2 - 1

20.3 创建数据层

数据层主要是设计和创建数据库。汽车数据库设计了最基本的三个数据表:汽车分类表、汽车信息表和注册会员表。

汽车分类表,有汽车类别,如:微型车、小型车、紧凑型车、中型车等,汽车信息表中有各种汽车信息,有汽车名称、价格、说明、图片等,及它所属的分类。最后一个表,是一个注册会员表,有注册用户名、密码、用户姓名、电话号码、地址等信息。

开始新项目并创建数据库,具体操作步骤如下:

◎新建项目,启动 Microsoft Visual Studio 2010,命名为汽车在线 CarLine。

◎项目类型选择带导航的 Silverlight 应用程序。如图 20.3 - 1:

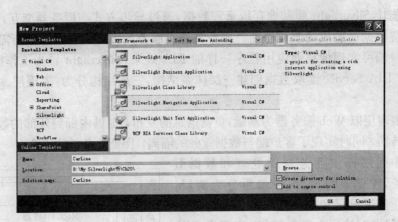

图 20.3 - 1

◎项目设置中,选择"Enable WCF RIA Service",会在客户端和服务端之间创建连接。

点击 OK 来创建解决方案。这个方案包含两个项目:客户端项目和服务端项目。客户端项目被命名为 CarLine,其中有用来创建表示层的 SL 代码,服务端项目被命名为 CarLine. Web,其中包含中间层的代码。

◎右键点击 Web 项目,添加数据库专用目录 App Data。

◎启动 Microsoft SQL Server Management Studio。定位到项目目录 App Data,命名为:CarData,如图 20.3 - 2。

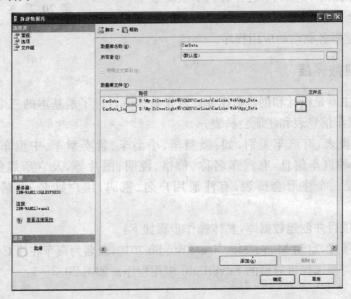

图 20.3 - 2

◎在 CarData 数据库下，创建汽车分类表 Type、汽车信息表 CarInfo 和注册会员表 Users，各字段设计见表 20-1、表 20-2、表 20-3。

表 20-1　汽车分类表

字段名	类型	属性	说明
CarType	Varchar(10)	非空，主键	分类编码
TypeName	Varchar(20)		类别名称
ImageFile	Varchar(50)		类别图片文件

表 20-2　汽车信息表

字段名	类型	属性	说明
CarID	int	非空，主键	自动增加
CarName	Varchar(10)		汽车名称
Price	Float		价格
Note	Varchar(100)		说明
ImageFile	Varchar(50)		汽车图片文件
CarType	Varchar(10)		所属分类

表 20-3　注册会员表

字段名	类型	属性	说明
UserName	Varchar(10)	非空，主键	用户名
Password	Varchar(10)		密码
Name	Varchar(10)		用户姓名
Phone	Varchar(16)		电话号码
Address	Varchar(16)		地址
Money	Float		账户余额

◎刷新项目管理器，显示所有文件，在 App Data 会看到 CarData 数据库文件，右键包含到项目中。此时项目文件结构，如图 20.3-3。

◎在项目创建数据库连接，输入对应的服务器名，本机对应为：IBM-WANXL\SQLEXPRESS，再选择数据库 CarData，如图 20.3-4。

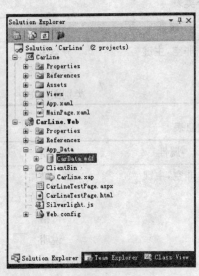

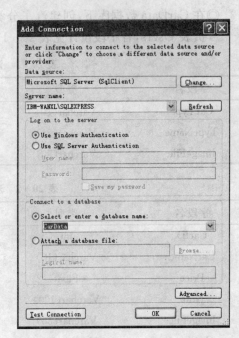

图 20.3－3   图 20.3－4

◎在项目数据连接项中,右键表名,单击"Show Table Data",录入一些临时示例数据,以便下面调试使用。

20.4 创建中间层

创建中间层就是通过构建 WCF 服务,公开可在表现层使用的业务逻辑、实体模型和数据映射代码等,表现层通过与 WCF 的通信实现与数据库的交互。这种设计模式既实现应用程序与数据实体之间隔离,又使得应用程序可以与后端业务程序进行无缝交互。三层架构的应用程序中,中间层介于表现层和数据层之间,业务逻辑和数据验证都将在中间层出现。创建拥有良好用户体验的 RIA 应用,需要客户端和服务端有着相同的业务规则,因此在客户端和服务端保证同步的中间层变得至关重要。

现在我们构建一个中间层,RIA 的服务支持,构建 WCF 服务,核心是要建立能与 Silverlight 应用程序通信的操作约定和数据约定。

首先来创建数据模型,创建来自数据库 CarData 的 ADO 实体例,具体操作步骤有:

◎增加一个新项目"ADO. NET Entity Data Model."到 Web 项目中,名称为 CarLine. edmx。

◎选择从数据库中建立模型。

◎选择从数据库 CarData 生成，连接字符串默认为 CarDataEntities。

◎选择数据库对象，选择所有对应表格，生成数据入口类 CarDataEntities 等。

见文件 CarLine. edmx，如图 20.4-1：

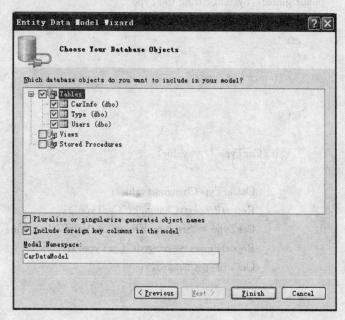

图 20.4-1

打开 CarLine. Designer. cs 文件，可看到定义了各个实体类，如 Type 实体类的部分代码：

```
[EdmEntityTypeAttribute(NamespaceName="CarDataModel", Name="Type")]
[Serializable()]
// 数据契约属性
[DataContractAttribute(IsReference=true)]
//Type 类继承于实体类 EntityObject
public partial class Type：EntityObject
{
    //创建一个 Type 对象
    public static Type CreateType(global：：System. String carType)
    {
        Type type = new Type();
        type. CarType = carType;
        return type;
    }
}
```

```
            //契约成员属性,CarType 属性
[EdmScalarPropertyAttribute(EntityKeyProperty=true, IsNullable=false)]
        [DataMemberAttribute()]
        public global::System. String CarType
        {
            get
            {
                return CarType;
            }
            set
            {
                if (CarType ! = value)
                {
                    OnCarTypeChanging(value);
                    ReportPropertyChanging("CarType");
                    CarType = StructuralObject. SetValidValue(value, false);
                    ReportPropertyChanged("CarType");
                    OnCarTypeChanged();
                }
            }
        }
        private global::System. String CarType;
        partial void OnCarTypeChanging(global::System. String value);
        partial void OnCarTypeChanged();
        //TypeName 属性
[EdmScalarPropertyAttribute(EntityKeyProperty=false, IsNullable=true)]
        [DataMemberAttribute()]
        public global::System. String TypeName
        {
            get
            {
                return TypeName;
            }
            set
            {
                OnTypeNameChanging(value);
                ReportPropertyChanging("TypeName");
                TypeName = StructuralObject. SetValidValue(value, true);
                ReportPropertyChanged("TypeName");
```

```
        OnTypeNameChanged();
    }
}
private global::System. String TypeName;
partial void OnTypeNameChanging(global::System. String value);
partial void OnTypeNameChanged();
// ImageFile 属性
[EdmScalarPropertyAttribute(EntityKeyProperty=false, IsNullable=true)]
[DataMemberAttribute()]
public global::System. String ImageFile
{
    get
    {
        return ImageFile;
    }
    set
    {
        OnImageFileChanging(value);
        ReportPropertyChanging("ImageFile");
        ImageFile = StructuralObject. SetValidValue(value, true);
        ReportPropertyChanged("ImageFile");
        OnImageFileChanged();
    }
}
private global::System. String ImageFile;
partial void OnImageFileChanging(global::System. String value);
partial void OnImageFileChanged();
}
```

◎按 F6 键,重新编译一下项目。

下面创建域服务 Domain Service,添加一个对中间层的 domain service,domain service 把服务端的数据实体和操作向客户端公开。可以在数据服务中加入商业逻辑来管理客户端如何与数据交互,创建域服务,域服务是 RIA 的关键。通过创建一个在网络域服务项目,生成相应的在客户端访问的代码。

◎Web 项目中添加"Domain Service Class"新建项,命名为:CarDomain Service. cs。

◎选择数据 CarDataEntities 接口,及对应三个表对象,如图 20.4 - 2。

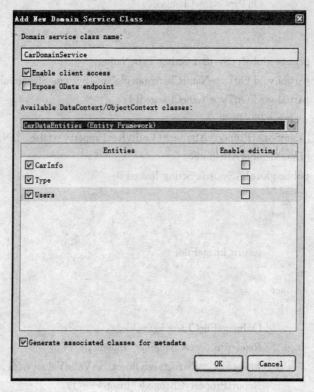

图 20.4 - 2

打开域服务 CarDomainServie. cs 文件，可看到 CarService 类派生于 LinqToEntitiesDomainService，这个基类是 RIA Services 框架内的一个抽象类。由于 domain Services 公开了 ADO. NET 实体数据类，此基类是自动应用的。一个泛型基类被绑定到上一步创建的实体类。CarDomainService 类同时被标记上 EnableClientAccess 属性，表明这个类是可以被客户层访问的。各表对象生成了一个 Get 查询方法，这个方法返回没有过滤和排序的所有项，如添加域服务时选择了可编辑选项，还生成了 Insert、Update、Dclete 方法。在需要时，可在 domain service 里增加业务逻辑，如下面关于 GetCarInfo 实现的部分代码：

　　［EnableClientAccess()］//客户层可访问

　　public class CarDomainService：LinqToEntitiesDomainService<CarDataEntities>

　　　　{

　　　　// 'CarInfo' 查询.

　　　　public IQueryable<CarInfo> GetCarInfo()

　　　　　{

　　　　　　return this. ObjectContext. CarInfo；

```
    // 插入数据操作
        public void InsertCarInfo(CarInfo carInfo)
        {
            if ((carInfo. EntityState ! = EntityState. Detached))
            {
    this. ObjectContext. ObjectStateManager. ChangeObjectState (carInfo，EntityState. Add-
ed);
            }
            else
            {
                this. ObjectContext. CarInfo. AddObject(carInfo);
            }
        }
    // 修改数据操作
        public void UpdateCarInfo(CarInfo currentCarInfo)
        {
            this. ObjectContext. CarInfo. AttachAsModified ( currentCarInfo，this.
ChangeSet. GetOriginal(currentCarInfo));
        }
        public void DeleteCarInfo(CarInfo carInfo)
        {
            if ((carInfo. EntityState == EntityState. Detached))
            {
                this. ObjectContext. CarInfo. Attach(carInfo);
            }
            this. ObjectContext. CarInfo. DeleteObject(carInfo);
        }
    }
```

◎按 F6 键,重新生成解决方案。由于创建项目时选择了"Enable WCF RIA Service",在客户端和服务端之间存在了一个 RIA Services Link。此时会产生客户代理类。这个代理类允许我们从客户端访问数据,这样就生成了 WCF 所需的类/接口文件 CarLine. Web. g. cs,在解决方案资源管理器中,在客户端项目中点击显示所有文件,注意到在 Generated Code 文件夹中包含了这个代码文件。

在代码文件中,生成一个派生于 WebContextBase 类的 WebContext 类,生成一个派生于 DomainContext 类的 CarDomianContext 类,生成派生于 Entity 类的 Car-

Infos 类、Types 类、Users 类，这些类对应着 domain service 公开的实体，并具有 DataMember 属性。这个客户端的实体类对应于服务端的实体。这些核心内容是 Silverlight 所能接受的通信约定和数据约定。WCF 服务实现部分代码：

```
[DataContract（Namespace = " http：//schemas. datacontract. org/2004/07/CarLine.
Web")]
        public sealed partial class CarInfo：Entity
        {
                private int carID；
                private string carName；
                private string carType；
                private string imageFile；
                private string note；
                private Nullable<double> price；
                [DataMember()]
                [Editable(false, AllowInitialValue=true)]
                [Key()]
                [RoundtripOriginal()]
                public int CarID
                {
                    get
                    {
                        return this. carID；
                    }
                    set
                    {
                        if ((this. carID ! = value))
                        {
                            this. OnCarIDChanging(value)；
                            this. ValidateProperty("CarID", value)；
                            this. carID = value；
                            this. RaisePropertyChanged("CarID")；
                            this. OnCarIDChanged()；
                        }
                    }
                }
                [DataMember()]
                [StringLength(10)]
                public string CarName
```

```
            {
        get
        {
            return this.carName;
        }
        set
        {
            if ((this.carName ! = value))
            {
                this.OnCarNameChanging(value);
                this.RaiseDataMemberChanging("CarName");
                this.ValidateProperty("CarName", value);
                this.carName = value;
                this.RaiseDataMemberChanged("CarName");
                this.OnCarNameChanged();
            }
        }
    }
        public EntityQuery<CarInfo> GetCarInfoQuery()
        {
        this.ValidateMethod("GetCarInfoQuery", null);
        return base.CreateQuery<CarInfo>("GetCarInfo", null, false, true);
        }
    public EntityQuery<CarInfo> GetCarInfoByTypeQuery(string type)
        {
    Dictionary<string, object> parameters = new Dictionary<string, object>();
        parameters.Add("type", type);
        this.ValidateMethod("GetCarInfoByTypeQuery", parameters);
    return base.CreateQuery<CarInfo>("GetCarInfoByType", parameters, false, false);
        }
        public EntityQuery<Type> GetTypeQuery()
        {
        this.ValidateMethod("GetTypeQuery", null);
        return base.CreateQuery<Type>("GetType", null, false, true);
        }
    ......
```

◎RIA Services 框架会自动为每一个服务端公开的实体创建一个简单的查询。
这个简单的查询方法检索实体的所有数据,现添加一个用参数值来过滤结果的复杂查询方法,在域服务类 CarDomainService 中,添加一个查询方法,这个方法接受一个字符类型的分类参数并返回对应分类的 CarInfo 实体。

```
public IQueryable<CarInfo> GetCarInfoByType(string type)
    {
        return this.ObjectContext.CarInfo.Where(c => c.CarType.Equals(type) = true);
    }
```

如需返回值必须是实体对象的单一实例,则须设置 IsComposable 为 false。

$$[Query(IsComposable = false)]$$

打开客户端代理类 CarDomainContext 可发现自动产生了对应的查询代码:

```
public EntityQuery<CarInfo> GetCarInfoByTypeQuery(string type)
    {
        Dictionary<string, object> parameters = new Dictionary<string, object>();
            parameters.Add("type", type);
                this.ValidateMethod("GetCarInfoByTypeQuery", parameters);
        return base.CreateQuery<CarInfo>("GetCarInfoByType", parameters, false, false);
    }
```

◎加入一些临时代码,以测试数据访问,在 Home. xaml 文件设计界面中拖入 DataGrid 控件,设 DataGrid 属性 AutoGenerateColumns 为"True",后台主要代码为:

```
CarDomainContext context;
    public Home()
    {
        InitializeComponent();
        HeaderText. Text = "你好,测试数据访问!";
        context = new CarDomainContext();
        dataGrid1. ItemsSource = context. CarInfos;
        context. Load(context. GetCarInfoQuery());
    }
```

需加入 Web 项目命名空间的支持:

using CarLine. Web;

◎运行结果如图 20.4-3,说明创建 WCF 成功。

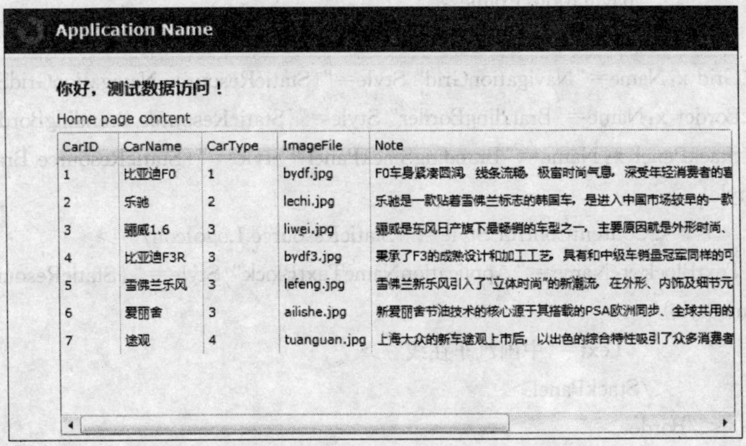

图 20.4 - 3

20.5 创建表现层

客户端采用 XAML 语言对界面布局和控件外观进行描述。Silverlight 提供了丰富的控件库,这些控件支持用户界面开发,主要包括可视化控件和容器控件。允许用户通过控件模板自定义现有控件的外观,并且可通过添加对象实现控件可视化行为,为控件添加动画效果等。

界面框架结构,首页为 T 字型结构,分为上、左、右部分,上面为导航栏,左部为分类,右部为具体产品信息,均为自定义控件,点击产品后出现产品详细控件,购买后出现购物车,网站构架主要 XAML 如下:

```
<Grid x:Name="LayoutRoot" Style="{StaticResource LayoutRootGridStyle}">
<Border x:Name="ContentBorder" Style="{StaticResource ContentBorderStyle}">
<!一导航的映射关系一>
<navigation:Frame x:Name="ContentFrame" Style="{StaticResource ContentFrame-
Style}" Source="/Home" Navigated="ContentFrame Navigated" NavigationFailed="Cont-
entFrame NavigationFailed">
        <navigation:Frame. UriMapper>
            <uriMapper:UriMapper>
<uriMapper:UriMapping Uri="" MappedUri="/Views/Home. xaml"/>
<uriMapper: UriMapping Uri = "/{pageName}" MappedUri = "/Views/{pageName}.
xaml"/>
<uriMapper:UriMapping Uri="" MappedUri="/Views/Login. xaml"/>
            </uriMapper:UriMapper>
        </navigation:Frame. UriMapper>
```

```
            </navigation:Frame>
          </Border>
      <Grid x:Name="NavigationGrid" Style="{StaticResource NavigationGridStyle}">
      <Border x:Name="BrandingBorder" Style="{StaticResource BrandingBorderStyle}">
      <StackPanel x:Name="BrandingStackPanel" Style="{StaticResource BrandingStack-
PanelStyle}">
            <ContentControl Style="{StaticResource LogoIcon}"/>
      <TextBlock x:Name="ApplicationNameTextBlock" Style="{StaticResource Applica-
tionNameStyle}"
                    Text="中国汽车在线"/>
          </StackPanel>
        </Border>
      <Border x:Name="LinksBorder" Style="{StaticResource LinksBorderStyle}">
      <StackPanel x:Name="LinksStackPanel" Style="{StaticResource LinksStackPanel-
Style}">
          <!--汽车商城主页超链-->
      <HyperlinkButton x:Name="Link1" Style="{StaticResource LinkStyle}"
NavigateUri="/Home" TargetName="ContentFrame" Content="汽车商城"/>
      <Rectangle x:Name="Divider1" Style="{StaticResource DividerStyle}"/>
            <!--帮助页超链-->
      <HyperlinkButton x:Name="Link3" Style="{StaticResource LinkStyle}"
NavigateUri="/About" TargetName="ContentFrame" Content="帮助"/>
      <Rectangle x:Name="Divider3" Style="{StaticResource DividerStyle}"/>
            <!--登录注册页超链 -->
      <HyperlinkButton x:Name="Link4" Style="{StaticResource LinkStyle}"
NavigateUri="/Login" TargetName="ContentFrame" Content="登录|注册"/>
                </StackPanel>
              </Border>
            </Grid>
          </Grid>
```

　　可看到首页设计了三个主要页面的链接：汽车商城、帮助和登录注册页，首页默认页面为汽车商城，汽车商城是作为实现主要功能模板的页面。

　　◎汽车商城 Home.xaml 作为首页，左侧为汽车分类控件，右侧为汽车列表显示控件，下面动态加载购物车控件或汽车显示订购控件，设计如下：

```
    <Grid x:Name="LayoutRoot">
        <ScrollViewer x:Name="PageScrollViewer" Style="{StaticResource PageScroll-
    ViewerStyle}">
```

```xml
<StackPanel x:Name="ContentStackPanel">
<CarLineControl:PageHeader x:Name="pageHeader" />
<Grid Margin="0,5,0,0" x:Name="gridContent">
    <Grid.ColumnDefinitions>
        <ColumnDefinition Width="Auto"/>
        <ColumnDefinition Width="*"/>
    </Grid.ColumnDefinitions>
<Border Margin="0,0,0,0" x:Name="leftBackgroundBorder" CornerRadius="5,5,5,5">
        <Border.Background>
<LinearGradientBrush EndPoint="0.372,0.058" StartPoint="0.628,0.942">
    <GradientStop Color="#FF3C7657" Offset="0"/>
<GradientStop Color="#FFC6F5DC" Offset="1"/>
        </LinearGradientBrush>
        </Border.Background>
        </Border>
<Border Margin="5,0,0,0" Grid.Column="1" CornerRadius="5,5,5,5">
        <Border.Background>
<LinearGradientBrush EndPoint="0.61,0.042" StartPoint="0.032,1.132">
        <GradientStop Color="#FF3C7657"/>
<GradientStop Color="#FFC6F5DC" Offset="1"/>
        <GradientStop Color="#FFF1C5DD"/>
        </LinearGradientBrush>
        </Border.Background>
        </Border>
<!-- 汽车分类控件 -->
        <CarLineControl:CarType Margin="5,5,5,5" x:Name="CarTypeControl"></CarLineControl:CarType>
<!-- 汽车列表显示控件 -->
        <CarLineControl:CarList Margin="15,0,0,10" Grid.Column="1" x:Name="CarListControl"/>
        </Grid>
<!-- 动态加载购物车或汽车显示订购控件 -->
        <Grid x:Name="gridDialog" Visibility="Collapsed">
        <Border x:Name="screenMask" Margin="0,0,0,0" Background="#FFAFACAC" Opacity="0.5"/>
        </Grid>
        </StackPanel>
        </ScrollViewer>
```

```
        </Grid>
```

◎后台主要实现代码,重点部分已添加注解,可自行参考:

```
//显示购物车及主要选购的汽车列表
        private void ShowShopCartList()
        {
            this.gridDialog.Visibility = Visibility.Visible;
            if (this.ShopCartList == null)
            {
                this.ShopCartList = new ShopCartList();
    this.ShopCartList.CloseClick += new EventHandler<EventArgs>(ShopCartList
CloseClick);
                this.ShopCartList.SubmitClick += new EventHandler<EventArgs
>(ShopCartList SubmitClick);
                this.gridDialog.Children.Add(this.ShopCartList);
            }
            this.ShopCartList.Visibility = Visibility.Visible;
            this.ShopCartList.ItemsSource = null;
            this.ShopCartList.ItemsSource = this.purchasedCarItems;
        }
//显示汽车订购页
        private void ShowCarItemDetailScreen(CarInfo itemInfo)
        {
            this.gridDialog.Visibility = Visibility.Visible;
            if (this.CarItemDetailScreen == null)
            {
                this.CarItemDetailScreen = new CarItemDetail();
                this.CarItemDetailScreen.CloseClick += new EventHandler<Event
Args>(CarItemDetailScreen CloseClick);
                this.CarItemDetailScreen.PurchaseClick += new EventHandler<
EventArgs>(CarItemDetailScreen PurchaseClick);
    this.gridDialog.Children.Add(this.CarItemDetailScreen);
            }
                this.CarItemDetailScreen.DataContext = itemInfo;
                this.CarItemDetailScreen.PurchaseNumber = 1;
    this.CarItemDetailScreen.Visibility = Visibility.Visible;
        }
//汽车订购处理
void CarItemDetailScreen PurchaseClick(object sender, EventArgs e)
```

```
            {
        int purchaseNumber = this. CarItemDetailScreen. PurchaseNumber;
    CarInfo CarItemInfo = (CarInfo)this. CarItemDetailScreen. DataContext;
            this. PurchaseCarItem(CarItemInfo, purchaseNumber);
            this. HideCarItemDetailScreen();
        }
//选购产品加入购物车
private void PurchaseCarItem(CarInfo CarItemInfo, int purchaseNumber)
        {
            ShopCartItemInfo pItem=null;
foreach (ShopCartItemInfo item in this. purchasedCarItems)
            {
                if (item. CarID. Equals(CarItemInfo. CarID))
                {
                    pItem=item;
                    return;
                }
            }
            if (pItem=null)
            {
                pItem=new ShopCartItemInfo();
                pItem. CarID=CarItemInfo. CarID. ToString ();
                pItem. CarName=CarItemInfo. CarName;
                pItem. Price =(double) CarItemInfo. Price;
                this. purchasedCarItems. Add(pItem);
            }
            pItem. PurchaseNumber += purchaseNumber;
        }
```

汽车商城页由不少自定义控件组成,自定义控件是基于某项功能的所有资源的集合,是实现高内聚、松耦合的重要途径,对于一些大型案例开发时,使用大量的自定义控件也是保证软件质量的重要途径,下面重点讲解涉及的主要自定义控件。

◎汽车分类控件 CarType:我们要对所有汽车进行分类显示,因此设计了一个汽车分类控件 CarType,主要由一个 ListBox 控件组成。ListBox 控件中使用了模板项,模板中设置了一个 StackPanel,StackPanel 包含了分类图片 Image 控件和分类名称 TextBlock 控件,XAML 主要如下:

<! - ListBox 控件 ->

```
<ListBox Background="{x:Null}" BorderBrush="{x:Null}" VerticalAlignment
="Top" x:Name="listBox" Style="{StaticResource CategoryListBoxStyle}">
    <ListBox.ItemTemplate>
<!--定义模板项-->
        <DataTemplate>
            <Grid Width="126" Margin="0,5,5,5">
                <CarLineControl:CarTypeBorder/>
                <StackPanel Orientation="Vertical">
    <Image Stretch="Uniform" Width="60" x:Name="typeImage" Source="{Bind
ing ImageFile, Converter={StaticResource imageFilesConvert}}"/>
    <TextBlock Margin="0,2,0,0" Text="{Binding TypeName}" TextWrapping=
"Wrap" x:Name="typeName" HorizontalAlignment="Center"/>
                </StackPanel>
            </Grid>
        </DataTemplate>
    </ListBox.ItemTemplate>
</ListBox>
</Grid>
</UserControl>
```

主要代码如下，已添加注解。

```
public partial class CarType: UserControl
{
//定义 IEnumerable 属性的数据源成员 ItemsSource
    public IEnumerable ItemsSource
    {
        get
        {
            return this.listBox.ItemsSource;
        }
        set
        {
            this.listBox.ItemsSource = value;
        }
    }
// 定义选择顺序号成员 SelectedIndex
    public int SelectedIndex
    {
        get
```

```
                    {
                        return this. listBox. SelectedIndex；
                    }
                set
                    {
                        this. listBox. SelectedIndex ＝ value；
                    }
            }
//说明事件 ItemClick 的引发
void listBox SelectionChanged(object sender，SelectionChangedEventArgs e)
            {
                if（e. AddedItems！＝ null && this. ItemClick！＝ null)
                {
CarLine. Web. Type itemInfo ＝（CarLine. Web. Type)e. AddedItems[0]；
this. ItemClick(this, new CarTypeClickEventArgs(itemInfo. CarType ));
                }
            }
```

选项点击 ItemClick 事件参数,使用了 CarTypeClickEventArgs 参数类,其定义如下：

```
public class CarTypeClickEventArgs：EventArgs
    {
        private string categoryID；
        public string CategoryID
        {
            get｛ return this. categoryID；｝
            set｛ this. categoryID ＝ value；｝
        }
        public CarTypeClickEventArgs(string categoryID)
        {
            this. CategoryID＝categoryID；
        }
    }
```

◎汽车列表显示控件 CarList：为了让汽车按分类列表显示,定义了一个汽车列表控件 CarList,界面设计如下：

```
        <Grid x：Name＝"LayoutRoot">
        <Grid. RowDefinitions>
            <RowDefinition Height＝"0"/>
```

```
            <RowDefinition Height=" * "/>
            <RowDefinition Height="0"/>
        </Grid. RowDefinitions>
        <Grid x:Name="topPagerGrid" Grid. Row="0">
        </Grid>
        <ScrollViewer Grid. Row="1" BorderBrush="{x:Null}" HorizontalScroll-
BarVisibility="Hidden" VerticalScrollBarVisibility="Auto">
    //定义了一个StackPanel,动态加载汽车项
            <StackPanel x:Name="carsPanel" Orientation="Vertical"/>
        </ScrollViewer>
        <Grid x:Name="bottomPagerGrid" Grid. Row="2">
        </Grid>
    </Grid>
```

后台主要代码如下:

//加载汽车信息

```
        private void CreateItemCtrls()
        {
            while (this. ItemCtrls. Count > 0)
            {
                this. ItemCtrls. RemoveAt(0);
            }
            this. ClearLayout();
            CarItem itemCtrl = null;
            foreach (CarInfo itemInfo in this. ItemsSource)
            {
                itemCtrl = new CarItem();
                itemCtrl. DataContext = itemInfo;
                itemCtrl. LightCompleted += new EventHandler < EventArgs >
(itemCtrl LightCompleted);
                itemCtrl. Click += new EventHandler < CarItemClickEventArgs >
(itemCtrl Click);
                this. ItemCtrls. Add(itemCtrl);
            }
        }
```

汽车显示列表定义一个汽车项单击事件 CarItemClickEventArgs,说明如下:

```
    public class CarItemClickEventArgs: EventArgs
    {
```

```
        private CarInfo itemInfo;
        public CarInfo ItemInfo
        {
            get { return this. itemInfo; }
            set { this. itemInfo = value; }
        }
        public CarItemClickEventArgs(CarInfo itemInfo)
        {
            this. itemInfo = itemInfo;
        }
    }
    public class s: EventArgs
    {
        private CarInfo itemInfo;
        public CarInfo ItemInfo
        {
            get { return this. itemInfo; }
            set { this. itemInfo = value; }
        }
        public s(CarInfo itemInfo)
        {
            this. itemInfo = itemInfo;
        }
    }
```

◎显示并订购控件 CarItemDetail：单击选中的汽车后，会出现该车的订购页面，并增加了订购数量项，由控件 CarItemDetail 实现。

```
            <TextBlock Grid. Row="0" Foreground=" #FF8A7E7E"><Run Text
="车名:"/></TextBlock>
            <TextBlock x: Name="textTitle" Grid. Row="0" Grid. Column="1"
TextWrapping="Wrap" MaxHeight="100" Text="{Binding Path=CarName}"/>
            <TextBlock Grid. Row="1" Foreground=" #FF8A7E7E"><Run Text
="价格:"/></TextBlock>
            <TextBlock Grid. Row="1" Grid. Column="1" x: Name="textPrice"
TextWrapping="Wrap" MaxHeight="100" Text="{Binding Path=Price}"/>
            <TextBlock Grid. Row="2" Foreground=" #FF8A7E7E"><Run Text
="说明:"/></TextBlock>
            <TextBlock Grid. Row="2" Grid. Column="1" x: Name="textDescription"
TextWrapping="Wrap" MaxHeight="100" Text="{Binding Path=Note}"/>
```

```
            <TextBlock Grid.Row="3" Foreground="#FF8A7E7E"><Run Text
="数量:"/></TextBlock>
            <TextBox x:Name="textNumber" Grid.Row="3" Width="30" Height
="20" HorizontalAlignment="Left" Text="1" Grid.Column="1" />
            <StackPanel Grid.Row="4" Grid.ColumnSpan="2" Orientation="Hori-
zontal" VerticalAlignment="Bottom" Margin="0,10,0,0">
        <Button Width="80" Height="20" Content="订购" x:Name="btnPurchase"/>
        <Button Width="80" Height="20" Content="关闭" x:Name="btnClose"/>
            </StackPanel>
```

后台实现代码:

```
    public partial class CarItemDetail: UserControl
      {
    //订购数量
      public int PurchaseNumber
        {
          get
          {
            int purchaseNumber = 0;
        int.TryParse(this.textNumber.Text.Trim(), out purchaseNumber);
            return purchaseNumber;
          }
          set
          {
            this.textNumber.Text = value.ToString();
          }
        }
        public event EventHandler<EventArgs> CloseClick;
        public event EventHandler<EventArgs> PurchaseClick;
        public CarItemDetail()
        {
          InitializeComponent();
    //关闭、订购事件
        this.btnClose.Click += new RoutedEventHandler(btnCloseClick);
    this.btnPurchase.Click += new RoutedEventHandler(btnPurchaseClick);
        }
    //关闭事件
        void btnCloseClick(object sender, RoutedEventArgs e)
        {
```

```
                if (this. CloseClick ! = null)
                {
                        this. CloseClick(this，null)；
                }
        }
//订购事件
        void btnPurchaseClick(object sender，RoutedEventArgs e)
        {
                if (this. PurchaseClick ! = null)
                {
                        this. PurchaseClick(this，null)；
                }
        }
    }
```

◎购物车 ShopCartList 控件：单击订购后，产品会进入购物车中，购物车 Shop-CartList 界面 XAML 设计如下：

```
<Grid x:Name="LayoutRoot">
        <Border Background="#FFBED3EE" CornerRadius="5,5,5,5" />
        <Grid Margin="5">
            <Grid. RowDefinitions>
                <RowDefinition Height="40"/>
                <RowDefinition Height=" * "/>
                <RowDefinition Height="20"/>
            </Grid. RowDefinitions>
            <data:DataGrid HorizontalAlignment="Stretch" Margin="0,0,0,5" x:
Name="shoppingGrid" VerticalAlignment="Stretch" Grid. Row="1" AutoGenerateColumns
="False">
                        <data:DataGrid. Columns>
                        <data:DataGridTextColumn Header="车名" Binding="{Bind-
ing CarName}" IsReadOnly="True"/>
                        <data:DataGridTextColumn Header="价格" Binding="{Bind-
ing Price}" IsReadOnly="True"/>
                        <data:DataGridTextColumn Header="辆数" Binding="{Bind-
ing PurchaseNumber}" IsReadOnly="True"/>
                        </data:DataGrid. Columns>
                </data:DataGrid>
        <TextBlock Margin="0,0,0,0" Text="当前选购的商品列表:" TextWrapping="
Wrap" HorizontalAlignment="Stretch" VerticalAlignment="Center"/>
```

零基础学通Silverlight

```xml
        <Button Grid.Row="2" Height="20" Width="80" Content="付款" x:
Name="btnSubmit" Margin="111,0,199,0" />
        <Button Grid.Row="2" Height="20" Width="80" Content="关闭" x:
Name="btnClose" Margin="211,0,99,0" />
    </Grid>
  </Grid>
```

后台主要实现代码如下：

```csharp
public partial class ShopCartList: UserControl
    {
        public IEnumerable ItemsSource
        {
            get
            {
                return this.shoppingGrid.ItemsSource;
            }
            set
            {
                this.shoppingGrid.ItemsSource = value;
            }
        }
        public event EventHandler<EventArgs> CloseClick;
        public event EventHandler<EventArgs> SubmitClick;
        public ShopCartList()
        {
            InitializeComponent();
    //购物车的关闭和付款事件
        this.btnClose.Click += new RoutedEventHandler(btnCloseClick);
        this.btnSubmit.Click += new RoutedEventHandler(btnSubmitClick);
        }
        void btnCloseClick(object sender, RoutedEventArgs e)
        {
            if (this.CloseClick != null)
            {
                this.CloseClick(this, null);
            }
        }
    //购物车付款事件
        void btnSubmitClick(object sender, RoutedEventArgs e)
```

```
    {
        if (this. SubmitClick ！= null)
        {
            this. SubmitClick(this，null)；
        }
    }
}
```

◎功能扩充：该案例实现了电子商务的主要功能，可在此基础上进一步完善、升级，由于 Ria Server 有时候第一次访问未必很快就能返回数据，可用 Socket 等实时性强的网络通信形式去实现，用户登录可采用身份验证方法来实现个性化的页面，并可采用 Visual Studio 2010 提供的现成商业应用模板。

第 21 章 网页游戏案例

21.1 功能概述

游戏界面由飞机、降伞员、雪橇、云彩、雪地等组成,飞机随机不断来回飞行,用键盘的左、右键控制雪橇的移动方向,不断有降伞员降落,当降伞员降落时用雪橇接到降伞员就能得分,否则漏掉了,能量会降低,当能量没有时,游戏结束,游戏过程中不断出现云彩干扰,为得到更好的用户体验,可暂停或全屏运行,如图 21.1-1。

图 21.1-1

21.2 构架开始

打开项目的解决方案资源管理器,该项目有飞机控件 Plane、降伞员控件 Pilot、雪橇控件 Lifeboat、游戏精灵 Sprite 等,文件结构如图 21.2-1 所示。

先创建案例的基本构架,步骤有:

◎启动 Microsoft Visual Studio 2010,新建 Silverlight 项目,命名为 FlyMain。

◎创建用户控件 FlyGame. xmal,添加 Canvas 容器控件,选择 Canvas 作为容器,可以实现它的内部控件可任意地绝对定位,这样可方便地处理物体的移动。

◎将用户控件 FlyGame. xmal 添加到 FlyMain. xmal 中。

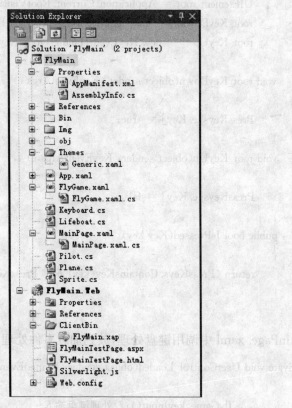

图 21.2 − 1

　　　　　＜Fly：FlyGame x：Name ＝ "flyGame"＞＜/Fly：FlyGame＞

并加入命名空间的支持：

　　　xmlns：Fly ＝ "clr−namespace：FlyMain"

◎Web 项目中添加文件夹 Img，用于存放图片文件，如降伞员、飞机、游戏背景
　图等，并添加背景图：

　　　　　　　＜Image Source ＝ "Img/Back. png"＞＜/Image＞

◎Silverlight 中的键盘处理事件，支持 KeyDown 和 KeyUp 事件，添加键盘处
　理类。

```
public class Keyboard
{
    Dictionary<Key，bool> PressKeys = new Dictionary<Key，bool>();
    public Keyboard()
```

```
            {

                UIElement root = Application. Current. RootVisual;

                root. KeyDown += new KeyEventHandler(root_KeyDown);

                root. KeyUp += new KeyEventHandler(root_KeyUp);

            }

        void root_KeyDown(object sender, KeyEventArgs e)

        {

                PressKeys[e. Key] = true;

        }

        void root_KeyUp(object sender, KeyEventArgs e)

        {

                PressKeys[e. Key] = false;

        }

        public bool IsPressed(Key key)

        {

                return (PressKeys. ContainsKey(key) && PressKeys[key] = true);

        }

    }
```

在 MainPage. xaml 中调用键盘处理，放到加载事件处理中：

```
    private void UserControl_Loaded(object sender, RoutedEventArgs e)

        {

                flyGame. keyInput();//处理键盘输入

        }
```

21.3 游戏精灵

游戏中的精灵是游戏开发的基础，可以帮助开发者快速地完成开发工作，Silver-light 控件可实现游戏精灵的作用。

具体操作步骤有：

◎添加 Silverlight 模板控件，命名为 Sprite. cs，模板控件可实现逻辑与界面完全分离和重用，先定义它可移动：

```
    public class Sprite：Control

        {

                TranslateTransform translate;

                public Sprite()

        {

                this. DefaultStyleKey = typeof(Sprite);
```

```
                this. RenderTransform = translate;
        }
        public double X
        {
                get { return translate. X; }
                set { translate. X = value; }
        }
    public double Y
    {
            get { return translate. Y; }
            set { translate. Y = value; }
    }
```

//判断两精灵是否碰撞
```
    public bool CollidesWith(Sprite s)
        {
                Rect s1 = new Rect(X, Y, this. Width, this. Height);
                Rect s2 = new Rect(s. X, s. Y, s. Width, s. Height);
                s1. Intersect(s2);
                return ! (s1. IsEmpty);
        }
    }
```

界面设计在 Generic. xaml 文件中,修改其中的默认内容为:

```
    <Style TargetType = "local:Sprite">
        <Setter Property = "Template">
            <Setter. Value>
                <ControlTemplate TargetType = "local:Sprite">
                    <Rectangle Fill = "Red" Width = "60" Height = "60"/>
                </ControlTemplate>
            </Setter. Value>
        </Setter>
    </Style>
```

在此基础上可创建不同外表的游戏精灵,如飞机、雪橇、降伞员等。
◎创建降伞员精灵模板控件,继承于 Sprite,并重新定义宽、高值。

```
    public class Pilot: Sprite
        {
                public Pilot()
                {
```

```
            this. DefaultStyleKey = typeof(Pilot);
            Width = 80;
            Height = 120;
        }
    }
```

同样的方法创建雪橇控件 Lifeboat、飞机控件 Plane，并在 Generic. xaml 设计对应的界面，主要使用图片表示 Lifeboat 控件：

```
<Style TargetType = "local:Lifeboat">
    <Setter Property = "Template">
        <Setter. Value>
            <ControlTemplate TargetType = "local:Lifeboat">
                <Image Source = "Img/Chuan. png"></Image>
            </ControlTemplate>
        </Setter. Value>
    </Setter>
</Style>
```

◎设置各精灵的大小、边界等，如 Lifeboat。

```
public Lifeboat()
    {
        Width = 100;
        Height = 100;
        this. DefaultStyleKey = typeof(Lifeboat);
        Border = new Rect(20, 20,700-Width, 500-Height );
    }
```

◎可将各精灵加入 FlyGame. xaml 文件中测试一下：

```
<Grid x:Name = "LayoutRoot" Background = "AliceBlue">
    <Canvas>
        <Fly:Plane x:Name = "MyPlane" X = "250" Y = "50" />
        <Fly:Lifeboat x:Name = "MyLifeboat" X = "100" Y = "480" />
        <Fly:Pilot x:Name = "MyPilot" X = "200" Y = "250" />
    </Canvas>
</Grid>
```

可看到如下效果，如图 21.3－1：

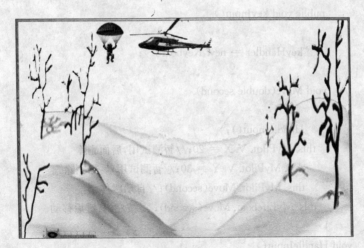

图 21.3 - 1

▶ 21.4 游戏循环

游戏是一个循环体,需要定义游戏循环,这里循环是通过动画来实现的。动画有两种方法,一是采用故事板,二是 CompositionTarget 动画。我们这里采用第二种,CompositionTrarget 对象根据每个帧创建自定义动画,基于界面刷新后触发的,并与窗体刷新频率一致,添加帧刷新事件:

```
public partial class FlyGame:UserControl
    {
        DateTime LastMoveTime = DateTime. Now;
        Keyboard keyHandler;////处理键盘输入
        public double Speed = 100;
        public FlyGame()
        {
            InitializeComponent();
    CompositionTarget. Rendering += new EventHandler(CompositionTarget_Rendering);
        }
        void CompositionTarget_Rendering(object sender, EventArgs e)
        {
            TimeSpan span = DateTime. Now - LastMoveTime;
            LastMoveTime = DateTime. Now;
            Move(span. TotalSeconds);
        }
```

```
public void keyInput()
{
    keyHandler = new Keyboard();
}
void Move(double second)
{
    HandleInput();
    this. MyPilot. V. X = 20;//暂测试用,后面删除
    this. MyPilot. V. Y = 30;//暂测试用,后面删除
    this. MyPilot. Move(second);//自动飘移
    this. MyLifeboat. Move(second);//按左、右键后移动
}
void HandleInput()
{
    if (keyHandler. IsPressed(Key. Left))
        this. MyLifeboat. V. X = -Speed;
    else if (keyHandler. IsPressed(Key. Right))
        this. MyLifeboat. V. X = Speed;
    else
        this. MyLifeboat. V. X = 0;
}
}
```

运行后,可看到降伞员自动降落,单击游戏画面,按左、右方向键,可看到雪橇移动,如图 21.4-1。

图 21.4-1

下面让飞机适时随机地转向并抛下降伞员，重载飞机控件 Plane 的 Move 函数：

```
public void Move(double second)
{
        X += V. X * second;
        Random rand = new Random();
        double pos = rand. Next((int)Border. Left,(int)Border. Right);
        double juli = pos—X;
//当这个随机点与飞机接近时,转向并触发降伞员降落事件
        if (Math. Abs(juli) < 1)
        {
            V. X = -V. X;
            Land(this, null);
        }
// 当到达边界时掉头转向
        if (X > Border. Right || X < Border. Left)
        {
            V. X = -V. X;
        }
}
```

在飞机控件 Plane 中定义降落事件：

```
public event EventHandler Land;
```

在游戏主控件 FlyMain 中触发 Land 事件：

```
<Fly:Plane x:Name = "MyPlane" X = "250" Y = "50" Land = "MyPlane_
Land" />
private void MyPlane_Land(object sender, EventArgs e)
{
        Pilots. Add(new Pilot()
        {
            X = this. MyPlane. X + 20,
            Y = this. MyPlane. Y + 50,
            V = new Point(0, Speed)
        };
}
```

这里定义了一个降伞员控件 Pilot 动态数据集合 Pilots：

```
public ObservableCollection<Pilot> Pilots
        {get;set;}
```

绑定到FlyGame控件页面上,这样可动态显示降伞员控件:

```
<Grid x:Name = "LayoutRoot" Background = "White" >
    <Image Source = "Img/Back. png"></Image>
    <Canvas x:Name = "MyCanvas">
<Fly:Plane x:Name = "MyPlane" X = "250" Y = "50" Land = "MyPlane_
Land" />
        <Fly:Lifeboat x:Name = "MyLifeboat" X = "100" Y = "480" />
        <ItemsControl ItemsSource = "{Binding Pilots}">
            <ItemsControl. ItemsPanel>
                <ItemsPanelTemplate>
                    <Canvas></Canvas>
                </ItemsPanelTemplate>
            </ItemsControl. ItemsPanel>
        </ItemsControl>
    </Canvas>
</Grid>
```

创建 Pilots 实例:

```
public FlyGame()
    {
        InitializeComponent();
        Pilots = new ObservableCollection<Pilot>();
        DataContext = this;
CompositionTarget. Rendering += new EventHandler(CompositionTarget_
Rendering);
        this. MyPlane. V. X = Speed;
    }
```

在 FlyGame 中 Move 函数中重写为:

```
void Move(double second)
    {
        HandleInput();
    MovePilots(second); //所有降伞员降落
        this. MyLifeboat. Move(second);
        this. MyPlane. Move(second);
    }
    void MovePilots(double second)
    {
        for (int i = Pilots. Count - 1; i >= 0; i--)
```

```
        {
            Pilot pilot = Pilots[i];
            pilot. Move(second);
//降落到地面时,消失
            if (pilot. Y > 400)
            {
                Pilots. Remove(pilot);
            }
//如雪橇接到,也会消失
            if (pilot. CollidesWith(this. MyLifeboat))
            {
                Pilots. Remove(pilot);
            }
        }
    }
```

运行,可看到如下效果,如图 21.4-2:

图 21.4-2

21.5 主要功能

21.5.1 状态信息

程序执行后游戏就开始自动运行,为控制游戏的运行,现添加枚举型的游戏状态信息变量 RunState。使用枚举使代码更清晰,且更易于维护。RunState 包含了三种状态：运行 Run、暂停 Pause、结束 Over。

```
public enum RunState //运行状态
{
    Run,
    Pause,
    Over
}
RunState state = RunState. Over;
```

在 CompositionTarget 中 Rendering 事件中加入运行状态：

```
void CompositionTarget_Rendering(object sender, EventArgs e)
{
    TimeSpan span = DateTime. Now — LastMoveTime;
    LastMoveTime = DateTime. Now;
    if (state = = RunState. Run )
        Move(span. TotalSeconds);
}
```

21.5.2 运行控制

游戏运行时，能够控制它的执行过程，如：开始、暂停、继续、停止等。

在 FlyGame. xaml 中添加开始命令控件：

```
<Button HorizontalAlignment = "Left" x: Name = "btBegin" Width = "50"
Height = "120" Margin = "0,0,100,260" Click = "btBegin_Click" >
    <StackPanel >
        <Image Source = "Img/Begin. png" />
    </StackPanel>
</Button>
```

命令代码为：

```
private void btBegin_Click(object sender, RoutedEventArgs e)
{
    state = RunState. Run;
}
```

游戏运行时可以暂停，在 FlyGame. xaml 中添加暂停命令控件：

```
<Button HorizontalAlignment = "Left" x: Name = "btTingzhi" Width = "50"
Height = "120" Margin = "0,150,100,0" Click = "btTingzhi_Click" >
    <StackPanel >
```

```
            <Image Source = "Img/ting.png" />
        </StackPanel>
    </Button>
```

对应的处理代码为：

```
private void btTingzhi_Click(object sender, RoutedEventArgs e)
    {
        if (state = = RunState.Run)
            state = RunState.Pause;
    }
```

暂停后还需继续,在 FlyGame.xaml 中添加继续命令控件：

```
<Button HorizontalAlignment = "Left" x:Name = "btJixu" Width = "50"
Height = "120" Margin = "0,380,100,0" Click = "btJixu_Click">
        <StackPanel>
            <Image Source = "Img/Jixu.png" />
        </StackPanel>
    </Button>
```

对应的处理代码为：

```
private void btJixu_Click(object sender, RoutedEventArgs e)
    {
        if (state = = RunState.Pause)
            state = RunState.Run;
    }
```

游戏结束显示启动动画,显示游戏结束：

```
private void StopGame()
    {
        Pilots.Clear();
        state = RunState.Over;
        bodGameOver.Begin();
    }
```

在 FlyMain.xaml 中加入故事板动画 bodGameOver：

```
<UserControl.Resources>
<Storyboard x:Name = "bodGameOver">
    <DoubleAnimationUsingKeyFrames Storyboard.TargetProperty = "(Text-
Block.FontSize)" Storyboard.TargetName = "textOver">
```

```
        <EasingDoubleKeyFrame KeyTime = "0:0:1" Value = "24"/>
        <EasingDoubleKeyFrame KeyTime = "0:0:2" Value = "16"/>
        <EasingDoubleKeyFrame KeyTime = "0:0:3" Value = "42"/>
        <EasingDoubleKeyFrame KeyTime = "0:0:4" Value = "26"/>
        <EasingDoubleKeyFrame KeyTime = "0:0:5" Value = "16"/>
        <EasingDoubleKeyFrame KeyTime = "0:0:6" Value = "10"/>
    </DoubleAnimationUsingKeyFrames>
    <DoubleAnimationUsingKeyFrames Storyboard.TargetProperty = "(UIElement.RenderTransform).(CompositeTransform.TranslateX)" Storyboard.TargetName = "textOver">
        <EasingDoubleKeyFrame KeyTime = "0:0:2" Value = "0"/>
        <EasingDoubleKeyFrame KeyTime = "0:0:2.9" Value = "27"/>
        <EasingDoubleKeyFrame KeyTime = "0:0:3" Value = "68"/>
    </DoubleAnimationUsingKeyFrames>
    <DoubleAnimationUsingKeyFrames Storyboard.TargetProperty = "(UIElement.RenderTransform).(CompositeTransform.TranslateY)" Storyboard.TargetName = "textOver">
        <EasingDoubleKeyFrame KeyTime = "0:0:2" Value = "0"/>
        <EasingDoubleKeyFrame KeyTime = "0:0:2.9" Value = "25"/>
        <EasingDoubleKeyFrame KeyTime = "0:0:3" Value = "11.5"/>
    </DoubleAnimationUsingKeyFrames>
    <ObjectAnimationUsingKeyFrames Storyboard.TargetProperty = "(TextBlock.Text)" Storyboard.TargetName = "textOver">
        <DiscreteObjectKeyFrame KeyTime = "0:0:2.9" Value = "游戏结束"/>
        <DiscreteObjectKeyFrame KeyTime = "0:0:6" Value = ""/>
    </ObjectAnimationUsingKeyFrames>
    </Storyboard>
</UserControl.Resources>
```

21.5.3　游戏进度

游戏进行中,可显示游戏的进度,每接到一个降伞员就可增加积分;如遗漏,能量就会减少,游戏进度条变小;没有能量时,游戏结束。现添加积分、遗漏值两个变量:

```
public int Missed = 5;
public int Score = 0;
```

在 MovePilots 中添加积分、游戏进度的处理:

```
void MovePilots(double second)
{
        for (int i = Pilots. Count - 1; i >= 0; i--)
        {
                Pilot pilot = Pilots[i];
                pilot. Move(second);
                if (pilot. Y > 400)
                {
                        Pilots. Remove(pilot);
                        Missed--;
                        Blood();
                if(Missed <= 0)
                        StopGame();
                }
                if (pilot. CollidesWith(this. MyLifeboat))
                {
                        Pilots. Remove(pilot);
                        Score += 100;
                        TotalScore();
                }
        }
}
```

Blood 函数用来显示游戏进度条：

```
void Blood()
{
        barBlood. Value = Missed * 10;
}
```

TotalScore 函数用来显示积分值：

```
void TotalScore()
{
        txtScore. Text = String. Format("积分:{0}", Score);
}
```

21.5.4　全屏功能

为了提高用户体验，让界面更大，添加全屏功能，在 FlyMain. xaml 中添加 View-box 控件：

```
<Viewbox Stretch = "Uniform">
        <Fly:FlyGame x:Name = "flyGame"></Fly:FlyGame>
</Viewbox>
```

在 FlyGame. xaml 添加全屏命令控件：

```
<Button HorizontalAlignment = "Left" x:Name = "btQuanping" Width = "50"
Height = "120" Margin = "0,150,0,0" Click = "btQuanping_Click">
        <StackPanel>
                <Image Source = "Img/ping. png" />
        </StackPanel>
</Button>
```

命令代码为：

```
private void btQuanping_Click(object sender, RoutedEventArgs e)
{
        App. Current. Host. Content. IsFullScreen =
        ! App. Current. Host. Content. IsFullScreen;
}
```

21.5.5 云彩动画

为了使界面更加美观，添加两片云彩的动画，让云彩在游戏界面上快速飘移，两片云彩设计类似，现仅列第一片云彩动画的设计，故事板动画的 XAML 如下：

```
<Storyboard x:Name = "boardCloud" RepeatBehavior = "Forever">
        <DoubleAnimationUsingKeyFrames BeginTime = "00:00:00" Storyboard.
TargetName = "Cloud1" Storyboard. TargetProperty = "(UIElement. RenderTrans-
form). (TransformGroup. Children)[0]. (ScaleTransform. ScaleX)">
                <EasingDoubleKeyFrame KeyTime = "00:00:00" Value = "1"/>
                <EasingDoubleKeyFrame KeyTime = "00:00:06" Value = "3">
                        <EasingDoubleKeyFrame. EasingFunction>
                                <CircleEase EasingMode = "EaseIn"/>
                        </EasingDoubleKeyFrame. EasingFunction>
                </EasingDoubleKeyFrame>
        </DoubleAnimationUsingKeyFrames>
        <DoubleAnimationUsingKeyFrames BeginTime = "00:00:00" Storyboard.
TargetName = "Cloud1" Storyboard. TargetProperty = "(UIElement. RenderTrans-
form). (TransformGroup. Children)[0]. (ScaleTransform. ScaleY)">
                <EasingDoubleKeyFrame KeyTime = "00:00:00" Value = "1"/>
                <EasingDoubleKeyFrame KeyTime = "00:00:06" Value = "6">
```

```
          <EasingDoubleKeyFrame. EasingFunction>
            <CircleEase EasingMode = "EaseIn"/>
          </EasingDoubleKeyFrame. EasingFunction>
        </EasingDoubleKeyFrame>
      </DoubleAnimationUsingKeyFrames>
      <DoubleAnimationUsingKeyFrames BeginTime = "00:00:00" Storyboard.
TargetName = "Cloud1" Storyboard. TargetProperty = "(UIElement. RenderTrans-
form). (TransformGroup. Children)[3]. (TranslateTransform. X)">
        <EasingDoubleKeyFrame KeyTime = "00:00:00" Value = "0"/>
        <EasingDoubleKeyFrame KeyTime = "00:00:06" Value = "-170">
          <EasingDoubleKeyFrame. EasingFunction>
            <CircleEase EasingMode = "EaseIn"/>
          </EasingDoubleKeyFrame. EasingFunction>
        </EasingDoubleKeyFrame>
      </DoubleAnimationUsingKeyFrames>
      <DoubleAnimationUsingKeyFrames BeginTime = "00:00:00" Storyboard.
TargetName = "Cloud1" Storyboard. TargetProperty = "(UIElement. RenderTrans-
form). (TransformGroup. Children)[3]. (TranslateTransform. Y)">
        <EasingDoubleKeyFrame KeyTime = "00:00:00" Value = "0"/>
        <EasingDoubleKeyFrame KeyTime = "00:00:06" Value = "-140">
          <EasingDoubleKeyFrame. EasingFunction>
            <CircleEase EasingMode = "EaseIn"/>
          </EasingDoubleKeyFrame. EasingFunction>
        </EasingDoubleKeyFrame>
      </DoubleAnimationUsingKeyFrames>
    </Storyboard>
```

在事件处理程序中添加动画故事板的启动：

```
((Storyboard)Resources["boardCloud"]). Begin();
```

第 22 章　水文信息网络地图服务案例

22.1　Bing Maps 介绍

Bing Maps（必应地图）与 Google Earth 一样都提供了可以二次开发的 API，用户通过控件可以自由定制基于浏览器的应用系统，可以在网页上使用服务商提供的数据服务，Bing Maps 可以在浏览器中观察到世界上的每一个角落，并可以逐级地改变地图的比例尺，提供矢量地图和卫星地图这两种常见的显示模式。新版的 Bing Maps 使用了 Silverlight 技术，极大地增进了 Bing Maps 的用户体验，比如，缩放地图时可以取得更平滑的效果，同时也使得使用一些更佳的特效成为可能。

网络服务（Web Service）提供了跨平台、跨语言的互操作能力，为地理信息互操作提供了有效的解决途径。网络地图服务（WebMap Service，WMS）是开放地理信息系统联盟（OGC）制定的网络服务模型中一个基于 HTTP 协议的地图服务，在 WMS 中地图被定义为地理数据的可视化表现，通过一系列操作用户可以获得需要的地图数据。必应地图 Silverlight Control SDK 下载地址为：

http：//www. microsoft. com/downloads/details. aspx? displaylang ＝ en& FamilyID＝beb29d27-6f0c-494f-b028-1e0e3187e830

为了使用必应地图 Silverlight Control，必须拥有必应地图 Key，Key 为微软为用户开通的一个授权开发密匙，与开发者账号进行绑定才能正常使用，按以下步骤可获得：

◎进入必应地图账户中心 https：//www. bingmapsportal. com，然后点击创建账户链接。

◎使用 Windows Live ID 登录后，需要提供账户名称、联系人姓名、公司名称等信息。

◎在必应地图账户中心的左侧，点击"Create or view keys"。

◎在创建界面上，填写应用程序名、对应程序的网址等信息后，点击"Create Key"后将获得 Key。

创建项目后，在 Silverlight 项目中添加必应地图程序集的引用，如图 22.1 - 1：

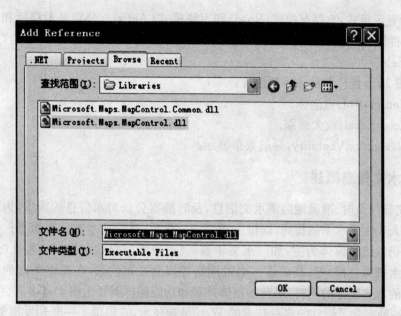

图 22.1-1

打开 MainPage. xaml 文件,引入相应命名空间的支持:

xmlns:m="clr-

namespace:Microsoft. Maps. MapControl;assembly = Microsoft. Maps. Map-
Control" 如下面简单的 XAML,运行后,就可看到地图了。

```
<UserControl x:Class="SilverlightApplication7. MainPage"
    xmlns="http://schemas. microsoft. com/winfx/2006/xaml/presentation"
    xmlns:x="http://schemas. microsoft. com/winfx/2006/xaml"
xmlns:m="clr-namespace:Microsoft. Maps. MapControl;assembly=Microsoft. Maps.
MapControl"
    xmlns:d="http://schemas. microsoft. com/expression/blend/2008"
    xmlns: mc = " http://schemas. openxmlformats. org/markup-compatibility/
2006"
    mc:Ignorable="d"
    d:DesignHeight="300" d:DesignWidth="400">
    <Grid x:Name="LayoutRoot" Background="White"> <m:Map x:Name
="myMap" CredentialsProvider="Apl2yNzBAE7KuwPFxwSMoQRQnvj2u3LgJaxHE-
PfcaSzTCcbOucxgJDhCJeXpWaX4" Mode="Road"/>
    </Grid>
</UserControl>
```

CredentialsProvider 值就是通过 Bing Maps 账户管理中心创建的所需的 Key,

Mode 为显示模式,有路况模式(Road)和卫星模式(Aerial),分别显示路标和不显示路标,控件默认加载为路况模式。卫星模式中若要显示路标则设 Mode 为"Aerial-WithLabels"。

地图 Map 控件其他一些属性有:

◎Center:中心点坐标。

◎ZoomLevel:放大级别。

◎NavigationVisibility:导航菜单显示。

22.2　水文信息概述

水文部门及时、准确地监测水文信息,及时捕捉公众对水信息的需求,为区域经济发展、人民生活水平的提高,提供主动、及时、优质、高效的水文信息服务。这些服务,不少仍以纸质媒体为主,如:《水文年鉴》、《水资源质量状况月(年)报》、《地下水通报》、《水资源公报》等,其实还可通过网络等媒介发布信息,在提供丰富的水文产品、全面的水文服务的同时,平台的整体外观和功能同样需要做得丰富多彩。Silverlight 是一种融合了微软的多种技术的 Web 呈现技术,它提供了一套开发框架,并通过使用基于向量的图层图像技术,支持任何尺寸图像的无缝整合,对基于 ASP.NET、AJAX 在内的 Web 开发环境实现无缝连接。Silverlight 使开发设计人员能够更好地协作,有效地创造出能在 Windows 和 Macintosh 上多种浏览器中运行的内容丰富、界面绚丽的 Web 应用程序——Silverlight 应用程序。

水文服务器不少并不是基于.Net 的,但这不影响推广使用,Silverlight 的开发是需要.Net Framework 的。但是,这并不要求客户端需要任何版本的.Net Framework。客户端只需要一个 Runtime 插件,就可以执行所有内容,包括托管代码。Silverlight 的所有内容都是客户端运行的,因此,服务器端不需要执行任何代码。这样,Silverlight 对于服务器端来讲,只不过是一组文件而已,存放编译后 XAP 文件的 ClientBin 目录。因此,Silverlight 可以放在任何现有的网站服务器上,不论这个服务器是否有.net 环境,是 php 服务器,或者 ASP 或者 ASP.net 等等。

水文信息网络地图服务案例使用了 Bing Maps Silverlight 控件,结合 Silverlight Toolkit 中的图表控件,利用 Bing Maps 地图切片数据实现网络地图服务,方便快捷地获取地图和影像数据,并加载所需的水文信息,从而以较小的成本提供了全方位的水文网络地图服务。图 22.2-1 是案例运行后的画面。

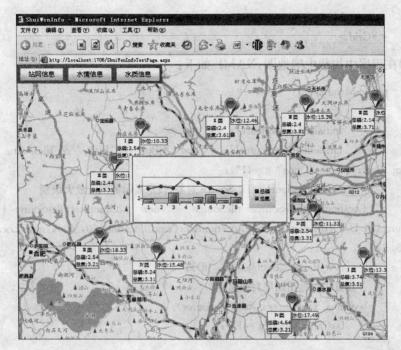

图 22.2 - 1

22.3 创建中文站网信息平台

22.3.1 加载中国地图

加载中国地图是信息显示的基础,具体操作步骤如下:

◎新建项目:启动 Microsoft Visual Studio 2010,命名为水文信息 ShuiWenInfo。

◎在 Silverlight 项目中,添加必应地图程序集的引用,并声明地图 Map 控件对应的命名空间的支持。

  xmlns:m = " clr-namespace:Microsoft. Maps. MapControl;assembly = Microsoft. Maps. MapControl"

◎在 MainPage. xaml 中添加 Map 控件,并添加站网信息图层 layStation 和中国地图图层 layChina,XAML 代码如下:

  <Grid x:Name="LayoutRoot" Background="White">
    < m: Map CredentialsProvider = " AmreePcQ50WyjCYvxNo0xUQDwiYVM8VFVTxmcW_1RmOb2x_7T1muW−fSTQQkOok1" x:Name="mapWater"
      Center="30. 4837830422421,108. 974539287109" ZoomLevel="6" >
      <m:MapTileLayer x:Name="layChina"></m:MapTileLayer>
      <m:MapLayer x:Name="layStation"></m:MapLayer>

```
        </m:Map>
    </Grid>
```

◎在程序中加载中国地图,XAML 如下:

```
public MainPage()
    {
        InitializeComponent();
        UriBuilder tileSourceUri = new UriBuilder("http://r2.tiles.ditu.live.
com/tiles/r{quadkey}.png? g=41");
        //初始化 LocationRectTileSource 对象,设定显示范围及放大级别
        LocationRectTileSource tileSource = new LocationRectTileSource(tile-
SourceUri.Uri.ToString(), new LocationRect(new Location(60, 60), new Location
(13, 140)),
        new Range<double>(6, 16));
        //设置中国地图图层对象属性
        layChina.TileSources.Add(tileSource);
        layChina.Opacity =1.0;
    }
```

运行后可看到中国地图了,效果如图 22.3-1:

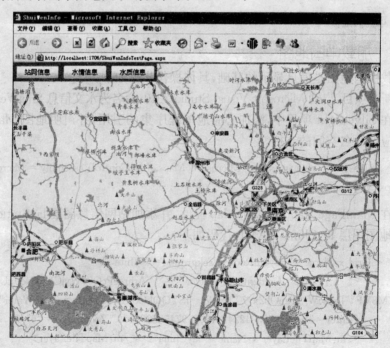

图 22.3-1

22.3.2　站网信息显示

站网信息是其他信息显示的基础,开发站网信息平台后再加上其他水情、水质等信息,Bing Maps 定义了一些 Web 地图服务,如点位的图钉标签显示功能,站网信息中的站点图标直接用 Bing Maps Silverlight Control 中的地图图钉控件 Pushpin 来表示,具体操作步骤有:

◎站点信息使用站点类 Station 来表示,站点类有站名、经度、纬度等信息。

```
public class Station
    {
        public string StationName{get;set;}
        public double Longitude {get;set;}
        public double Latitude{get;set;}
    }
```

◎定义全局站网变量 listStation,并加载示例数据:

```
public List<Station> listStation;
public void LoadStations()
    {
        listStation = new List<Station>(){
        new Station {StationName="大龙山", Longitude=119. 02494046378,
Latitude=32. 0085534220129},
        new Station {StationName="高峰", Longitude=118. 98099515128, Lati-
tude=32. 5588631877063},
        new Station {StationName="张家山", Longitude=118. 884864780186,
Latitude=31. 5345470817377},
        };
    }
```

◎在站网图层上面显示所有站点图标:

```
public void ShowStation()
{
    Pushpin station;
    for (int i =0; i < listStation. Count;i++ )
    {
        station = new Pushpin();
    Location location = new Location(listStation[i]. Latitude, listStation[i]. Longi-
tude);
        ToolTipService. SetToolTip(station, listStation[i]. StationName);
        layStation. AddChild(station, location);
    }
}
```

◎在 MainPage. xaml 中添加"站网信息"命令按钮以控制站网信息图层 laySta-
tion 的显示。

```
<StackPanel HorizontalAlignment="Left" VerticalAlignment="Top"
Orientation="Horizontal" Background="Gray">
        <Button Margin="5" Width="100" Height="30" x:Name="btStation"
Click="btStation_Click">
            <TextBlock FontSize="15">站网信息</TextBlock>
        </Button>
</StackPanel>
```

对应的单击处理事件为：

```
private void btStation_Click(object sender, RoutedEventArgs e)
    {
        if(layStation. Visibility=Visibility. Visible)
            layStation. Visibility=Visibility. Collapsed;
        else
            layStation. Visibility=Visibility. Visible;
    }
```

◎运行后可看到各站图标及鼠标停留在站点图标时可显示站点名称,如图 22.3 - 2：

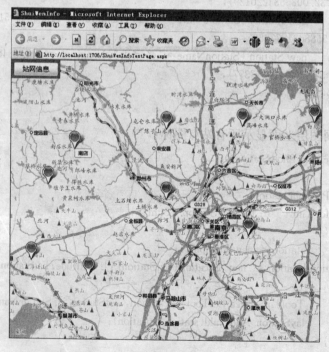

图 22.3 - 2

22.4 实时水情信息显示

22.4.1 实时水位显示

水情信息中主要是水位，现添加实时水位显示的功能，具体步骤有：

◎在站点类 Station 的变量中，增加水位变量 WaterLevel。

```
public class Station
    {
            public string StationName{get;set;}
            public double Longitude {get;set;}
            public double Latitude{get;set;}
            public double WaterLevel{get;set;}
    }
```

加载数据时，也添加水位值，如下：

```
listStation = new List<Station>(){
        new Station {StationName="大龙山",Longitude=119. 02494046378,
Latitude=32. 0085534220129,WaterLevel=15. 63},
        new Station {StationName="母山",Longitude=117. 687355014561,Lat-
itude=31. 8733710133861,WaterLevel=18. 33},
        ......
    }
```

◎在 Silverlight 项目中添加水位显示的用户控件 WaterLeverl，界面设计如下：

```
<Grid x:Name="LayoutRoot" Background="White">
    <Border BorderBrush="Red" BorderThickness="1. 0" >
        <StackPanel >
            <TextBox x:Name="txtWater" TextWrapping="NoWrap" />
        </StackPanel>
    </Border>
</Grid>
```

定义一个水位变量，代码如下：

```
public partial class WaterLever: UserControl
{
    public WaterLever()
    {
        InitializeComponent();
    }
}
```

```
public double lever
{
set{
    txtWater. Text = value. ToString ();
}
get{
    return double. Parse(txtWater. Text);
    }
  }
}
```

◎在 Main. xaml 文件中添加水位图层。

```
<m:MapLayer x:Name="layWater"></m:MapLayer>
```

◎在水位图层上显示水位。

```
public void ShowWater()
{
    WaterLever water;
    for (int i = 0; i < listStation. Count; i++)
    {
        water = new WaterLever();
Location location = new Location(listStation[i]. Latitude, listStation[i]. Longi-
tude);
        ToolTipService. SetToolTip(water, listStation[i]. StationName);
        water. lever = listStation[i]. WaterLevel;
        layWater. AddChild(water, location);
    }
}
```

◎控制水位图层的显示。

```
private void btWater_Click(object sender, RoutedEventArgs e)
{
    if (layWater. Visibility == Visibility. Visible)
        layWater. Visibility = Visibility. Collapsed;
    else
        layWater. Visibility = Visibility. Visible;
}
```

运行后效果如图 22.4 - 1：

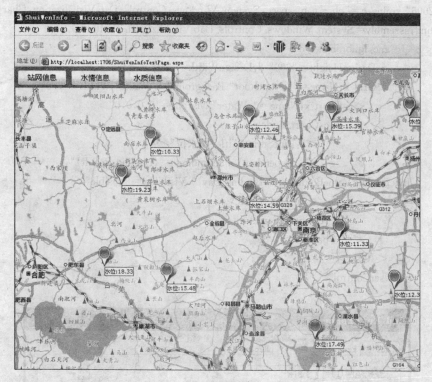

图 22.4 - 1

22.4.2 水位过程线提示

水情信息中还需要水位过程显示以预测未来的走向,现直接利用现成的提示工具 ToolTip 来实现,当鼠标停留在上面时会显示水位过程线,在创建站网信息时显示的是站名,现在显示不仅仅一串文字,而是一系列的图表。Silverlight Toolkit 提供了多种图表控件,包括柱状图、饼状图等。Silverlight Tookit 的下载站点是 http://www.codeplex.com/silverlight,可下载源代码、示例和文档。

具体操作步骤有:

◎在 Silverlight 项目中,添加 Silverlight Toolkit 程序集,如图 22.4 - 2:

◎添加水位提示控件 WaterTip,并绑定相应的数据变量,需声明图表 Chat 控件对应的命名空间的支持,XAML 代码如下:

<UserControl x:Class="ShuiWenInfo. WaterTip"

　　　xmlns="http://schemas. microsoft. com/winfx/2006/xaml/presentation"

　　　xmlns:x="http://schemas. microsoft. com/winfx/2006/xaml"

　　　xmlns:d="http://schemas. microsoft. com/expression/blend/2008"

　　　xmlns:mc = " http://schemas. openxmlformats. org/markup - compatibility/

2006" xmlns:c="clr－namespace:System. Windows. Controls. DataVisualization. Char-
ting;assembly=System. Windows. Controls. DataVisualization. Toolkit"

    mc:Ignorable="d"

    d:DesignHeight="300" d:DesignWidth="400">

    <Grid x:Name="LayoutRoot" Background="White" Width="350">

      <c:Chart x:Name="cWater" Margin="0,0,0,0">

        <c:Chart. Series >

          <c:LineSeries Title="水位"

            DependentValueBinding="{Binding Result}"

IndependentValueBinding="{Binding Day}" Visibility="Visible">

          </c:LineSeries>

        </c:Chart. Series>

      </c:Chart>

    </Grid>

</UserControl>

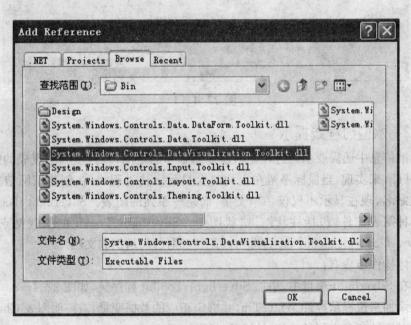

图 22.4－2

◎定义图表控件的数据源，代码如下：

```
public List<DayValue> daylevels
    {
        set
        {
```

```
            ((LineSeries)(this. cWater. Series[0])). ItemsSource = value;
        }
    }
```

◎项目中添加日数据类 DayValue，并定义数据变量 listLevel 用以存放系列
数据：

```
public class DayValue
{
    public string Day { get; set; }
    public double Result { get; set; }
}
public List<DayValue> listLevel;
```

◎重新定义站点类，添加水位过程信息 ListLevel 变量：

```
public class Station
{
    public string StationName { get; set; }
    public double Longitude { get; set; }
    public double Latitude { get; set; }
    public double WaterLevel { get; set; }
    public double TN{get; set; }
    public double TP { get; set; }
    public string Type { get; set; }
    public List<DayValue> ListLevel { get; set; }
    public List<DayValue> ListTP{get;set;}
    public List<DayValue> ListTN{get;set;}
}
```

◎在显示水情信息图层时，添加提示控件：

```
public void ShowWater()
{
    WaterLever water;
    WaterTip tip;
    for (int i = 0; i < listStation. Count; i++)
    {
        water = new WaterLever();
        tip = new WaterTip();
        tip. daylevels = listStation[i]. ListLevel;
        ToolTipService. SetToolTip(water, tip);
```

```
        Location location = new Location(listStation[i]. Latitude，listStation[i]. Longi-
tude)；
            water. lever = listStation[i]. WaterLevel；
            layWater. AddChild(water，location)；
        }
    }
```

◎运行后，当鼠标停留在水位值图标上时，动态显示该站点的水位过程线，效果
如图 22.4－3：

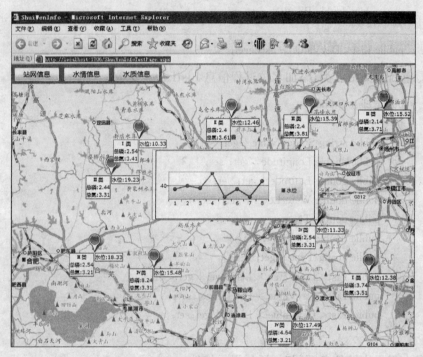

图 22.4－3

22.5 实时水质信息显示

22.5.1 水质浓度显示

水质显示主要各水质要素，与实时水位操作有些类似，具体步骤有：

◎水质信息中要素很多，现选用总磷 TP、总氮 TN 及水质类别 Type，在站点类
Station 的变量中，增加这三个变量：

```
public class Station
```

```
        public string StationName { get; set; }
        public double Longitude { get; set; }
        public double Latitude { get; set; }
        public double WaterLevel { get; set; }
        public double TN{get; set; }
        public double TP { get; set; }
        public string Type { get; set; }
    }
```

加载数据时也添加水质要素,如下:

```
listStation = new List<Station>(){
    new Station {StationName="大龙山",Longitude=119.02494046378,Latitude
=32.0085534220129,WaterLevel=15.63,TN=3.11,TP=3.24,Type="Ⅱ类"},
    new Station {StationName="母山",Longitude=117.687355014561,Latitude
=31.8733710133861,WaterLevel=18.33,TN=3.21,TP=2.54,Type="Ⅲ类"},
    ......
}
```

◎在 Silverlight 项目中添加水质显示的用户控件 WaterQuality,界面设计如下,
其中增加移动变换处理,以避免与水位控件显示重叠。

```
Grid x:Name="LayoutRoot" Background="White">
<Border BorderBrush="Red" BorderThickness="1.0" >
    <StackPanel Margin="0,0,0,0" >
<!-- 移动变换 -->
<Grid. RenderTransform>
    <TransformGroup>
        <TranslateTransform X="-56" Y="0"/>
    </TransformGroup>
</Grid. RenderTransform>
<Grid>
    <Grid. RowDefinitions>
        <RowDefinition Height="0.33*" />
        <RowDefinition Height="0.33*" />
        <RowDefinition Height="*" />
    </Grid. RowDefinitions>
<Grid. ColumnDefinitions>
    <ColumnDefinition Width="0.5*" />
    <ColumnDefinition Width="0.5*"/>
</Grid. ColumnDefinitions>
```

```
            <TextBlock x:Name="txtType" Grid.Row="0" Grid.Column="
0" Grid.ColumnSpan="2" HorizontalAlignment="Center" ></TextBlock>
            <TextBlock Text="总磷:" Grid.Row="1" Grid.Column="0"
HorizontalAlignment="Right"></TextBlock>
            <TextBlock x:Name="txtTP" Grid.Row="1" Grid.Column="1"
HorizontalAlignment="Left"/>
            <TextBlock Text="总氮:" Grid.Row="2" Grid.Column="0"
HorizontalAlignment="Right" />
            <TextBlock x:Name="txtTN" Grid.Row="2" Grid.Column="1"
HorizontalAlignment="Left" />
        </Grid>
      </StackPanel>
    </Border>
</Grid>
```

控件中定义水质类别、总磷、总氮三个变量,代码如下:

```
public partial class WaterQuality:UserControl
{
    public WaterQuality()
    {InitializeComponent();
    }
    public string type
    {
        get {
            return txtType.Text;
        }
        set{
            txtType.Text = value;
        }
    }
    public double tp
    {
        set {
            txtTP.Text = value.ToString();
        }
        get {
            return double.Parse(txtTP.Text);
        }
    }
}
```

```
public double tn
{
        set {
                txtTN. Text = value. ToString();
        }
        get {
                return double. Parse(txtTN. Text);
        }
}
```

◎在 MainPage. xaml 中添加水质图层：

```
<m:MapLayer x:Name=" layQuality"></m:MapLayer>
```

◎在水质图层上显示水质：

```
public void ShowQuality()
{
        WaterQuality quality;
        for (int i = 0; i < listStation. Count; i++)
        {
        quality = new WaterQuality();
Location location = new Location(listStation[i]. Latitude, listStation[i]. Longi-
tude);
        ToolTipService. SetToolTip(quality, listStation[i]. StationName);
        quality. type = listStation[i]. Type;
        quality. tn = listStation[i]. TN;
        quality. tp = listStation[i]. TP;
        layQuality. AddChild(quality, location);
        }
}
```

◎控制水质图层的显示：

```
private void btQuality_Click(object sender, RoutedEventArgs e)
{
        if (layQuality. Visibility == Visibility. Visible)
        layQuality. Visibility = Visibility. Collapsed;
        else
        layQuality. Visibility = Visibility. Visible;
}
```

运行后效果如图 22.5－1：

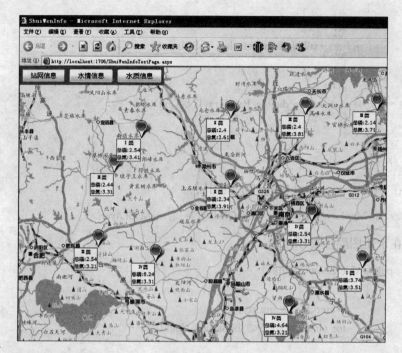

图 22.5－1

22.5.2 水质图表提示

水质图表提示与水位过程线提示有些类似，不同的是水质要素较多，这里要提示的有 TP 柱状图、TN 折线图，并同时提示。

主要操作步骤有：

◎添加水质提示控件 QualityTip，并绑定相应的数据变量，需声明图表 Chart 控件对应的命名空间的支持，这里添加了一个折线图和一个柱状图，XAML 代码如下：

```
<Grid x:Name="LayoutRoot" Background="White" Width="350">
    <c:Chart x:Name="cWater" Margin="0,0,0,0">
        <c:Chart.Series>
            <c:ColumnSeries Title="总磷" DependentValueBinding="{Binding Re-
sult}"
            IndependentValueBinding="{Binding Day}" Visibility="Visible">
            </c:ColumnSeries>
        <c:LineSeries Title="总氮" DependentValueBinding="{Binding Result}"
            IndependentValueBinding="{Binding Day}" Visibility="Visible">
```

```
            </c:LineSeries>
          </c:Chart.Series>
        </c:Chart>
     </Grid>
```

◎定义图表控件的数据源,代码如下:

```
public List<DayValue> tp
    {
        set
        {
            ((ColumnSeries)(this.cWater.Series[0])).ItemsSource = value;
        }
    }
    public List<DayValue> tn
{
    set
    {
        ((LineSeries)(this.cWater.Series[1])).ItemsSource = value;
    }
}
}
```

◎重新定义站点类,添加总磷、总氮变量:

```
public List<DayValue> ListTP{get;set;}
public List<DayValue> ListTN{get;set;}
```

◎在显示水质信息图层时,添加提示图表控件:

```
public void ShowQuality()
{
    WaterQuality quality;
    QualityTip tip;
    for (int i = 0; i < listStation.Count; i++)
    {
        quality = new WaterQuality();
    Location location = new Location(listStation[i].Latitude, listStation[i].Longitude);
        tip = new QualityTip();
        tip.tp = listStation[i].ListTP;
        tip.tn = listStation[i].ListTN;
        ToolTipService.SetToolTip(quality, tip);
```

```
            quality. type = listStation[i]. Type;
            quality. tn = listStation[i]. TN;
            quality. tp = listStation[i]. TP;
            layQuality. AddChild(quality，location);
        }
    }
```

◎运行后，当鼠标停留在水质值图标上时，动态显示该站点的总氮折线图和总
磷柱状图，效果如图 22.5 - 2：

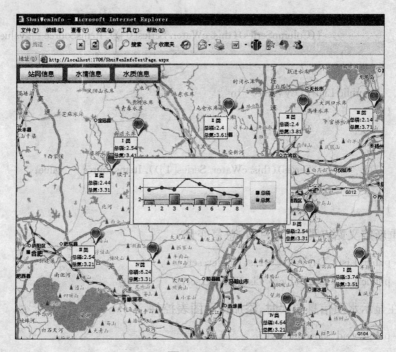

图 22.5 - 2

参考文献

[1] (美)摩诺尼(Moroney, L.)著；黄继佳，李晓东，唐海洋译. Microsoft Silverlight 2 导学. 北京：机械工业出版社，2009

[2] 李会军. Silverlight 2 完美征程. 北京：电子工业出版社，2009

[3] 魏永超. 银光志——Silverlight 3.0 开发详解与最佳实践. 北京：清华大学出版社，2009

[4] 董大伟. Silverlight 权威讲座——ASP. NET 整合秘技与独家案例剖析. 北京：电子工业出版社，2008

[5] 奚江华. 圣殿祭司的 Silverlight 完美入门. 北京：电子工业出版社，2008

[6] 章立民. 大师讲堂：Silverlight 2.0 开发技术精粹. 北京：科学出版社，2009

[7] 章立民研究室. Silverlight 范例导学. 北京：机械工业出版社，2008

[8] (美)温兹(Wenz, C.)著；周铭译. Essential Silverlight 2 中文版. 北京：电子工业出版社，2009

[9] (美)斯卫夫特(Swift, J.)等著；刘志忠译. SilverLight 2&ASP. NET 高级编程. 北京：清华大学出版社，2010

[10] 丁士锋. 精通 Sliverlight——RIA 开发技术详解. 北京：人民邮电出版社，2008

[11] 华中宇，郝刚. Silverlight 2.0 入门指南. 北京：人民邮电出版社，2009